半人马座科幻书系
CENTAURUS

迷失地球

LOST IN THE EARTH

李霜氙 等◎著

航空工业出版社

内 容 提 要

《迷失地球》是腾讯科幻空间联合《科幻文汇》杂志、河北省图书馆以及国内多所高校科幻协会举办的“文汇之星”大赛精选获奖作品集，包含17篇优秀原创科幻作品。小说内容极富创意和年轻作者独有的朝气，但并不因此而缺少科幻作品必备的深度和广度。其中，《水星记事》描写了水星文明如何在亿万年间利用火进行文明进化，最终突破技术极限飞向太空的故事。情节设定包含多个科幻创作经典母题，故事曲折动人、视野开阔深邃，是一部极具个人风格的小说集，也在一定程度上反映了中国科幻创作未来的方向。

图书在版编目（CIP）数据

迷失地球 / 李霜氤等著 . -- 北京 : 航空工业出版社, 2021.4
（半人马座科幻书系）
ISBN 978-7-5165-2517-3

Ⅰ. ①迷… Ⅱ. ①李… Ⅲ. ①幻想小说－小说集－中国－当代 Ⅳ. ① I247.7

中国版本图书馆 CIP 数据核字（2021）第 069637 号

迷失地球
Mishi Diqiu

航空工业出版社出版发行
（北京市朝阳区京顺路 5 号曙光大厦 C 座四层　100028）
发行部电话：010-85672688　010-85672689

三河市双升印务有限公司印刷　　全国各地新华书店经售
2021 年 6 月第 1 版　　2021 年 6 月第 1 次印刷
开本：880×1230　1/32　　印张：9.5　　字数：194 千字
印数：1—7000　　定价：45.00 元

目　录

Contents

自由即是背叛

文／张　嵩

“父亲？”

“什么！”

“这世上有外星人吗？”

“没有。”

“有其他星球吗？”

“没有！”

“那么有……”

“吼！滚开！这是你该想的吗？天知道为什么你有这么多问题！去干活！做你该做的……该死，我怎么摊上你这么个蠢货！”

柔软的沙滩，亲热似的搔着你的脚掌，沙粒渗过趾缝，抚摸你，拥抱你，然后，脑壳迸裂！碎片在空中极速打旋，乳白的脑浆盖过血色，琼浆般溅出。

突如其来的吼叫往往在我的意料之中，我甚至要麻木了。因为那一次次突如其来的紧张感、恐惧感与脑壳的震荡感，从我还在胚胎中时就从未消失过。

我的确不该问这些问题，苍穹，似乎再高一点儿，我就会被它吞噬。整个世界也鲜有人问这些问题，这种压抑的静默似末日前的安逸，总显得极不正常。即使真的存有那么一丝的嘈杂，也只会像打给死神的电话，等候声漫长而冗杂，没有应答，只有等待，等待……死！干脆得不容有一丝的恐惧。

记得上学时老师说，我们生活在一个和谐的宇宙：太阳、月亮、星星、我们的星球。就这四样，宇宙内部就这四样，似乎再多一点儿就会变得不再和谐。可我总觉得少些什么。老师说得很简单，同学也沉寂得很简单，虽然有时我甚至怀疑他们是否真的说过这些，听到过这些。这毕竟是真理。于是我也安静得很简单，因为我知道，从他们那里我永远无法得到想要的答案。

我从小就很不合群，因为我想的东西天花乱坠，同伴们都怕我，老师也反感我，而我的父亲，倒还愿意理睬我。除了一味地咒骂、命令，就是吼叫。不过这也是极为正常的，全世界的父母好像都是这样，自周文王开始就是，作为孩子似乎也应当承受这些，应当顺从、屈服。当我长大了，我也可以这样，或者说我也应该这样。六千年来，生生不息的三体人就是这样传统地生存的。

“父亲，我可以出去吗？”

“不行，你要工作，为我服务。”

“为什么？”

“因为我是你老子！你既然是我的孩子就应该听我的指令。”

“可是……”

“没有可是！你也会有我这么一天，而你现在，必须服从我！”

我常常望着那片宇宙发呆，史书上说我们的世界原来有三颗太阳，做着可怕的无规则运动。两个世纪前，星球上的三体人发现了摧毁太阳的方法，便只留下一个寿命最长的太阳为地球提供热源。从此，恒纪元开始萌芽了，乱纪元成为历史，那段历史没有被人记载，也没有人愿意记载，更不可能被记载。我时常想着那三颗太阳在引力作用下跳着的精彩的交际舞，时而热烈，时而凄切。只要静静地看着它们，没有重复，便永远不会枯燥。那种混乱，有一种引人欣赏的美，没有必要去想它，又不可能不想它。

“你在阳台做什么？”

“没什么……”

“没什么？这……这不行，你总是在浪费时间，这毫无意义！”

“可是我能做什么，你已经没有事情可让我去做了。”

“悲哀啊！不可理喻至极！”

这是我第一次走出去，自己走出去，没有被命令的。外面的金属建筑虽然伫立了长达一个世纪，我却从未认真注意过，但它也的确没有什么值得注意。几乎所有的建筑都反光，全都是银白色，偶尔有一排枫树的浓绿投在反光面里，也把它扭曲得极长，像在对树施以酷刑。我很快收回目光，径直朝一面相对平直的反光面走去，进入了其内部。这里面只有一台很大的计算机主机，其他都是全息影屏，也就是空气。我曾在上学时见过这些大型机器，与现在一样没有任何程序运行，但这是我从没接触过的操作系统，很简洁，开启它也很容易。待全息界面弹出，大屏幕上立刻出现一个个球体，大小不一，如星星般排列。它们的形态让我想到了三体星球（我们的星球），每一个都那样绚丽。终于，我的目光停在了一颗蔚蓝的球体。它的颜色跟三体星球很像，似乎就是三体星球模型。于是我将其放大，球体上方出现一行文字，是球体的名称：

Kepler-452b　距三体星约 1400 光年

什么！不可能！书上说宇宙只有 1 光年！

有人在开玩笑吗？

1400 光年，这是多远，怎么可能……

我愈发不相信却愈发觉得真实，眼前那颗球，山脉、海洋、云层，如此真实，真实得叫人发毛！我几乎快要崩溃了，那球的形状、参数、坐标……种种数据表明，这分明就是一颗星球！

我是谁？我从哪儿来？我将在哪儿结束？这些曾经让别人视我为异类的问题突然重新重重坠落在我脑海中。我们并不孤独，对吗？

我想我是理智的，或者说我已经不再在乎我是否是理智的。眼前的星球，我只想死死地瞄准，发射！亲吻它，毁灭它！

我在发射窗口中输入“父亲”二字，没有原因，我混乱的脑子里只能想到这两个字！

“请选择语言！”计算机显示出这几个字。

语言？……地……地球语！管他的！

“请确认语言！”

我确认！

“请确认发射！”

确认！确认！我已经完全无法控制自己了，我大叫着，嘶吼着，呆滞着。那颗星球好像掏空了我的灵魂。

“3，2，1！”

“发射成功，数据已保存至日志；通信正常，无延迟。”

“你是谁！在这里做什么？”

什么？谁？我？我……我不知道，我不知道！

“你究竟做了什么？你发射了什么？哦！真该死！”

我被送进监狱，并强制接受心理治疗。在治疗室里，我满脑子都是那颗球，Kepler-452b，1400 光年，以及我童年时想到的种种几乎快要忘记了的问题。医生没有问我什么，或者说我不确定他是否问过我什么，他也一定知道我不会回答，只是抽了一管血。

变异！销毁！

“我儿子他怎么了！”

“您完全没有必要这么激动，它的情况你一定知道，而你并没有报告。”

“这不关你的事！”

“它应该被销毁，出现这种情况，全部都应该被销毁。”

“这么做简直是丧心病狂！”

“您真的不值得为它而惋惜，它就是个杂种！”

“杂种！杂种！他是个生命！”

“先生你需要休息了，你的想法很可怕。”

“你们是魔鬼！魔鬼！！”

我在监狱里待了一个月，其实本来可以更短，我也希望更短，但他们似乎在销毁我的问题上遇到了障碍，这不是他们的作风，连一句咒骂都没有。监狱没有窗户，我甚至看不见阳光。

我被更高宇宙吞噬了。

“父亲。”

……

“这世上有外星人吗？”

“有。”

“在哪儿？”

“我们。”

“我们？”

“是我们……不是你们……”

“时间到了，别跟它废话了，我们会给你更好的！”

销毁开始时是在一个似乎很古老的地下宫殿中进行。大殿中央只有一口大鼎，里面咆哮似的翻滚着岩浆似的液体，那嚣张的火焰甚至可以灼伤你的灵魂。而我，被吊在这口大鼎之上，那饥渴的饿鬼的热浪正在尽情舔着我的脚掌。

“烧死它！用文火。”

听老人说过，文火以前用来烧死君王的大臣，到了后来，文火被用于消灭伟人死后的躯壳。而这是他们第一次用文火烧死一个犯人，从某种意义上这是一种荣誉。我不知道他们为什么要这样做，我也丝毫不感到安慰。

“不！”我的父亲大叫。

“把它拉下去！”两个士兵向我父亲跑去。

“啊！”

“啊……”

瞬间，那两个擒住我父亲的士兵在两束激光中消失，迷雾般的烟尘附在已不存在了的躯壳的位置，飘忽不定。最终涣散，完全湮灭。

三秒后，那个发号施令的，也瞬间消失。只有我父亲，瘫靠在柱子上。

“你得救了。”

“你是谁？”

“地球人。”

“地球人？”

“是的，就是三体星球。”

“你是说三体星球是地球？”

“你也是地球人。”

“我是……地球人？”

“半个地球人。”

“半个！”

“而他们，你的父亲，才是三体人。”

“什么？”

“这些可恶的三体人没有告诉你们真相，还有你的父亲，它也没有。”

“是我们……不是你们……”

地球三体初史：

三体人于2208年5月侵入地球，耗时3年，消灭了地球上的一切生物，于2211年正式建立三体人地球政权，其间三年三体史称“大改造”。并于当年4月召开“三体人地球第一次代表大会”，会议提出将三年来采集的地球人类基因样本予以改造，并用五年时间培育良种，三体史称“一五计划”。这是一个培育第一代“新三体人（半地球人）”为原三体人服务的计划。这种新三体人具有与原三体人无异的外表，却在体力、耐力、寿命等优于原三体人，且思想简单，容易控制。

地球末史：

2010年，行星防御理事会战略情报局（PIA）局长托马斯·维德决定“只送大脑”——让人类间谍打入三体人内部，但装载大脑的飞船严重偏离预定轨道，飘向太空深处，最终被 Kepler-452b 星球截获。该星球的科技水平高于三体和地球，且具有极高的文明。在复原了云天明（大脑）的身体后，决定帮助云天明收复地球，然而 Kepler-452b 星球人民贪享世界的和平，逐渐忘却了出征，也背弃了诺言。直到收到来自“父亲”的地球语信息,云天明劫持了星球元首，命令他派出舰船出征，才开始了收复之战，正义之争。

“你自由了，你现在可以跟我们走。”

“那我父亲呢？”

“它会被销毁。”

“不行！”

“别傻了，它不是你父亲，你只是它的一个奴隶，到了老年，你就会被销毁，你不会有后代。”

“他是我父亲！”

“呵！你见过把孩子当奴隶的父亲吗？它们限制你们的自由，控制你们的思想，让你们永远为它们服务。”

“这很正常！全世界父母都这样！”

“哦！对了，你不明白，你受这种思想的影响太深了，但是你跟其他半地球人不一样，你的基因变异了，变得像个地球人，所以你会发信息给我。但你要知道，当初你不过是用钱币换来的种子，而不属于你的父亲。”

“可他养了我……”

“养奴隶也是养。在经济上，它可能是你的恩人；在文化上，它只不过是个罪人！”

“可是我愿意！”

“难道谁霸占了我们的母亲，我们就该认其作父吗？”

“当自由即是背叛，我们该如何抉择？”

捧花的少女

文／林格师

广州真是个神奇的地方。

第一次见到那个少女，是在新港西路 135 号的银行。银行旁有一个海洋研究所，当我驱车从研究所破败的大门离开时，正好邂逅了那个身影。

她的出现使我眼前一亮，因为那是一个清新灵动的身形——身材修长、腰肢婀娜，往上的头发漆黑而长直。她穿着毛茸茸的蓝色上衣，黑色打底裤，与那个灰暗破落的街头形成鲜明对比。

车子路过她身边时，我特地摇下车窗想看清她。她长着一头如科罗拉多瀑布般的黑色长发，嘴唇涂抹得如红樱桃一般可爱迷人。

她的脸蛋很漂亮，眼睛很有神，嘴角上扬，令人心驰。她左手捧着一盆花，像极了法国导演镜头下那个行走在意大利小街头的邻家女孩玛蒂尔达。

这时，她匆忙走入银行，只留给我一个遥不可及的背影。

一个星期后，在一个阳光灿烂的日子里。我的朋友希泽请我去珠影星光城吃火锅，途中经过新港西路，我又很凑巧地碰到了她。她还是那个天真烂漫的少女，依旧行走在马路边，背着一个蓝色的背包。我之所以认出她，是因为她还捧着那盆上次见到她时所捧的花。

她应该还是个学生，一个浪漫的年纪。她让我怀念起读大学的时光，以及大学里心猿意马的女孩们，还有她们身上迷人的芳香。我看着眼前这个女孩，陷入了青涩懵懂的回忆里，希泽在这时踩下油门，于是我们又分别了。

第三次遇到她，让我感觉像是一个蓄谋已久的惊喜。我在 135 号的银行办理完业务后，正要踏出银行的大门，这时她走了进来，这距离我第一次看见她已经有一个月了，她依旧抱着花盆，如视珍宝。

我实在忍不住了，只好停下来问她："靓女，请问您是法国人吗？"

她突然就愣住了，站在原地不动，瞪大眼睛望着我。疑惑到："什么？"

"你为什么永远都捧着这盆花呢？"我瞧仔细了，那束花是白色的，风铃形状，每朵有六片花瓣，花蕊的地方有一抹橙黄，不懂花的我判断出这是百合。女孩把花盆贴在胸前，整个左手都埋进内侧，看来它对她很重要。

少女说：“因为我喜欢花啊。”说着她便害羞地走进银行。我伫立在门口看着她的背影，看着她走向一个窗口，整个过程她都没把花盆放下来。

这引起了我极大的兴趣，顺手用黑莓手机拍下了几张她的照片，把照片发给了希泽，让他帮我查查这个少女。

“这是犯罪。”希泽在电话里朝我吼道。

“放心，我只是好奇，我可不会做坏事。”我安抚他道。

“原来你喜欢老牛吃嫩草啊。”

我在电话里破口大骂，完了后我朝希泽喊：“老子一点都不老。”

第二天一大早，我又一次驾车去了新港西路 135 号。因为希泽给了我一个地址，上面有我想要的东西。我顺着地址找到那里。那附近有一个康乐村，村子对面是中山大学，坐落在珠江河畔。那个捧着花的少女就在这里读书，她的名字叫支默觉，也是一种在二叠纪遍布全球的古植物的名字，而她就读的专业正是生命科学。

当希泽把这些信息发给我时，他在电话里一本正经地嘲笑道：“再也没有什么比置身于人群中，却又得孤独生活更可怕的事了。”

我朝他吼道：“你怎么说得出这种话。”

“不。是斯蒂芬·茨威格说的。”他说，他的语气显然还有更深的寓意。

一大早我开车进入中山大学校园时，这里还很冷清。门卫老兄给了我一个车位，他并没有询问我的身份，可能是我文质彬彬的气质让他联想到了某个年轻的客座教授。

我漫步在古香的校园里，这里几乎都是民国建筑，幽静的密林随处可见，地上还有一些潮湿。参天的古木立在路边，从巨大的树荫里射过来丁达尔的阳光。

进入南大门后是一道长长的草坪，沿着草坪往上走，有一个惺亭，据说是为了纪念某几位革命先烈所建，现在俨然成了年轻男女练习英语的地方。这个十二月的早上，来这里的人显然不多，此时广州已遍地秋霜，所以那些上进的青年都还在被窝里温习。

按照希泽给我的信息，捧花的少女每天都会来这里。她会利用每一个疏懒的早晨，有时读英语，有时温习功课，有时去附近的图书馆选一本好书。她会坐在惺亭的东部，太阳跑上来时，就望着路边的榕树和棕榈发呆。

有时她也会往南，眺望国父的铜像，国父也望着她，他们两个思考着不同的东西。

这一天我早早地停留在惺亭，把自己打扮得像一个学富五车的人。我站在亭子的一隅，看着捧花少女从我背后走来。她没有特别注意我的存在，也不曾料到我是打破这个清晨宁静的人。我转过头去，站在少女身前，她满脸无邪的笑容对我说："是你啊，好巧。"

"你还记得我？"我故作毫不知情。

"当然记得，昨天在银行门口，你问我是不是法国人。"

"好了，就当我们已经认识了对方，那接下来是不是应该深入了解一下。”

捧花少女听后低下了头，她抱着花盆，收拾自己的背包，开始逃离这里。“抱歉，我还有些事情。”她眨着眼睛，一手捧花，一手抓着背上单肩的书包。

她走远时我朝她喊道：“可是你每天早晨都要在这里度过啊。”

她愣住了，反过来看了我一眼，然后朝北面的一栋大楼走去。后来我才知道，她匆匆望的那一眼是国父孙文，并不是我。然而她为何要逃走呢，又为何永远要捧着那盆花，我毫不知情。

一个月后，我受邀参加了中山大学生命科学院的一个演讲活动，作为嘉宾的我自然需要上台发表几句感言。这一天许多生科院的学生都赶到怀士堂，演讲的主题是关于海洋生命的现状和未来。我对这拙劣的内容丝毫不感兴趣，唯一值得期待的便是捧花少女的光临。

希泽坐在我旁边，他也是嘉宾之一，这一切都是他安排的，不然凭我的学识，怎么可能走进这个学术的殿堂。我们坐在最前排，直到演讲开始了，我才看到捧花少女的出现，她轻盈地走在最后边的位子上，尽量不让人注意到自己，就好像一块生疏的磁铁把自己排斥在热闹的边缘。而我在注意她，她依旧捧着那盆花，这让我思考得很痛苦，她没必要参加演讲时也抱着花盆吧，那东西到底对她有多重要。

演讲很快开始了，讲话的人是一个矮小的穿着精致西服的胖子，他精神地挪上讲台，开始了冗长的发言，他的话就像他的身形一样，臃肿而虚弱不堪。等到他终于浪费掉了一个小时后，希泽抱怨道：“你得赔偿我一个小时。”

现场爆发出剧烈的掌声，后排许多睡梦中的同学纷纷被吵醒，这个时候按顺序应该轮到我发言了。我接过话筒，站在高高的讲台上，以一个特约嘉宾的身份，喊道：“枝脉蕨。”

现场气氛突然凝结下来，无数双怪异地眼睛看着我，我想这莫名的吼叫一定激起了他们的兴趣，我看见后排那几位昏昏欲睡的同学眼里突然放出了光。

我顿了顿嗓子，开始讲话，余音回旋在台下那些稚嫩脸庞的耳畔。我能想象到他们的吃惊，但是我不必去在乎这些。我只对那一个人说：“就像枝脉蕨植物存在于这世上一样，一个优秀的地质学家总能浪漫地找到它的化石，所以不管你在哪，不管你深陷世界的哪个角落，我总能找到你。”话音刚落，我看见后排的少女匆忙起身，她踉跄着跨过几个座位，捧着她的花，提着一个细小的包，往怀士堂的门口跑去，她看起来狼狈不堪，就像有什么猛兽在追她。

见状，我把话筒甩给了无辜的希泽，立刻朝着会场之外冲去，路过中间的红地毯时，众人发出一片唏嘘。他们一定会议论纷纷，现场也哗然一片，但希泽会帮我收场。

捧花的少女并没有跑远，她疯狂地奔跑着，我追了很久，直到英东体育馆前才追上她。我抓着她的双臂，发现她泪眼婆娑。

“为什么要躲着我。”我问她。

她惶然对我说：“我这就告诉你原因。”她松开左手的花盆，可花盆并没有掉下来，因为那东西就长在她的手上。她用右手抓着左手，绝望般地抵在我的胸前，她的左手臂竟然坚硬得如同木头。

她哭着，似乎在一瞬间分裂为脆弱和倔强的两个人格。她慢慢褪去左手上的衣袖，那本该长着温润手臂的地方，取而代之的是几段褐色的树枝，那东西就盘根错节的在她的肩膀处，与肉色的血痂交织在一起，显得格外触目。我被吓傻了，她竟然长着一根“木头手”。

她红着双眼看着我，似乎在朝我抱怨，现在你满意了吧。她在怨恨，是我造成了这一切，揭开了她极力遮掩的秘密。

我小心翼翼地抓住她，她浑身都在颤抖，我一把将她搂在怀里，双手抱住她，她的“左手”硌在我胸前，有点生硬，说不害怕那是假的。可我知道，那时她已经长进我心里了。

学校外的熊孩子咖啡店里，三三两两地坐着几对年轻男女。我和这个名叫支默觉的少女对坐着，她挤出一副笑脸，跟我讲诉曾经有一个追求她的小男生，在发觉她左手的秘密后是如何吓得屁滚尿流的故事。

其实我也很害怕，解开秘密的那一刻，整个人都是惊怵的，但慢慢就平息了，也许在我心里始终都不敢承认这一事实。咖啡店的老板娘在这时走过来，她询问少女是否要把手上的花盆交由他们保管。我抢着对她说：“不必了，我就喜欢看她捧着花的样子。”

老板娘灰溜溜地走掉，而少女却害羞地低下了头。我们各自喝着拿铁与摩卡，沉默了一段时间后，少女突然问我：“你为什么不害怕啊。”

我反问她：“我为什么要害怕。”

她停下来摊开纤细的右手，这代表一个数字：“包括你在内，至少有五个人追过我。”

她邪邪地笑着，头略向上，很多人做这个动作都是在回忆过去，“我还能记起他们的名字和样子，还有他们狼狈逃窜时的动作。他们在看到我的左手时，第一个动作是后退，然后是瞪大了眼睛，像看着怪物一样看着我，他们会在我解释之前疯狂逃走。”

我哈哈大笑起来，这个时候应该尽量避免悲伤。其实我很想再询问她关于左手的事情，但考虑到这只会徒增少女的烦恼，于是我决定闭口不提。

我们彼此对望着，看到她露出由衷的笑容我很开心。我把手支在下巴上，问她：“你叫支默觉对吧。”她回答说：“对啊。”

“那你的同学怎么叫你。”

“默觉，或者阿觉。”

“那我叫你小觉吧。”

“好，那你呢。”

“叫我阿林。”

“不，你年纪大，叫你大林吧。”

“什么，大林？”我说完，她的脸像被夕阳烫过似的通红。

走出熊孩子咖啡店的时候，小觉给我留了电话号码，她并没有住在学校里，而是住在学校附近靠近珠江的一个小区里。我开车送她回去，她在很远的地方就下了车，站在车门处说：“谢谢你。”

我把车停在原地，看着捧花的少女渐渐没入人流中，她的背影依旧灵动。

此刻天空雾蒙蒙的，街上来往的车辆行人湮灭了白天的一切。我不禁想起那句关于小城的诗歌来：除了风，没有人记起往事。是啊，一座好的城市它能安抚人心。就比如此时此刻我打开手机，铺天盖地的短信提示便朝我涌来，有一则广告上写着：广州花都皇冠假日酒店，给你飘飘欲仙的体验。

我顺手把链接发给了希泽，他更需要这个。而希泽也默契地在这时拨通了我的电话。看到他的名字出现在我的手机屏幕上，我突然想起就在数小时前，我刚把一个烂摊子甩给他。本以为他会对我发一大通牢骚，或者直接吼我，可他却显示出不正常的平静。

“阿林啊，你这次可是害了她。”

“谁。”

“那个少女，支默觉啊。”

“为什么。”

希泽没再说什么，这些天他老是故作神秘，让我觉得他一定在隐瞒一些事情。

第二天早上，希泽带我去了逸仙医院，几个医生接待了我，他们告诉我，捧花少女支默觉是得了一种怪病，她的左手处先天性地长着一段植苗。

“这种情况我们从没见过。”一个叫邝谦的博士解释说，“自然界里动植物共生的事情很常见，但是这种植物直接长在人身上的情况还是首例。”

的确，很早之前我也听过一种叫冬虫夏草的生物。关于虫草的生长，人们深感神秘莫测，并对它十分敬畏，认为它是具有灵气的，所以至今都视它为珍贵的药材。然而虫草只是昆虫与真菌的结合体，真菌生长到昆虫内部，影响了其形貌的发展而已。

“她的情况并不像是共生，倒像是嫁接。”邝谦博士又说，“她手臂处的细胞和植物细胞是可以兼容的，所以植物才能生长到她的体内，与她的组织细胞融合，这样就像是从她手上长出来的，而她原本手上的细胞则被这些植物所取代了。”

邝谦博士滚动着手上的鼠标，在网络上搜索着 WS · 霍华德在 1906 年的一本著作《植物生命中的新创举》，这本书里提到一句话：如果提供植物和动物体所需要的，两者都合适的原生质体基础，那么把它们融合在一起是可能的。“当时的这个论断在生物界引起一片哗然，后来基因工程和微观生物学的不断发展，更是使得人为融合动植物细胞成为可能。

邝谦继续在网络上搜索着，他翻出一篇于 1986 年发表在《生物学杂志》上的论文，作者是一个叫刘东华的学者，他在文中指出了植物细胞和动物细胞融合所需要的各种因素，不过它们都只停留在实验室的单个细胞培养基里。实验所使用的动物细胞还必须注入相应的抗体，才能避免排斥的进行。

“问题就在于，这个女孩身体里的细胞与植物细胞融合是先天的，是来自大自然的神秘力量，如果解开这个秘密，那一定会是生物界最重要的新闻。”

我摇了摇头，“你们慢慢研究去吧，我只关心你们能不能治好她。”

邝谦博士说：“在几个月前，我们一定会说不能，因为那时我们能想到的最好的办法是做截肢手术，但那存在着风险。因为把植苗移除的话可能会导致女孩身体里正常细胞的病变，它们是融为一体的，我们无法排除风险。”

“那现在呢？”

“她很幸运，你们应该感谢颜光美团队。”

颜光美，我突然记起这个名字。早在2014年的10月份，国内媒体铺天盖地地报道了一则消息，讲的是中山大学一位叫颜光美的教授研究并发现了癌细胞天然克星M1病毒。这种M1病毒具有选择性杀伤肿瘤细胞的特性，对肝癌、直肠癌、膀胱癌细胞的杀伤力最为明显，又不会影响正常细胞。该实验结果论文发表在美国国家科学院院刊上，引发了重大的轰动。

“可那是治疗癌症的，跟治疗小觉有什么关系？”

“你听我说完。虽然颜光美团队发现的M1病毒是针对癌细胞的，可他们在研究中也发现了另一种M病毒，在论文中他们并没有提及，因为M1病毒引起的话题显然会盖过它。我举一个简单的例子，如果把M1病毒比作为训练有素的空军，那么M病毒则是一个刚进入兵营的愣头小子。”

“你的意思是？”

“我们可以把它训练成杀死女孩手上植物细胞的强大士兵。”

快到中午时，我们从逸仙医院出来，我独自一人开车前往小觉家。进入她住的小区时，我发现这里热闹得和菜市场一样，数十人挤在楼梯口，几个摄像师整装待发地对准小觉的必经之路。只见小觉从人流中缓缓走出，人群立刻分成两半，像一块撕烂的面包，而后又默契地合上。

小觉低着头，她捧着花的“手”在颤抖，人们的注视拂乱了她的刘海。

人群把她牢牢围住，有人伸出了话筒。我立刻反应过来，这应该是某个报社的记者，也有可能是不入流的小媒体人，但不管怎样，这些采访一定会伤害到小觉，一向低调的她就是为了避免现在这种情况。此刻她尴尬地站在人群中，伫立，不均匀地呼吸，不知所措。

我二话不说地挤进人群，人群的最中心被我冲得稀疏退让。我拉着少女的右手，气势汹汹地冲了出来，我把小觉送上车，对着后面的人群竖起中指，然后趁哄闹猛然踩下油门。

匆匆追赶上的镜头正好拍下我这不雅的一幕，但我毫不在乎。

我们从新港西路撤离，少女坐在副驾驶上低着头，她没有说话，红着脸，直到我停下来望着她，她才说：“为什么，为什么会发展成这样。”

“都是我不好。”我安慰她。

的确，在我昨天搞砸的那场演讲中，捧花的少女吸引了所有人的注意，这足以把她推到风口浪尖上，知道秘密的人会把她的事情说出去，于是她成为了所有人谈论的对象，而恰巧是这些正在无形中伤害她。

“不是你的错。”她矢口说道，“是我，都怪我。”那一套宿命论很让人心疼。

我请小觉吃了一顿午餐。在宽大明亮的落地窗房子里，她突然哭了出来，不停地抹着泪水，嘴里喃喃道：“为什么你知道真相，还对我这么好。”

我真不知道该怎么安慰她，只好学着诗书里那些满腹才气的公子哥的语气说了一句：“上帝少给了你一只手，就要多给你一点关爱啊。”

她马上愣住，若有所思地看着我，看了很久很久，就像那天在大学里她看着国父的铜像。

在把少女送回去的路上，她还是沉默着，我也没有说话，其实我有话要说，但是不知道该怎么开口。邝谦博士希望我跟小觉谈一谈，让她去接受治疗，他花了一上午的时间给我证明 M 病毒的能力和准确性。

我决定先不告诉小觉，毕竟 M 病毒还只是在实验阶段，我不能让她再承受任何苦难了，这是我的决心。

星期五的下午，小觉是没有课的，我准备在她上完课后带她去逛“上下九”。小觉告诉我她从没去过那里，也没去过任何人多的地方，她唯一能做的是找一个孤静的地方，一个人静下心来研读生物，直到找到自己的归途。

我来到少女的教学楼前，在一楼上最后一堂课，我站在荣光堂的停车场旁，正好可以看到她的教室。小觉坐在最后一排的角落里，十分不显眼，即便是愤世嫉俗的年轻教师，也很少会把目光放在那个地方。

小觉端正地坐在桌前，她用右手认真地做着笔记。下课铃响的时候，小觉匆忙收拾东西，她总要最早走出教室，那样同学们才不会注意到她的存在。而这一次她没有，就在她刚起身准备走时，一个男生递了一张纸条给她，她看了一眼，再看着跑出教室的男生，就在位置上停了下来。

十几秒过后，我收到了小觉给我发的短信，上面写着："大林，很抱歉，我正在做一个实验，恐怕今天都没空了。"

我回复她："没事，学习要紧。"我呆呆地望着她，她为什么要撒谎呢。

教学楼的侧边是一片低矮的小树丛，稀疏地种着几棵柳桃，我躲在后面，没有离开。透过窗户我看见小觉一直坐在最后的位置上，她的同学纷纷路过她，带着吃惊或诡谲的笑容。大概过了二十分钟，最后一名扎着双马尾的女同学也离开教室后，小觉还没有走，她静坐在位置上，淡然地望着眼前。

一个男生在门口看了几眼后走进教室，他就是刚刚递纸条的那个人，很高，又很壮，头发很长，眼神犀利，面庞瘦削。

男生走向小觉，他在她面前站了一秒，然后少女很默契地跟在他后面走出教室。他们并排行走在学校的榕树下，一路上都没怎么说话，小觉左手捧花的样子像是一个刚刚收到男友花束的小女人。

我紧跟在他们后面，心里很难受。我眼睁睁地看着他们到了熊孩子咖啡店，但我没有跟进去，因为咖啡店狭小到足以让他们发现我。他们靠着窗户坐下，开始聊天。小觉露出幸福的笑容，那神情就像安静下来的野鹿，是我从未曾见过的。我吃醋了。

我怅然离去，就像远离了这个不太冷的冬季。

“希泽，出来喝酒吧。”脆弱的我拨通了希泽的电话。

希泽幸灾乐祸地笑了起来，他用一种神秘兮兮的口吻说：“五分钟。”

六分钟后他驾驶着黄色的跑车到来了。这是一辆黄色的低级车，但希泽自豪地宣称，他就喜欢这种独一无二的橙黄，就像我义无反顾地喜欢着那个捧花的少女。

他笑的时候鼓起腮帮，让我很想上前去捶上一拳。整个下午，希泽都带着这种笑，其间他带我去天河区打保龄球，后来我们在天河北路 460 号的沃凯街喝得烂醉。

希泽叹息着问我：“你还记得上次我对你说的那句话吗。”

“哪一句。”

“茨威格说的那句。”

“不记得。”

“阿林，虽然你常和我鬼混在一起，欣赏不同的女人，可你依旧是一个孤独的人，从你执念于那个少女，便可看出你内心孤高得多么可怕。”

“你在说什么。”我晃着脑袋看见希泽从一个变成两个，只见两个希泽无奈地摇着头。

第二天清晨，我恍惚着醒来，发现自己正在苏芙酒吧，房间里几个年轻貌美的姑娘正躺在希泽身上，满地的狼藉让我不难推断出这里发生了什么。

这时，我突然接到邝谦博士的电话：“快去，石室圣心教堂！”

我没有吵醒希泽，独自离开苏芙酒吧。路上，明晃晃的阳光照得我眼睛生疼。我打车到了石室圣心教堂，今天是星期六，教堂前攒动着成千上万的人头，作为东方的巴黎圣母院，这里常会吸引那些不是那么虔诚的游客前来游玩。

我朝教堂走去，人群的中央像是有什么被团团围住了，因为那里传来了喧闹，很像我小时候在街头看马戏时的嘈杂场景。突然从最里面传来一阵尖叫声，前方的人纷纷后退，后面的人仍在往前挤，场面一度混乱。我也拼命挤了进去，等我快接近中心时，见到了我最不想看到的一幕，只见捧花的少女摔倒在地，她的左衣袖被撕扯烂，露出一条完整的手臂，“左手”彻底暴露在空气中。

这就是人们尖叫的原因。她的左手臂簌簌地抖动着，难以控制自己的平衡，只能本能地蜷缩在一团。而她周围的人都纷纷拿出手机拍照，看着这个身体里长出植物的奇怪女孩，惊叹生命的离奇。然而除此之外，根本就没人打算上前帮忙。偌大的教堂广场前，这更是对神灵和人性的一种讽刺。

人流还在不断涌动，越来越多的人在赶来，有些人甚至不去排队就直接进入教堂，围拢过来看热闹。我看见晶莹的泪珠从小觉脸上滑落，她不敢抬头，因为那需要莫大的勇气。

我冲进去了，冲进了最纷扰、最罪恶的中心，我脱下外套披在小觉身上，并把她扶起来带离人群，有人围堵在我们周围，离得最近的某个哥们挨了我一拳，我回头望了一眼，看到了昨天带小觉去熊孩子咖啡店的那个男生，他在邪恶地笑。后来小觉告诉我，他的名字叫程峰。

我们打车逃离现场，回到家时，少女还在哭，从她湿润的右手里滑出一张纸条，我接过来，只见上面写着："给我一个机会重新认识你好吗。"落款是"翩翩少年程峰"。我愤怒地把它踩在地上，用力扭转了几下，直至纸条粉碎。

小觉颤抖着对我说："追我的五个人里面，他是第一个。"

"昨天，他……"

"好了，不要再说了。"

我能想象他说了什么花言巧语，想要骗取女孩的信任，然后带着扭曲的心理撕碎她，让她在毫无防备的情况下暴露在阳光之下。他沾沾自喜，成为了那个揭开秘密的人。我所能想象到的人性黑暗，全在此刻涌现。

我无法再说什么，因为最应景的那抹温顺的阳光正打在少女脸上。可这时她却毫无征兆地在哭泣，她小心翼翼地啜泣着，生怕惊扰了周围的一切生灵。她的眼眶已经很湿润了，把我递给她的两包纸巾都用完了，证明了女人是水做的生物。看到她伤心的样子，我觉得应该让她去邝谦博士那里试一试。

“你想试着去医一下自己的左手吗？”我试探性地问道。

她那空洞的眼神望着我。我知道，我一早就知道答案，她是一定会去试的，哪怕那条路痛苦不堪，她也会去试，这不正是处于逆境中的人的本能反应吗。

好在她没有自暴自弃，等她点头的那一刹那，我好想流眼泪，我在心里骂自己不是一个纯爷们。

星期六的中山大学是很恬静的，早上的学校里往往见不到几个人，只有篮球场上有几个阳光的小伙子在起飞。

我抱着一个篮球，穿着麦迪的球衣，友好地加入到场上去。他们似乎也很欢迎我，很久没运动使得我动作很不麻利，但是面对这群后起之秀，我依旧能娴熟地运球，诡异地转身，然后起飞，投球，再精准地听见球“唰”地进入篮网的声音。

打了几个球后，我发现自己的对手是一个高高壮壮但脸部偏瘦的帅小子，他叫程峰，穿着科比的球衣，露出坚实的肌肉。我还不能确定他的实力，在他投第一个球时，我试图跳起来把他盖下来，但是我没成功，他很强，强到我扑了一个空。

我上前一把抓住程峰的脑袋，他刚投完篮身体不稳定，我们一同倒在地上，我坐在他身前，先揍了他的脑门，他死死地挣扎着，但无济于事，我架住他的身体，开始胡揍他的脸。三到五拳后他的同伴才反应过来，他们上前抓住我，程峰从地上爬起来，开始揍我。

我挣扎出去，又和程峰扭打在一起，于是局面就变成了几个人在群殴我，而我在揍程峰，场面极度混乱，我闻到了鼻子里的血腥味。

直到路过几个去晨跑的教职工，他们一伙才住手抬着程峰逃离篮球场。

几个老头把我扶起来，他们看了我一眼，惊讶地喊道："你就是那天那个特邀嘉宾！"

我笑了一声，一瘸一拐地从地上捡起我的篮球，然后慢慢朝南门走去。国父先生见证了我的决绝，有冷风从背后吹来，朝阳也露出温暖的端倪。我的影子很长，我踩着自己的影子前进，觉得这一刻很爽。

不久后希泽打电话来责怪我："听说你一个人去学校打架了，你这样做是不对的……你应该叫上我。"

我一边冲洗着遍体鳞伤的身体，一边回复他："想了想，暴力还是解决不了任何问题……尽管这样做让我觉得刺激。"

我带着小觉去找邝谦博士时，后者显得很热情，他们两个早就见过了，但这一次，邝谦博士信誓旦旦地宣称，他一定能治好小觉的病。

我陪着少女在许多张纸上签字，这次的治疗是在暗地里进行的，因为不管是 M 病毒还是 M1 病毒都还未临床使用，小觉就这样半推半就地成为了一个实验品。

第一天，小觉在医院里检查了身体，医生抽了她的血液，给她注射了一些抗体疫苗，让她回家休息几天。邝谦博士特意叮嘱她，不要吃辛辣的食品，不要服任何药物，不要做剧烈的运动，他忽而邪魅地看着我重复，不要做剧烈的运动。

几天后我把少女送到逸仙医院，邝谦博士带我去办理特殊的住院手续，对我说："做好准备吧，在未来的一个月里，你都不能来看她，到时候我保证把她还给你。"

他的目光坚定如果核，这使我相信了他。

就这样我的世界突然空缺了一半，这种状态持续了有二十多天。这后来的一天晚上，希泽突然出现在我家门口，急促地敲着门，把我扯到他的车上。

"怎么了。"刚换好衣服的我问道。

"我不知道该怎么说。"希泽说。说完他就认真地开起车来，环城高速上，他竟然飙到了180迈，于是我们在二十分钟内便赶到了逸仙医院。

邝谦博士站在门口迎接我们，他的样子很慌张。我们穿过一栋大楼，进入到一个花园，花园里黑压压的，静谧得让人窒息。邝谦博士举起一个手电筒，对着不远处一栋低矮的小房子。

在羸弱的灯光下，我看清了那座房子的轮廓。它位于偏僻的角落，如果不是特别注意根本发现不了它的存在，因为它的全身都被藤蔓和叶子遮盖着，周围野草丛生，想必很久都没有人来过这里了吧。

邝谦博士幽幽地说："阿觉她就在里面。"

挺好，我正想看看她呢，细算下来，我也有二十多天没见过她了。我正要走上前去，希泽一把拉住了我。

只听见窸窣的响动从前方传来，月光仍旧照射着那座矮房，然而我清楚地看见，房子上的藤蔓正在移动，枝叶在缓慢抖落，一层又一层的藤蔓掉在地上，像是有意识般朝我们涌来。

希泽扯着我往后退，邝谦博士也早已躲闪至一旁。那些藤蔓在空中挥舞了一会儿，便悉数撤回去了，就像有人在精准地控制一样。

“怎么回事。”我走上前去抓着邝谦的衣领。

希泽把他救下来。“听我慢慢说。”他咳嗽着。

“这一次我们重新观测了一下女孩的细胞，我们发现了一个十分重要的信息，她的细胞里可以转录出一种特殊的 RNA。这种 RNA 操纵着细胞进行一系列反应，这个反应包括溶解植物细胞的细胞壁，使得叶绿体存活和维持细胞核的活性。这里面的原理很复杂，我们暂且只观测到这一事实，这也更加能解释这个女孩的身体里为什么能长出一株植物来。”

“那又怎样。”面对邝谦博士讲的一大堆专业术语，我显得急不可耐。

“你别急啊。”明亮的办公室里邝谦博士给我们端来了咖啡，“我们从她的细胞里提取了造成这些反应的特殊蛋白质组合，并把它注射到小白鼠身体里，我们还十分投机取巧地往小白鼠的细胞里注入了活性叶绿体，你们猜发生了什么？”

“什么？”

“叶绿体存活了下来，它并没有被细胞质所溶解，而且更加不可思议的是，叶绿体在白鼠体内发生了反应，它产生了大量叶绿素，在表层进行了光合作用，产生的大量氧气和糖类最终又被白鼠细胞所吸收。”

说着邝谦博士拿出几张照片。照片上几只实验鼠变成了浑身绿色、圆圆滚滚的肥鼠，就像变异了一样。

“我们也没想到会发生这种事情，这完全是意外发现。太不可思议了，试着想想这将给生物界带来怎样的变革。”

的确很可怕，想想如果给每个人植入叶绿体，那么人们单单靠晒太阳就可以获取生命所需要的能量，人人都是无敌的小浩克。

“这跟小觉有什么关系。”我问道。

“当然有关系。这是从她体内发现的，她的身体里与生俱来就存在着这种基因，这是我们以前没有发现的，所以当我们把 M 病毒注射到女孩体内时，并没有取得相应的进展，我们没能杀死那些植物细胞，相反，这次治疗帮助了植物细胞的扩散，女孩左手的植物迅速增长，它的根部渗透到女孩的半个身体里，既而又往外无限衍生，长出许多条藤蔓，刚才你们看到的，正是那个女孩。”

“为什么会变成这样？”

“按照我们最新的研究，可能是女孩身体里的那种特殊蛋白保护了植物细胞，以至于 M 病毒失去作用，并且得到了一定的 RNA 信息。这就相当于你派一队意志不坚定的士兵去攻打恐怖分子，结果被他们策反回过来攻打你自己一样。”

他的比喻很形象，形象到我想拿桌子上的烟灰缸砸他的脑袋。希泽制止了我，他把我拉出医院的那一刻，邝谦博士满脸歉意地说他一定会找到解救小觉的办法。

我不得不继续相信下去，然而这一次邝谦博士没有让我失望。大约一个星期后，我们再来看小觉时，她住的那座低矮的房间已经褪去了绿色，取而代之的是红色的砖瓦。我们进入房间，看见小觉无精打采地躺在床上，她的“左手”变得非常大，硕大的根枝延伸至床下，一朵野百合绽放在最末端。

少女告诉我，这其实是风铃木，一种会随着四季变化而更换风貌的花。它没有野心，不会漫山的渲染整个季节，而是享受自身的安宁，独自幽香暗涌。

“在遇见你之前，我就是这样的风铃木。”

她沉重地抬着左手臂。那棵枝子瑟瑟发抖，最尾端的花已变黄，一种淡淡的忧伤的黄。她稍微动一下，一些藤蔓就从枝干里长出来，盘旋在病床旁。

“这些天我想了很久。”少女收起她的藤蔓，突然又从她的左手臂处长出了一颗野草，接着是另一颗，“如果不是你，我永远都会把自己沉浸在小小世界里。谢谢你。”

我把食指放在她的嘴唇上:“别说话，好好养病。”她微笑着点头。

我们离开少女的房间，径直去了邝谦博士的办公室。

“我们这次重新编码了 M 病毒的任务，利用它去杀死少女体内某些特殊的 RNA，使得转录工作不能进行下去，这样也就不会产生那种特殊蛋白。植物细胞失去保护后，人体的免疫细胞会把它们当作异物清除，这比强行杀死它们更加有效且风险小，只要我们悉心引导，就能让女孩重新长出手臂来。”

“有多大的把握。”我问他。

“恐怕这次我会毫不谦虚地说百分之百，不仅理论上说的通，我们无数次的试验也证实了这一方法的可行性。”

我看着邝谦博士严肃的脸，心想他一定在认真对待这件事。

几天后在我接小觉出院的时候，邝谦博士满脸都是自豪的表情，虽然少女的手上仍旧长着一株植物，但相比几天前她的左手长出无数的藤蔓当然要好许多。“她这是回到了最早的状态。”邝谦笑着说，“这一个多月的折腾只是让我们摸清了基因的秘密。”

他让少女回去好好休息，到时候准备做最后一次手术，彻底清除掉那本不属于她的花朵。于是在这几天里，少女依旧为自己装上了花盆。

我在旁边帮她。“其实你这个样子很美。”我盯着她裸露的左手臂说，“真的，很美。”

少女并没有说话，她笑得很甜，甜到打湿了我们共同的回忆。这几天里我们无所事事，从日出起，我们开始逛街直至落日，再去沿江路的酒吧体验醉酒的文化，我们在空寂的夜晚遨游珠江，在某个阳光明媚的午后登上黄埔的油轮。

我们也爬上了广州塔，登上几百米的高空，望着城南与城北，觉得这一片世界也就覆于股掌。这一辈子很长，找个有趣的人共度是件大事。

我们吹着高空舒爽的风，少女俏皮地看着我说：“我告诉你一个秘密。”

她伸出左手，从那个灰色的花盆里蹦出几朵黄色风铃木，花朵往上长，绿色的叶子喷涌出来，不断向外冒，顷刻间就包围了我们。

我惊讶地看着她。她抖动着左手臂，浓密的叶子掉落下来，那几朵巴西国花也掉下来，只剩下光秃秃的枝干。

从她的手上延伸出一棵大树，巨大的枝干横亘在广州塔顶。周围几个女游客突然尖叫起来……

办公室里，邝谦博士突然对我板起面孔，他突然把我叫到这来，声称有十分重要的事情。他没有给我冲咖啡，灰白色的房间里似乎没有了氧气。

“阿林，我们该坐下来俗气地谈谈资金的问题了。”

“钱不是问题。”我告诉他。

邝谦博士失望地坐下来，搭着金字形的手撑着自己的双下巴。“这一个多月来，我们的研究和治疗成本都是极其昂贵的，我们采用着世界上最超前的技术，为了解决基因组问题研究，我们甚至动用了天河二号，要知道，它每计算一次，大亚湾的核电站就要抖动一次。预算已经严重超支，再这样下去我们根本不可能在暗地里继续研究，我们这项研究尽管有效，但是得不到法律上的认可，所以申请不了研究经费，如果不尽快支付这些账单的话，我想最后一次的大手术无法继续下去，我们还可能面临无穷的官司和道德的拷问。”

“明说吧，要多少钱。”我向来讨厌有些人的拐弯抹角。

“这个。”

他说出的数字使我震惊。

我开始打电话给希泽求助，可希泽破天荒地拒绝了我，这还是第一次。他在电话里对我说：“抱歉，阿林，这次我真的帮不了你。”

我笑了笑说：“你想多了，只需帮一个小忙，把我能挪动的资产计算一下，帮我全部交给邝谦博士。”

电话沉默了很久。

“阿林啊。”

“怎么了。”

“你真的要这样做？”

“钱这种东西，没了可以再赚嘛。”

我匆匆挂掉了电话。晚点的时候，邝谦博士收到了钱，打电话告诉我，明天就可以带少女去做手术了。

我把这个好消息告诉小觉时，她矜持地笑着，就像一个小时后，我把花都皇冠假日酒店的门卡交给她时，她露出的那种带着红晕的少女的微笑。

我们彼此对望了 8.2 秒，情感学家解释说这几秒的凝视至关重要。少女盯着我的眼睛，突然问道：“为什么是我？”

“爱情这条路上，从来都不讲为什么啊。”

少女扬起嘴角说：“这都是骗人的。我有一个朋友，她长得很漂亮、很迷人，性格是小鸟依人类型的，你也一定会喜欢。”

“我怎么从不知道你有这么一个朋友，她叫什么名字。”

“吴小芹。”

“可是我只喜欢你啊。”

晚上七点，我和小觉吃过晚饭后，准备前往酒店。小觉突然说她要回去一下，要给我一个特别大的惊喜。她拒绝让我送她，而是抢过门卡，蹦跶着跳上了一辆出租车。

九点时，我也开始动身去酒店，门牌号已经告诉了小觉，她一定在那里等我。当我把房间号念给服务员听时，两个门侍小伙子对着我诡笑，他们告诉我一个年轻貌美的姑娘已经先行去房间了，她捧着一盆高贵的黄色的花。

我说了一声“谢谢”，然后走上楼去。快要到房门口时，小觉突然打电话给我，我都走到门外了！

可我还是接通了，像是预感到有什么事要发生一样。小觉的声音很柔和、很淡然，电流并没有完全消去她的不安和伤痛。

“再见了，大林。”

我问她：“你在哪？”

“我在哪并不重要，重要的是你应该忘记我重新生活，我已经连累你太多了。”

“傻姑娘，遇见你我便得到了世上的一切。邝谦博士这次一定能治好你，剩下的是我们共同面对未来，你在哪，我去找你。”

“不，大林，这是我的决定，我会离开，不要再来找我。你知道吗？大林，我时常在想或许我本来就是一株植物，也许适合我的只有黝黑的泥土，我会枯萎，会消散在秋风中，化为落叶。而你会遇见更好的爱情，她一定拥有我的所有优点，却没有我的不足，她有十一分的美好。”

“可是我只爱你啊。”

“别这样，如果你真的爱我，现在就去房间里，她是一个好女孩。”

说完，电话那头顿时泣不成声，洪水般的思念朝我涌来，我听见了那头黄昏坠落的声音，听见了曙光被黑夜吞噬的声音，听见了枯藤下昏鸦的哀鸣。少女呜咽着，颤抖着说，“永别了。”

电话里传来忙音。我推门而入，映入眼帘的是一个水出芙蓉般的少女，她赤裸着身子，左右手交叉在胸前，像鲁冰花一样至纯至洁。

“你叫什么名字。”

“吴小芹。”

我开始亲吻她……

第二天很早的时候，吴小芹还躺在我的身上，她酣睡的样子很恬静。我轻轻推开她，独自穿好衣服走出房间。长廊上希泽在等着我，见到我过去，他呆呆地走过来。

“阿林，我帮不了你，因为你是一个用情至深的人，而我只是一个商人，商人总会计较利益，如果我帮了你，破产的不只是你，还有我。如果我们中一定有一个会破产，我希望这个人不是我，因为你不能成为像我这样的人。往后如果你缺钱我会帮你的，因为你仍是我的好兄弟，但不是商业伙伴了，我现在的合作伙伴是邝谦博士。”他递给我一张名片，“有什么事找我，但现在我会开走你的车，那也是你原有资产的一部分。”

他看我愣了一下，继续说道：“阿林，你真是天真得像一个小孩。”

说完他就走掉了，留下我握着他的名片。希泽终究还是拿走了我的一切，就像当初他帮我把这一切建立起来一样。他是商界的翘楚，希泽，本身就是凯撒的意思。

那么留给我的又剩下什么了呢。我急匆匆地赶往医院，病房里，一个年轻稚嫩的脸出现在我眼前，他胸前缠着绷带，应该是刚做完手术不久。

我朝邝谦博士吼道：“你这手术还能变性啊。”

邝谦博士告诉我，小觉并没有来做手术，现在躺在这里的是她的弟弟，他们姐弟两个得了相同的病，她弟弟的那株植苗长在后背上，像恐龙的背刺。她早就计划好了，由她来做实验，等到万无一失了，再把这个治疗的机会给她弟弟。

看得出她们姐弟感情很深。最早的时候，捧花的少女便常去银行，她常给她弟弟寄钱，也给他寄去生活的希望。现在她帮他治好了怪病，却在无形中伤害了我，作为补偿，她介绍了吴小芹给我。

而这一切又算什么呢。

长廊上，邝谦博士孜孜不倦地给我介绍他新培育出来的叶绿体蜗牛，而一大群来自《羊城晚报》和《南方都市报》的记者也拥堵在医院周围，其中一位笑靥如花的美女记者把话筒递给了我。

“请问您是林先生吧。”

我跑开，冲出医院，一直冲过新港西路，冲过鹭江地铁站，冲过人来人往的街头，冲过繁花似锦的季节，最后来到少女就读的学校。这里风平浪静，草坪上国父的铜像依然屹立着。我突然觉得自己能够理解国父大人伸手向前的手势了。

因为那是——未来。

未来我骑着单车，载着吴小芹在褐色的路面行驶，她紧搂着我的腰，我很喜欢这个动作，这让我有一种被束缚不至于空虚的感觉。我们一直骑行，吴小芹会欢脱地歌唱，没心没肺地同我大吼大叫。

我们也不知道骑了多久，也不知道广州城郊竟然有这种地方。我们路过一片油菜地，往下是一望无际的珠江三角洲平原。微风吹过，地上的植苗窸窣地移动着。

是她。

我望着平川上的所有绿色，象征生命的绿色。她已然无处不在，那天在广州塔顶上，她就告诉了我，她可以控制植物，她可以感受到一股力量，足以融入泥土，穿过溪流。那似乎是她的归宿。所以我去白云山也是为了碰到她，追到这里也是为了遇到她。我似乎看见名为支默觉的少女站在地平线的尽头，从她的左手里变幻出森林和绿地，她很快覆盖了大地，就像数个纪元前，那种大羽叶的植物枝脉蕨征服地球一样。

风吹了许久，我搂住了吴小芹娇小的身体，以免她着凉。我告诉她：“你长得真像一个人。”

吴小芹问道：“是阿觉吗。”

我似是而非地摇着头：“不，是小离。”

“谁啊。”

“生命里最初的感动。”

黎 明

文/吴 鑫

一

天空阴暗无比，但几分钟后，这里将迎来一个非同寻常的黎明。不久后，被雾霾遮蔽着的天空里闪起一道明亮的光芒，紧接着夺目的白虹从天空的各处落下，淹没了整片大地。

除了被蓝色透明光幕保护着的巨大城市，世界上的其他角落无一例外都变成了光的海洋。

这光芒大约持续了一分钟，等它渐渐消散后，晦暗的天空变得空灵澄澈，万里蔚蓝。

街道上、房屋内——所有的人都在逐渐缓和的光芒下，模糊了意识，失去了一切该有的生命迹象。

太阳从地平线缓缓升起，投射出第一缕几十年来最为温暖的阳光。一道蹒跚的身影背着朝阳，向着巨大城市踏出了几步。他的背有些佝偻，双手也垂在身前，微微晃动着。光芒渐渐从他的右耳扩散，很快就照到了他深邃却有些灰蒙蒙的眼睛。这时，他举起右手，食指和中指略微弯曲地并在一起，点在右额上，之后向前无力地一挥，在空中画过一道僵硬的弧线。他半边的脸庞已然铺洒上金色的光辉，那能够看清的嘴角，正勉强地微扬、颤抖着。

下一刻，他像是失尽了力量，砰然倾倒在地，再没有任何动静。

而此时，巨大城市的钢铁城墙之上，一个女孩掩着面，早已泣不成声。

二

三年前，世界政府在这里扎下了根，并在极短的时间里，创造出一座庞大的城市“中城”。一切科技力量皆被转移至此，令中城屹立于世界的巅峰。各地富甲一方的权贵也陆续定居于此，成为中城最为稳定的财政来源。

明智的人都明白世界政府的意图。是的，他们放弃了，放弃了这个世界上大部分的居民。贫与富相差得实在太悬殊了，世界政府已经无力再支撑数额庞大的社会保障。他们明白，想要改变这样的局面只有两个途径，其一是富贵的人分出他们的财产支持扶贫工作——但是这又谈何容易？更多的人只是想将更多的资源掌握在自己的手中，无论是金钱还是势力，甚至是教育的资源。

那愿意支援穷人的人真的存在吗？当然是有的，可是这也不过是杯水车薪，永远改变不了现状，何况，那些取得救济的贫民，真的会用这些救济、用他们的头脑去换取更多的资源吗？他们只会坐吃山空，等待着下一次的援助罢了！而第二个方法……正是他们现在正在做的事情。

也正是因为这样，中城之外所有的地区都成为“贫穷”的代名词。科技的薄弱、教育的低下……这一切令贫富的差距日益悬殊。

两年前，伴随着漫天的雨水，一场瘟疫悄然蔓延，轻而易举地击溃了贫民区的防线，被感染者的数量每天都在大量上升。这一场瘟疫，从某种程度上来说成全了世界政府的心愿，也许他们只要无所作为，或者做一下表面上的文章，就可以达到他们希望的目的。

直到瘟疫肆虐的第五个月，贫民区终于被死亡的阴影完全笼罩，这些脆弱的人彻底陷入了恐慌与绝望。

于是，游行与暴动毫无意外地发生了——他们想要明白，为什么作为科技最发达和威望最高地区的中城，对人的感染与死亡无动于衷！

暴动整整持续了三天，最终却因为科技差距而惨遭落败。不过，至少中城对外宣称，他们已经开始研制特效药——但这是否为敷衍了事，却是不得而知。

三

杨唐拖着疲惫的身躯停在门前，他的唇角动了动，努力将微笑挂在脸上，之后才轻轻推开布满着许多裂纹的木门。

房间很小，散发着轻微的霉臭味。狭窄的房间内挤着一张桌子、一把椅子、一个柜子以及一张不大的床铺。

杨唐三两步走到床边，坐在低矮的椅子上。那床榻之上，正躺着一名二十出头的女孩。本应充满朝气的她，此时却面色如灰、虚弱不堪，已然有些干枯的发丝胡乱地披散在枕上。她轻咳了两声，半睁着眼望着榻旁的男子，黯淡的目光中才恢复了些许神采。

“漪瑾，我又找到一些延缓病情的方法。相信我，我们一定能走到特效药研制成功的那天。”杨唐强颜而笑。几个月来，他一直不懈地寻找着能够让她病愈的方法，虽然希望渺茫，但他绝不会坐以待毙。

何况，如今中城向外发出的通告，给了他前所未有的信念，即便需要付出天大的代价，他也得去碰碰运气。或许他们的人生就会就此转折，通向那个曾经憧憬过的金色明天。

四

四个月前，中城固若金汤的防御终于被病毒攻破，带着致死因子的瘟疫在中城快速蔓延。政府终于不得不重视起它，并将大量经费拨给疾病研究所，原本只是为了应付外界的研究，现在进度飞速。很快，研究所就破解了病毒的基因序列，他们发现，这种病毒是埃博拉的变异体。一旦侵入人体，它们会率先攻击起免疫作用的巨噬细胞以及各淋巴细胞，并迅速增殖，继而攻击其他细胞。期间，它们会释放出极富攻击性的蛋白，患者身体的每一寸都无法逃脱它致命的破坏。

但幸好，基因序列被专家基本破解了，解药很快便生产完毕，分发给每一个中城的患者。

但令人意想不到的是，分发的药剂没有起到有效的作用，它仅仅延缓了病毒疯狂的攻势。感染与死亡仍然不间断地发生，侵蚀着人类最后一片净土。

直到在外的研究小组带回一名携带抗体的人，停滞不前的研究才再次获得推进的动力。从抗体的提取到研究，都以令人咋舌的速度进行着。故而，那名贫民区出生的幸运儿，就永远地留在了中城。

短短的几日，药物的研制进展飞速，这更令他们毫不犹疑地相信，只要再寻找到几名抗体携带者，特效药便会在最短的的时间内送到患者手中。

贫民区庞大的人口基数很容易地让它成为政府搜寻的首要目标。不出一天的时间，中城发出的通告便如同核变一般在贫民区扩散：凡是对研制药物有所贡献的抗体携带者，在药物研究成功后，可以获得一瓶药剂以及一个入住中城的名额！

这两个极具诱惑力的条件，几乎令所有健康人涌向中城。但在一番严格的检验后，最终留下的却寥寥无几。幸运的是，杨唐正是这难得的几分之一。

直到他们被送进研究，他们才发现对于这些高贵的中城人来说，他们只不过是可以被随意取用的实验白鼠。研究者总是毫无节制地从他们体内抽出载着抗体的血液，之后又鸟尽弓藏，将他们弃掷一旁。

每次杨唐看着被白色防护服包裹得严严实实，专注地提取着血液的研究者，都有一种一拳打在他脸上的冲动。但杨唐不能，他可以被垃圾一般地抛出中城，可以被定罪，将一个月的时间奉献给看守所，但那间破败不堪的小屋中，却有一个等待着他归来的女孩。他是她的信念，同样，她也是他的信念。

依靠着这个信念，杨唐撑过了数十个漫长的昼夜，但随着研究逐渐步入尾声，一向坚毅的他终于开始感到恐惧。

活体实验。

破坏抗体，注入病毒和药物。只要有分毫的偏差，就会让这些被研究者们成为病榻上的一员。

这段时间，杨唐每一秒都在祈祷自己体内的药物能够将病毒彻底吞噬，让他免于被感染的命运。他往往会想起她，他害怕自己再也无法看到她笑的样子。而这个时候，那个被恐惧和疲倦充斥的大脑中，只重复着一句简单的话语：活下去……

一周后，封闭式研究成功结束，由巨大代价换来的成果，在第一时间被投入市场。一瓶 50 毫升的药剂，单价五千国际币——对于中城居民来说，呵，微不足道耳；但在贫民区，却是个遥不可及的天价！

贫民区彻底乱了，再一次地发生了暴动——可这又有什么用呢？他们没有这个能力与中城抗衡。他们心灰意冷，他们怨天尤人，更深一层的痛苦不断折磨着他们。他们只好聚起来，凑钱买上一瓶平均分配，但效果可想而知。一时间，贫民区的人们心中升腾起死亡的气息——不仅仅是那些即将死亡的患者，还有那些稍微健康的人们。

五

身处中城的杨唐，自然不会知道外界的动荡不安。在修养一日之后，他终于无法等待，朝政府大楼的第五层走去。对他来说，那一瓶药剂弥足珍贵。至于什么入住中城的名额，让它见鬼去吧！在中城外面，他们照样过得很好。

“光能武器？有什么后遗症吗？”敞着一道缝隙的门中，传出世政长略带疑惑的声音。

刚欲敲门的右手在半空停住，杨唐将它缓缓收了回来。他觉得，还是在门外等候片刻为好。然而，屋子里的谈话，却挤过狭小的门缝，一字不落地传入他的耳畔。

“我们已经确定摧毁病毒的特定波长与能量级数。只要投放武器，就可以将这种病毒彻底消除。但……但这些数据，和人类的相差无几，也就是说，光能武器一旦投放，没有受到保护的人，都会……和病毒一起灰飞烟灭。”

“嗯……”世政长应了一声，听不出是赞同还是疑惑。

“不过，有中城庞大的基因库支持，这一点无需世政长担心。”

“嗯……这件事，还需要进一步商榷。会议就定在下午一点吧。”

“这是我们的报告，昨天各部门已经进行过讨论，几乎所有人都同意使用光能武器。何况——贫民区不正是世政长最头疼的问题吗？到时候自然可以轻松地整治重建。”

“嗯……”世政长又应了一声，随后办公室内陷入一阵沉默。半晌后，世政长终于下了决定，“既然各部门都无异议，批准使用光能武器，至于时间……”

“武器随时可以启用。”

“嗯……就一周后吧，让各部门准备准备，到时候不允许出现任何差错……”

话音未落，合金制成的房门被轻轻敲响。

“进来吧。”

房门被缓缓推开，脸上带着些许憔悴的杨唐走进房间，背后的光将他的影子投射在地面上，那孩子同样显得那么疲惫不堪。

“世政长先生，关于研究的报酬，我想……”

世政长皱了皱眉头，鼻中轻喷出一阵气息，用着平静却带着些许轻蔑的口吻说道：“三层的医学部和资源部。”

“那入住的名额，可以转让吗？”

“随意。”

杨唐应了一声，向后退了几步，掩上房门。望着银灰的合金板，他咬咬牙，深吸了一口气，重重吐出，原本的欣喜之情荡然无存，取而代之的，是难以名状的沉重与不安。

六

“漪瑾，这是中城的身份证明。我在这儿还有些事要做，所以没法陪你了。两天后我会来找你。记得，要在城墙上等我……”杨唐努力让自己平静地说下去，但话音却无法控制地微颤。

虽然女孩不知道他为何会选择去中城，不知道他还有什么未完成的事儿，但她还是点了点头，接过杨唐手中带着银纹的蓝色卡片。随后，她嫣然一笑，踮起脚，吻上了他的唇。

七

天空被灰色的霾笼罩着，东方的尽头，散发着淡淡的光芒。杨唐面朝着西方那片已经被蓝色光幕包裹着的巨大城市，缓缓迈出了步子。

云层剧烈涌动着，破开了无数深邃灰暗的窟窿。窟窿的尽头，投射出极为耀眼的白色光芒。霎那间世界被无尽的光明所淹没。杨唐眯着眼，将手挡在额前，但仍然坚定地向前迈着，似乎没有什么能够阻挡住他。

许久，光芒渐渐淡去，他放下手，朝天空望了望。这是他第一次看到如此蔚蓝的天空，它真的很美很美。一阵温暖的感觉伴随着柔和的光芒从身后飘来，他瞧见自己的影子在黄褐色的地面上，被拉得很长很长。

他的目光，最终停留在巨大城市的城墙之上。即便相隔数十米，他还是一眼望见了她，一丝笑容终于浮现在那张枯槁的面庞之上。

他的意识有些模糊，前进的步伐也逐渐停止。他咬咬舌尖，令自己清醒了一些。随后，他努力地扬起嘴角，将两指并拢，点在自己的右额上。

在世界被黑暗吞噬之前，他用仅剩的一点力量，将手臂尽力地向前挥去。

时间困境

文／刘　琦

“我被困在同一天出不去了，你得帮我。”

陌生人走进我的办公室，直截了当地扔出了这样一句开场白。

我抬起头好奇地打量着他，站在我面前的是一个高高的中年人，不超过四十岁，他的脸有些婴儿肥，眼睛很大，但里面却透着苍老和疲惫。

“你知道这是什么地方吗？”我问。

“心理医生孟中的办公室。”陌生人机械地回答道。

“那你应该知道这里只接受什么样的来访者。”

“心理疾病患者、妄想症、变态狂……总之，都是些精神不正常的人。”

“你觉得自己属于哪种人？”

“我属于正常人。”

“正常人会像你一样，冒冒失失地跑进心理医生的办公室，说着什么困在同一天的疯话？”

“听着，我没有时间和你说这些了，这些对话我们已经重复了1542次。”陌生人有些不耐烦，他一屁股坐进访客椅里，紧闭着双眼长长叹息了一声，然后用一种怪异的语气对我说道，“我知道你接下来要问什么，为了让你相信我，我就略过你的问题，直接回答你。你首先要问我的名字，告诉你，我叫杨柳。”

我闭上了自己要说话的嘴，惊讶地看着他，他准确无误地回答了我在下一秒要问他的问题。

“你接下来要问我有没有预约？我没有预约。你会接着问我，我是怎么知道这家心理诊所的？事实上，在被困住之前，我不知道这家诊所，也不认识你。在被困住之后，我在漫长的探索中找到了自救的方法，但我需要人帮我。我逛遍了全城，这城里有两千万人，没有一个正常人相信我的话，他们都把我当做疯子。我转变思路，开始找心理医生寻求帮助，心理医生接触过各类人，他们能够区分正常人与真正的疯子。我找过42个心理医生，只有你肯相信我，在我说完这些话之后，我知道你会跟我走。”

听完他令人震惊的言论，我愣了好长时间说不出话来。我不相信他，但他确确实实预测了我的问题，我的大脑一片混乱，我尝试在他的话中理出一丝逻辑，或者找出一个漏洞，只要一个漏洞，我就能揭穿他的谎言。我努力回忆着他说的话，我得承认，他的逻辑很严谨，没有一个漏洞。在没有证据之前，我无法证明他是错的。我从震惊中慢慢恢复过来，发现他在盯着我看，似乎在等我说点什么。我局促不安地挪了一下身体，办公椅发出嘎吱嘎吱的抗议声，半响，我从嘴里勉强挤出了一个字。

“你……”

可我还没说完，他打断了我的话。

“你想问我，我是不是会读心术。你是一个受过系统科学教育的医生，读心术和时间循环，一个用魔法解释，另一个可以用物理学来论证，你应该听过奥卡姆剃刀理论，如果一件事情有多种解释，我们应该相信简单的那个。”

他说的对，尽管我不太懂物理学，但知道时空可以扭曲，也许时间就可以循环。至于读心术，那是巫师和奇幻小说才玩的概念。

我被他说服了，决定相信他一次。

“那好吧，我帮你。不过我还有一个问题，既然我们以前见过，像你说的，也许我们已经见过 1542 次，为什么你还被困在这里，难道以前没成功？”

“这事我们路上再说。8 点 30 分，在诊所旁的咖啡厅见面。”他站起身，跟我友好地握了握手，就转身往外走了，他出门前，我试探性地冲他喊道：“你就不怕我不去吗？”

他没有回头，只是说了一句话：“你每次都会去。”

然后他就走了。

我坐在办过桌前，整理着思路。一个陌生人闯进我的诊所，告诉我他被困在了今天，而且他说的话让我不得不相信他，我决定帮他。如果这事是真的，我会帮助他逃离困境；如果这只是他的妄想症，那今天就是我治疗这个病人的开端。

我看了看日历：2007 年 7 月 1 日。

又看了看时间：上午 8 点 20 分。

我换下工作服，穿上一套自认为得体的便衣，离开诊所去了约定的咖啡厅。

咖啡厅里人不多，我在一个冷清的角落里发现了他。他安静地坐在那里，冲我摆了摆手。

我径直走过去坐下，礼貌地看着他。

“我给你点了一杯卡布奇诺。”杨柳微笑着。

“你怎么知道我喝这个？”

“你以前说过。”

“你好像对一切都了如指掌。”

“可以这么说。我现在唯一拥有的就是时间，不再拥有的也是时间，在漫长的时间中，我了解了很多事情。”

“给我讲讲你的故事。你想让我帮你，我得知道前因后果。”

“2007 年 7 月 1 日，对你来说就是今天，对我来说，是遥远过去的某次今天，是这一切闹剧的开始。我醒过来，照常去上班，发现一切变得似曾相识，小区门口打招呼的保安，公交站牌前吵架的情侣，地铁里哇哇大哭的孩子，我看着这一切熟悉的场景，猛地反应过来，这些我都经历过，我周围的人都在做着和昨天一模一样的动作，说着一模一样的话。我惊恐地拿出手机，看到上面显示的日期：2007 年 7 月 1 日。你想想看我当时的反应，我像个疯子一样冲出地铁站，大声喊着：今天应该是 7 月 2 日……”

杨柳喝了口咖啡，低头沉思起来，他陷入了一场久远的回忆，正从过往的记忆中抽出一丝又一丝鲜活的细节。伴随着他的沉思，空气似乎也跟着变得凝滞起来。几秒钟后他抬起头，又继续说下去：“我以为这是个恶作剧，整个城市的人联合起来开我的玩笑，甚至连我的手机都在欺骗我。我知道这种可能性几乎为零，但当时我无法接受这一切，只能这样安慰自己。我在家里沮丧地睡了一觉，第二天照常醒来，期望一切都恢复正常，可时间还是 7 月 1 日，我走出家门，看到周围人仍在做着同样的事情。第三天、第四天……就这样过了很多次循环，我不得不接受了自己的遭遇。”

“到现在过去多少天了？”我问。

“你应该说循环了多少次，4383 次，整整 12 年，我都困在同一天。”

“这 12 年，你慢慢了解了这个城市的一切，像个神明一样游走在我们周围。”

“但你知道我有多痛苦吗？我没有了未来，我生活的世界变成了一成不变的地狱。你睡一觉醒来就是新的一天——7 月 2 日，可我呢？我出不去。第三年的时候，我爱上一个姑娘，我在那天快结束的时候获得了她的一点好感，可是第二天一切又从零开始，她不认识我，我只能重新来过。我试了 512 次，始终无法让她在一天内爱上我，可我没有更多的时间和她积累好感，我只能放弃。”

“我很同情你。”我说。

“这也是为什么我找你帮忙的原因，医生，你相信我，而且理解我。”

杨柳把剩余的咖啡一饮而尽，看了看手表，然后对我说：“好了，我们办正事吧。”

“看到那边坐着的中年人了吗？穿着西装。”杨柳指了指靠窗的一个位置。

我点点头。

“他一分钟后会去卫生间，我们要做的第一件事，就是把他打晕，拿到他的工卡。”

“这不违法吗？”我疑惑地问。

“违法，但没关系。就像你说的，我是这个世界的神明，会有人来抓神明吗？”杨柳笑了笑，这笑容里带有一丝恶作剧的味道。

“可是他们会来抓我，也许明天我就会被逮进监狱。”

“站在我的角度，我没有明天，所以你也没有，这事只要成功了，就不会有任何事情。”

“你是说以前失败过？”

“失败过，最开始几次，我们被他制服抓进了监狱。可没关系，过了零点，我还是躺在自己的卧室里睡觉，醒了之后去诊所找你，当然，你也在那里等着我，然后我们继续尝试这件事。”

“你被困在同一天，这让你有了无限重来的能力，你可以一次次失败，一次次尝试……”

“你说得非常对！你终于开始以我的思路思考问题了。”

“就像打游戏一样，你是主角，我们则成了可以被预测行动的NPC。”

“可是游戏也会玩腻，我现在要做的只有一件事——逃出这场噩梦般的游戏。”

那个西装中年男人站起身来，向卫生间走去。

“好了，我们跟在他后面。”

我和杨柳跟着他，步履竭力轻松，就像两个去卫生间的普通人。

“你在正面吸引他的注意。”杨柳说。

我进了卫生间，故意撞了西装男人一下，然后和他争执起来。

西装男人背朝着门，冲我大声喊叫起来，他不断向我逼近，一场斗殴似乎不可避免了。

然后砰的一声，西装男人倒了下去，杨柳出现在男人刚刚站立的地方，他手里举着一个棒球棍，又晃了晃，对我说道：“好了，拿他的工卡吧，任务完成。”

我蹲下去，从他身上摸索出工卡，然后又探了探他的鼻息。

“还活着，我还担心你刚才那一击把他打死了呢！”

“不会的，我往他后脑勺打过一千多次了，力度掌握得很好。”杨柳呵呵地笑着。

“那最开始几次呢？”我抬起头。

“我就知道你会问这个问题，你每次都问。最开始有几次，真的力度太大，把他给……”

“打死了？”

“可第二天他不又活了吗？一切又重新开始……”

我无奈地摇了摇头，站在他的角度思考问题，这世界真是奇怪，似乎做任何事情都不用考虑后果，不用承担责任，因为一切都可以重来。

我又看了看工卡上面的字：史义，西区核能发电站厂高级工程师。

“你要混进核电站？”我惊讶地问他，心里有点犹豫要不要继续帮他。

“是我们要混进去，计划的最后一步，必须有你帮我。”杨柳认真看着我，那双眼睛中透出无尽的疲惫，让人同情。

无数次的时间循环，消耗尽了他眼中本该有的希望和灵性。

“我们走吧。”我说，“既然答应帮你了，就要帮到底。”

“哎，等等……”我反应过来，“既然我做的事情你以前都见过，所以你知道我会继续帮你，那你刚才的眼神……你骗我，你知道我……”

“哈哈……给一成不变的生活增加一点乐趣嘛！”杨柳像个大男孩一样笑起来，“该走了，外面的卡车都准备好了！”

我坐在卡车的副驾驶，杨柳正专心致志地开着车。我拿着一本带有图解的小册子翻了翻，然后问他："所以，车厢里装了一整套时空扭曲装置？"

"没错，有这个装置的配合，才能完成我的计划！"

"你的计划到底是什么？"

"为了弄明白我身上发生的事情，我在图书馆泡了三年，相对论、量子力学、弦论，我研究了大量的现代物理学理论。后来我得出一个结论：时间既然是一个维度，那它就和空间维度一样，可以伸缩、延展，甚至蜷曲起来。如果我的时间蜷曲了呢？就像一团毛线球，我的时间从一生蜷曲成了一天，于是我每天都在重复着同一天，就像永远也走不出的莫比乌斯环。"

"我明白了，正常人身上的时间毛线是笔直的，指向未来；可是你身上的毛线却是一个莫比乌斯环，不断重复着自己，把你困在了今天。"

"就是这样，医生！"杨柳有些兴奋，"你真是我的最佳搭档啊，我说的事情，你一点就通，就好像我们搭档了好多年。不过这也是事实，我们每天都在一起做这件事，离我第一次见你，已经过去四年多了。"

"对我来说，这还是第一次见你。"

"你看，这就是悲哀所在，我跟你培养了四年的友谊和默契，但你却一无所知，这种境遇让我越发孤独，也让我发誓必须逃离这个诅咒。如果我能把蜷曲的时间重新拉直，那我就会回到正常人的生活轨道。"

"这套装置就是干这事的吗？"

"对！这是九天未来科技研制的一台时空扭曲原型机，因为性能很不稳定，且耗电量极大，所以一直被搁置在他们的仓库里，后来被我偶然发现了，这给了我逃离时间困境极大的鼓舞。我本来还想自己做一台类似的装置，如果那样的话，也许我得用上百年才能学会造这个机器的知识。”

同一天重复上百年，也就是几万次，每天学习枯燥的工程理论，苍老的灵魂困在年轻的躯体里，记忆残留着一丝微弱的希望，只为了逃离这个诅咒，我不敢想象，他到底怎样才能承受住这些。

“那你是怎么把这台机器偷出来的？”我又问。

“我买下来了。”

“你竟然有钱买下这个机器！”

“我买下了整个九天未来科技公司。”他用平静的语气回答我，似乎这只是一次微不足道，没必要提及的交易。

我用难以置信的表情看着他。

“如果你有这么长时间来探索一个城市，知道别人所不知道的，你也就知道如何在一个小时内变成亿万富翁，并且买下一家科技公司。”

“你为什么不买下我们要去的核电站？”

“那是政府的，钱办不成这事。”

卡车里陷入一片沉寂，很快我们就到了检查站，靠着工卡，我们顺利混了进去。

“我们到了。”杨柳说。

杨柳把卡车开到一个车间，里面有很多运转的机器和高压线网。

“把那个红色的开关打开。”杨柳对我说。

我按照他的指示，按下了墙壁上的红色按钮。

“然后把这些线连接到核电输出装置……”杨柳自言自语着，打开了卡车的后门，他从里面拽出了几条不同颜色的线，那些线乱糟糟地缠绕在一起，像是某种命运的暗示。他拖着这些沉重的电线，一步步走到墙壁边，把它们插到了转接口上。

然后他一步步走回来，每一步都走得很有仪式感。

他走到卡车边跳上去，回过头来对我说道：“待会儿我钻进这台时空装置里，你就再按一次红色开关，高压电就通过来了，要用到这个核电站 30% 的功率才能让它运转起来。”

“然后你的时间线就被拉直了，是吗？”

“是的。”他说，“如果顺利的话。”

“我们失败的那一千多次，都是在哪个环节出的问题？”我问。

“99% 都是在这个环节，这台机器不稳定，很容易爆炸。不幸的是，之前的每一次它都失败了，每次失败后我只能对其进行微调。”

“所以只能靠我们冒险了。”

“对，我们是用人命一次次试错……”

“我猜，有很多次死状一定很惨吧。”

杨柳没有回答我，他又看了我几眼，摆了一个胜利的手势，对我说道：“祝我们顺利吧！”

然后他钻进了时空装置。

隔着装置的透明窗，我看到他冲我点了点头。

我数了三下，按下了红色按钮。

那台机器嗡嗡地运转起来，看起来一切正常。我尝试想象之前的一千多次，自己站在这里，到底是怎样的心境。我打量着这个陌生的地方，自己竟然来过一千多次，但却完全不记得，这让我产生了一种奇妙的错位感。

突然间，从那台机器里开始冒出丝丝白烟，还伴有不规律的刺耳噪声。

白烟越来越浓，噪音也越来越大。

然后机器爆炸了。

我被爆炸的冲击波弹到半空中，然后重重地摔在地板上。我感觉到自己的内脏已经被震碎了，我趴在地板上，发出微弱的痛苦呻吟，看着杨柳的尸体碎片从机器爆炸的余波中掉落下来。

我知道自己要死了，似乎又看到了杨柳的那双眼睛，那里面充满了失望，在我的意识即将消散的时刻，我分明听到他说了一句话："又失败了。"

我从梦中惊醒过来。

似乎有一场可怕的梦境，梦中我梦到了一个人，他叫杨柳，他走进我的心理诊所，来寻求我的帮助。

但那场梦境太真切了，也许那就是昨天真实发生过的事情。

如果是昨天发生过的事情，那表明事情又一次失败了，如果事情失败了，我就不该活着，也不该有昨天的记忆。

我理不清这里面的逻辑，摇了摇头，起来洗漱完毕，又简单吃了点早餐，就走出了家门，准备去诊所上班。

“孟医生好！”小区的小朋友给我打招呼。

“你好，小朋友！”我回答道。

然后我猛然间愣在原地，像撞见鬼一样回过头去，看着那个打招呼的小朋友。

大约十秒后，他会唱起那首《读书郎》。

我的心猛烈地跳动起来，一秒仿佛一生那样漫长，我等着命运对我的审判。

一秒，两秒，三秒……

十秒过去了。

“小嘛小儿郎，背着那书包上学堂……”

声音如期响起来。

这本该是昨天发生过的事情。

今天又发生了。

我拿出手机，看着上面的日期，低头呕吐起来。

2007 年 7 月 1 日。

我发疯似地跑到了诊所，焦急地等待着。

8 点钟，8 点 10 分，8 点 20 分，8 点半……

我从上午一直等到了深夜，没有等到杨柳，没有等来那句开场白。

然后我明白了。

时空装置爆炸，把杨柳蜷曲的时间线解开，同时把我的时间线蜷曲起来。

因为时间是从 7 月 1 日开始，杨柳不再记得自己有过漫长的时间循环，也不会来这里找我了。

他成功逃离了。

而我却陷入了和他之前一样的境地，我被困在了时间循环中。

杨柳曾经是这个不变世界的唯一变量，现在这个变量需要被置换，时间就像数学公式一样精准平衡，你如果置换一个变量，就得用另一个等量替换。

我就是替换杨柳的那个等量。

这城市有两千万人，我得在茫茫人海中，找到一个男人，一个叫杨柳的男人，找到他后，我会对他说一句话："我被困在同一天出不去了，你得帮我。"

然后。

我们把该做的事，曾经做的事，再重新来过。

后记：

柳文扬的《一日囚》曾给我留下极为深刻的印象，此文从另一个角度，讲述一个尝试逃离时间困境的故事。

谨以此文纪念柳公子。

丧　钟

文／龙　振

这个男人快要死了。

他的生命正在一点一点地流逝，他能清晰地感觉到，自己每一秒都比前一秒虚弱一分。他竭力让自己不去想这个，而是把注意力集中到那个旧钟的钟摆上。机械地摇动着的钟摆，一来一回，一如他这平庸的一生，但它无疑是很有催眠作用的，他已经记不清有多少个辗转反侧的夜晚是在注视着这单调的动作中睡去的，不过这次，他不能再放心地闭上眼了。他须坚持到钟敲响下个整点，这个执念支撑着他活到现在，还有几分钟，他就彻底解脱了，一想到这里，他的心便格外平静。

男人孤独地半倚在床上，陪伴他的，就只有那个不知疲惫的钟了。妻子被他支走了，至于儿子，他根本就不愿过来，他只需要男人的一个承诺——在下个整点后死去。实际上,男人必须这么做——他是那么对不起儿子，如果他现在就死了，那么儿子一定会怨恨他一辈子，让他在另一个世界也不能安生，坚持下去，这是他这辈子能做的唯一一件让儿子称心的事。

他的右手手臂中有一个小小的芯片正在为他为时不多的生命进行着倒计时。正是这个锱铢必较的魔咒，让男人不得不在死亡线上继续挣扎一番。芯片并不是男人独有的，这个社会上，每个人在刚出生后就会立刻植入它，芯片除了记录了诸如出生日期、性别、基因图谱以及后来补充的姓名和个人履历外，还有一个功能就是为生命计时，精确到微秒。在不同的年龄，会有不同的权利和义务，这些都需要其精确掌握，而《基础法》中的一个条例，也使得这种掌控格外重要——在六十五岁前死亡的人员，一律视为意外死亡，将不被赋予免费葬入国家公墓的权利。

除了战乱时期“意外死亡”过多时这个条例有所放宽外，其他时期它无一秒不被严格地执行着。对于这个在世界大战的废墟上建立的文明来说，土地是极其贵重的资源，因此，想给死者一个体面的归宿不是一件容易的事。因此，国家在一些次等的土地上建立了国家公墓，并订下了那个条例。对于普通人来讲，他们在死后有两条路，一是葬在公墓，另一就是让殡葬业公司处理——这样死得更加体面些，代价是一笔不菲的费用，相当于普通人家三年的开支。除此之外，任何的私人处理都是违法的，不仅会受到法律的制裁，也会遭到周围人的唾弃。今天，正好是男人六十五岁的生日，但离那个具体的时间，还是有一点小小的差距。男人必须跨过那个时间，公墓才会成为他的归宿。至于另一条路，他不配——至少他和儿子是这么想的。

事实上，六十五岁的限制并不苛刻。在这个平均寿命一百二十岁的社会，这个年龄的人还应该算是壮年。即使遭遇了什么不幸，例如身染重疾或出了意外事故，只要不立即殒命，都可以通过高超的医疗手段存活下来，而且需要的费用，也不至于达到那个让人不能接受的地步。但男人是个例外，他死于现在是必然的，源自于其本身的基因缺陷。他，是基因优化下的一个悲哀的产物。九十年前，人类进一步解析了基因图谱，能通过亲代的 DNA 序列以及母系的受孕时间推测出婴儿的基因图谱，并对其健康状况和思维能力等进行精准预测，这一技术发展到极致，甚至能进行隔代判断。进行孕育咨询，是每对新婚夫妇的必修课。通过咨询，他们会得到一个特定的时间，在这个时间受精产生的后代将拥有相对最佳的身体和心理素质，正是基于这种技术，人类的平均寿命渐渐增长，不过也造成了一些悲剧的个案，就像这个男人。他的父母在孕育他前得到的是两个优生的时间——在其中一个时间，他们将得到一个健康的子女，但身体素质和思维能力都只能算是一般；而在另一个时间，他们的子女会患一种无法治疗的病，虽然不会对其造成任何痛苦，可他注定活不过七十岁，但正是因为这种病，他的基因图谱上一个关联基因组为全显性，以至于他的后代有非常大的几率会是一个具有极高智商的天才。经过一番挣扎，男人的父母在第二个时间孕育了他，而这也使两人愧疚了一生。但他们并不后悔，如果后代有一个绝世天才，那么可以保证家族地位在数代之内处于金字塔顶端，为了这个目的，有所牺牲也是值得的，更何况他还能得到一份不小的补偿。

男人的前半生在恐惧与怨恨中度过，后半生则是在愧疚中挣扎。从他懂事起，那个诅咒就一直纠缠着他，令他不只一次从噩梦中惊醒。他的人生轨迹隐隐地在他人的掌控之中，尽管父母掩饰得很好，甚至经常给他选择的权利来证明其自由。男人即使有诸多不满，所作的选择也是顺着父母的，甚至他一生的伴侣也是父母安排好的——她的基因图谱与他的匹配度很高，能最大限度地提高生育天才的概率。妻子的性格很好，两人一直相敬如宾，但只要男人一想到自己身后那默默操纵的手，心中就如注了铅一样难受。一切只要等自己的后代降生就好了，他总是这样安慰自己，却没想到他这安慰，反而成了他一生最大的不幸。

钟摆静静地摇动着，一次次重复着那道优美的弧线。钟摆的上方，秒针以其永恒的频率僵硬地运动着。没有人理解男人对这个破旧的摆钟偏执的热爱，相对于这种几百年前时兴的机械钟，原子钟无疑更加方便和准确，但他从未想过要替换掉它，即使几次儿子发脾气时把它弄坏，男人也会费尽力气将它修好，而摆钟也从来没让男人失望过，几十年来，它没有产生过一秒的误差，只要上足发条，它便可以以其标准的节奏规矩地工作一个月，而男人，也从未忘记给它上足发条。如果当时就有这个摆钟该多好，在男人的后半生中，他不止一次地这么想。

男人再一次回忆起那天，每次的回忆都让他心中滴血，但现在无所谓了，那痛苦的回忆在几分钟后便和他一起葬入坟墓，再也不会给他造成任何折磨。那一天正是优生的最佳时间，但妻子却莫名其妙地昏了过去，他不能把她送去治疗，一旦错过了那个时间，发生的事将是谁都无法接受的，更何况他此生只能拥有这一个妻子，并且只能生育一个子女，这也是《基础法》的硬性规定，毕竟这个满目疮痍的星球已经承受不起更多的人口了。那一天，他焦急地坐在妻子床边，尽管妻子并没有生命危险，但他不可能因此安心。时间一分一秒地过去，离那个时间越来越近了，这时他猛然想到，自己因为工作原因将手表拨快了五分钟，这只是个大约的时间，他一向对时间的精准度不屑一顾，而现在，他将为其承担苦果。差一点时间应该没什么影响吧，男人这样安慰自己，因此，他漫不经心地将时间拨慢，把注意力集中在妻子身上，对他来说，这才是更重要的。渐渐地，时间到了，他做了自己该做的事后，立刻将妻子送进了医院，所幸她并无大碍，只要住院休息几天就好了。妻子很快就醒来了，这才使他心中的石头落了地。三天后，妻子出院前，传来了其已经受孕的消息，然而，男人还没来得及高兴，随后传来的消息就令他如临晴天霹雳——根据基因图谱分析，孩子除了拥有比他更长的生命外，再也比他强不了多少，而且遗传于他的那段关联基因组也成了隐性。因此孩子的下一代也将是个普通人，那个做了二十多年的美梦，在这一刻消逝得比泡泡还快。

儿子降生后，男人将所有的爱都倾注在他身上，并隐瞒了那个他可能成为天才，只是因为自己的疏忽而失去了那个机会的事。在他看来，自己和儿子都是被命运戏弄的产物，这份悲哀，只要他自己承受就够了。直到有一天，十岁的儿子知道了那个可能后哭着质问他，而他又不再隐瞒后，男人才知道自己错得离谱。在儿子眼中，自己不但让他失去了那个机会，还为求心安而欺骗了他，这样的念头，让儿子恨了他一辈子。那天，儿子确认了真相后，先是跟他吵了一架，然后擦干了眼泪冷冷地对他说：“你不是我爸爸，你不配！”随即摔门而去，妻子急急地追了上去，而他却站在原地一动不动。整个世界，在他的意识中轰然坍塌，所有的期望与付出都化为泡影，占满了他的心的悔恨与歉疚令他痛不欲生。那一刻，他想到了死，但随即打消了这个念头，父母和妻儿还需要他来养活，“意外死亡”产生的丧葬费更是这个家庭所承担不起的，他必须活着，为了赎罪而活着，他死不起！现在好了，再过几分钟他就彻底解脱了，一想到这，他的心中又是一阵轻松。唔，具体的时间是两分三十七秒，这一次，他不会再弄错时间了，他自嘲地想，这一瞬，时间又不紧不慢地过去了两秒。

死亡的征兆是在一个月前发生的。他在上班的途中，一种极度的虚弱感瞬间袭击了他，使他清醒地意识到，结束的时间到了。他没有想过去治疗什么的，那样根本无法令他摆脱那个魔咒，他的心中只有遗憾和忐忑——离自己的生日只有一个月了，只要能挺过这一个月，他就可以毫无愧疚与顾虑地离开这个并不精彩的世界了，但是，他真的能坚持这一个月吗？从那天起，男人就一直待在床上，一边望着那钟摆，一边感受着生命流逝带来的愈发强烈的虚弱感，死亡没有给他带来一丝痛楚，以至于他现在仍然能清醒地回忆一生。现在，他已经不再愧疚了，事实上，他根本也没有必要为儿子感到愧疚。如果不是因为错过了那个时间，那么降生的，也不可能是这个冷漠的家伙了。他从未将这一点解释给儿子听，那样只会令他对自己的怨恨更甚，毕竟在儿子看来，自己的一切理由都不过是推脱，自己的所有付出都是他应该得到的。他也正是以这种心情走过了灰暗的后半生。

距离预定时间还剩一分五十秒。

巨大的痛苦突然袭来，完全没有防备，男人刹那间几乎窒息。紧接着，意识如一叶扁舟在痛苦的骇浪中沉浮。放弃吧，这个念头如恶魔般诱惑着他，使虚弱的他难以抵抗。男人竭力保持着一份清醒，试图将注意力再次转移到摆钟上，但眼前的世界已经莫名地扭曲——所有的东西都变成了狭长的条状，表盘已经变成一个竖着的橄榄球，秒针走向横向区时便诡异地缩短了一截。钟摆的节奏也令男人感到陌生，每次画出的那道弧线，都变得如此漫长与艰难。心脏剧烈地跳着，前所未有的有力，似乎要把以后无法继续的工作在现在提前完成，这让男人的痛苦又重了一分。

距离预定时间还剩一分十九秒。

疼痛稍微退去，一种如同百虫噬咬的感觉立即袭来，令男人生不如死。他努力抬起不太听使唤的右手，在全身上下挠来挠去，但这反而使自己痛痒更甚。很快，他的皮肤上开始渗出血，不一会儿，就在洁白的床单上留下一个暗红色的人形印记。这才是死前应有的结果，即使在这种状况下，男人仍然没有忘记自嘲。

距离预定时间还剩四十三秒。

眩晕感不住地袭向男人，一种被重物击打的感觉令他头痛欲裂，在短暂的意识模糊后他立即清醒过来，这样的体验令男人一阵后怕，现在的他，对于能否支撑下去再没有一点信心。朦胧中，男人感觉自己正跌入某个深渊，失重的感觉令他几近绝望，这不是他第一次有这样的感受，事实上，他经常在某个近乎睡熟的时刻突然感觉自己在急速下落，随即惊醒后再没有一丝睡意，只能呆呆地望着钟摆，使焦躁不安的心平静下来。这一次，男人再一次摆脱那糟糕的体验，但身心都又虚弱了一分，还好，他需要坚持的时间不多了。

距离预定时间还有十五秒。

蓦地，所有不适都如潮水般退去，意识再一次变得清明，这让男人有些惊喜交加，自己还有机会为这残破的一生倒计时了。

十、九、八、七、六、五、四、三、二、一。“当！”钟声如约响起，在男人的耳边如天籁般环绕。“当、当！”钟声接着响了两下，下一瞬，男人轻轻地闭上了双眼，在世界从他视野中消失的刹那，他看到死神正冲他微笑。

很快，男人的生命体征消失了。他右臂中那块芯片记录下最终的信息——死亡时间：23×× 年 3 月 16 日 2 时 59 分 58 秒 79 毫秒，寿命：六十四岁，无葬入国家公墓资格……

1 秒 21 毫秒后，无数个难眠之人的通信器上，都在播报着一条整点新闻。

“联合国常务会议出台新协议，为解决由于环日加速器超量运作对太阳系时空的轻微扰动问题，将对时间进行新的校正，所有区域的时间延迟五秒，这一改动将首先作用于身份芯片上……”

……

“基因蓝图计划再作突破，人类彻底掌控造物之力，专家称最新医疗手段可解决绝大多数遗传病，人类从此摆脱基因突变的噩梦……”

钟摆只是静静地摆动出那道永恒的弧线，无声地，注视着那男人。

画　魂

文／范恩正

一

悠淡的灯光把房间微微照亮。淅沥沥的夜雨打上落地窗上，发出富有节奏的旋律。张若佩站在窗前，毛茸茸的小猫在她怀里舒服地伸了个懒腰，小家伙眯着眼的样子分外可爱，柔嫩的舌头亲切地舔着她秀丽的脸庞。

张若佩似乎听到了什么，警惕地抬起头。表情的温情渐渐散去，取而代之的是愈发凝重的平静。

一道黑影顺着房门底部的缝隙爬进来。门锁发出几声金属碰撞的声响。随着吱吱呀呀的声音，房门在外力的作用下缓缓打开。

“王生。”张若佩看到一位熟悉的老朋友。

来人穿着一身破旧的黑夹克，沾着污泥的 07 式军靴把地板踩得吱吱作响。

“我是应该叫你张若佩，还是赵康来？”

“放了我吧。”张若佩平静地说。

王生向张若佩的方向缓步走去，一张粗糙的中年面孔出现在灯光里。他目光矍铄，左脸有一道挂着血迹的丑陋伤疤。

“请你放过我。”张若佩不禁抱紧怀里的小猫。

雾都的雨下大了，雨滴叮叮咚咚地捶打着玻璃。王生娴熟地拔出 92 式手枪，稳稳对准张若佩的同时调开了保险。张若佩毫不紧张，反而一脸镇静地看着王生的眼睛。

“生而为人，我很抱歉。”张若佩垂下眼睑，银铃般的嗓音缓缓念出松子的台词。

一道火舌转瞬即逝，在张若佩听到枪声之前，5.8 毫米的子弹便已射穿她的胸膛。子弹带着剩余的威力，又把落地窗打成碎片。晶莹的玻璃纷纷散落一地，风声和雨滴顺势灌进房间。

殷红的体液顺着张若佩的裤腿流下，逐渐汇聚成一小片血泊。张若佩俯下身，捧着没了生气的小猫，把它轻轻放在没有玻璃碎片的地板。随后，她一脸镇定的向王生的枪口走去。第二枪响起，王生透过手枪的准星和照门，一脸厌恶地看着她。弹头轻而易举地贯穿柔弱的躯体，抛出的子弹壳在雨滴里冒着几缕青烟。

“别忘了你是谁。”王生面无表情地说，“时间到了。”

王生调高枪口，打算用弹匣余下的所有子弹轰烂眼前这位美丽女子的脸。一连串的枪声盖过了呼啸的风。

听到持续的枪响，SUV 驾驶位的男子满意地点点头。他于是收起 05 式微冲，用车载无线电向研究所如实汇报。

二

七天前。

正午阳光正好。重庆的艳阳穿过窗前的植物，留下一块块斑驳的光影。咖啡馆的客人很少，显得分外冷清。

刘琦看了眼时间，他等待的人还没有来。他拿出送给她的礼物，一本名为《弗兰肯斯坦》的科幻小说。作为忠实的科幻爱好者，自小在科幻小说的滋养长大，刘琦很是喜欢玛丽 · 雪莱的这部开山之作，不过他并不清楚作为礼物是否合适。即便如此，他依然想把这本书递到她手中。

“嗨。”

刘琦听到女生的声音，下意识地抬起头，刹那便惊讶得不知道说什么好。他被她难以想象的美遏住了咽喉。

“是给我的吗？”张若佩落座对面。她穿着一袭白裙，乌黑的发丝垂在肩头，红唇弯出一弧艳丽的弧线。

“啊？”刘琦时过半晌才收回注意力，连忙支支吾吾地应付，“对对对，是……给你的。”

“谢谢。”张若佩双手接过，“讲的什么故事。”

心跳按不住地加快。生活中刘琦资深科幻迷的身份，一方面带给他快乐，一方面又为他带来烦恼——男生嫌他卖弄、做作，女生误解他不食人间烟火。能遇到有漂亮女生咨询科幻方面的问题，对刘琦来说无疑是莫大的幸运。

“很高兴你对弗兰肯斯坦感兴趣。”刘琦来了兴致，眉飞色舞地讲起故事，“科学家用尸体的器官创造了一个造物。造物心本善良，可惜人们厌恶它、憎恨它，造物杀了科学家的家人。杀死造物主后，消失在北冰洋的大火中。”刘琦没有继续夸夸其谈，他留意了一下张若佩的表情。根据以往的经验，他要是再说下去无疑是亲手傻傻地给聊天画上尴尬的句号。

张若佩摆出一副若有所思的表情，刘琦见状有些慌张，他赶忙试着转移话题。

“也可以聊聊别的。”刘琦拿起水杯要喝。

“人们为什么憎恨它？”张若佩明澈的大眼睛向刘琦投去好奇的目光。

刘琦大吃一惊，下咽一半的水激动地反涌出口。他怎么也没有想到眼前这位美丽的人儿会问出这般话，这同以往与女生的社交经历截然不同。

“你还好吧？”张若佩递上纸巾。

“我没事，没事。谢谢。”刘琦连连摆手，他急忙兴奋地继续话题，“一方面因为，科学家弗兰肯斯坦把它设计的样子的确不太符合人类的审美。人们害怕它丑陋的外表，即使它心地善良。更深层次的原因，我想是，是因为我们是人类。我们要对自己的种族负责，不允许地球上有可能取代人类的智慧生物存在。”刘琦自然而然地流露出忧虑的神情，“就像不允许高智商的猴子取缔人类成为地球的主人。顺便提一下，那是我最不喜欢的电影。此片不适合人类观看。”

张若佩想说些什么，声带却忽然无法正常工作。一个男声从他脑海里穿过，“时间到了，王生会载你回来。”

刘琦意犹未尽地想继续诉说，难得遇见一位愿意听他谈科幻的女生。怎奈他担心的事情终究还是发生了，张若佩站起身礼貌地与他告别。孤零零的刘琦长叹一口气，虚弱地靠上椅背，埋怨自己不记教训的多嘴。

“起码她拿走了书。”刘琦撇撇嘴，自我安慰道。

三

王生是位退伍军人。曾在怒江峡谷受训的他本以为能够回归柴米油盐的普通生活，不料却被一纸红头文件调遣进一家对外保密的准军事组织。冥冥之中一锤定音，他的一生在与武器打交道，一辈子在与杀戮枕戈作伴。

见张若佩走出来，王生赶忙用手指掐灭香烟。他套着一件颇有年头的黑夹克，关闭保险的手枪稳稳地插在腋下枪套。

“顺利吗？”王生启动发动机，撇了眼后视镜里的张若佩。

“还好吧。”后座的张若佩习惯性地系好安全带，“感觉他和其他人不一样。”

他们溶入车流，顺着城市的血管朝目的地有序行进——红色的十字路口前停止，绿色的十字路口下行驶。他们遵守既有的规定，和谐地踏着约定俗成的脚步，一丝也不敢怠慢大自然既定的万物法则。

远离闹市，窗外的景色由繁华的钢铁森林渐变成苍葱的绿色植被。张若佩沉浸于美丽的自然景色，没有说话，只是沉默地眺望远方。

在远离闹市的地方，SUV 放慢速度，停在检查站前。王生降下车窗，向武警打扮的安全员出示证件。安全员核对完证件，眼光不动声色地看向其他同伴。几位安全员用军犬和车底检查镜围着 SUV 细细搜查，确定无误后才用眼神向同伴示意安全。武警归还证件，垂下枪口，向王生标准地敬上军礼。

伸缩门匀速打开，升降柱缩回地下。研究所并不显眼，门口的挂牌写着“技术工程研究所”的黑体字。精良的伪装让这里在侦察卫星和山野村民眼中都是一间普普通通的研究机构。只有少数人明白，戒备森严的研究所隐藏了太多不为人知的秘密。

良好的隔音材料和干扰设备把白色房间与外界隔绝开来，柔和的灯光从天花板倾斜而下。

张若佩安静地坐在桌边，双手像乖巧的小学生一样放在桌上。

她抬眼瞧了眼对坐的那人，见对方不做理会，有些失落地垂下头。她在等待，等待那人打破沉默。她在心里默念倒计时，从五开始，数字一点点减少。默念到零时，果然不出她所料，那人开了口。

“我想知道。”张晋中合上她的礼物，推到她跟前，“你对这本书的看法。”

“弗兰肯斯坦？”

张晋中点点头。

“听他说，主人公是科学家。和你一样的科学家。”张若佩若有所思地回想起刘琦。

“你没看吗？”

“没有。”张若佩摇摇头，“王生帮我保管的。”

张晋中微微颔首，收起小说。

“我可以看看吗。”张若佩说，“你总会给我播电影，给我书读。”

张晋中随意瞥了眼墙角的摄像头，“今天先到这里，你还有别的事情要做。”

洁白的墙壁凹陷出一块长方形的滑动门。两人走出白色房间，门外两边各有一名全副武装的警卫，黑色作战服没有任何身份标识；头盔、护目镜和面罩遮蔽住面孔，显的颇有几分神秘感；平顶机匣的 95 式突击步枪平稳地端在身前，战术背心更是塞满弹药。

张若佩莲步轻移，踏上一块光洁的高台。她脱去衣物，展现出完美的肉体。操作台的工作人员随即启动设备，高台伸出几根细长的机械手臂，像花瓣一样包裹住正中的艳丽女子。机械手臂按照既定程序快速摆动，熟练地卸下女子身上的人造皮肤。一块块夹带肌肉组织的皮肤从她身上逐一剥离，没过多久，张若佩的真身——一具金属骨骼便出现在众人眼前。

张晋中一副轻松自在的样子，他看那具机器骨骼的眼神与欣赏最美的雕塑并无区别。王生的眼神则更为复杂，目光甚至有意回避张若佩。

“这就是你的小玩具啊。”廖家辉凑到跟前。他穿着陆军常服，手臂环抱在胸前，看向张若佩的眼神微微眯起。

张晋中瞥了眼廖家辉，“没你的大玩具好。”

“别贫嘴了。”廖家辉脸色阴沉，“你的预算整整是我的两倍。你打着实验的名义，生产一个报废一个，真能折腾。”他瞅了眼王生，“还专门安排了打手。不对，准确来说是杀手。”

“你是军人，我是研究员。”张晋中面向廖家辉，“你我身份不同，研究方向不同，争执是难免的。你告诉我，一颗子弹多少钱？”

“六毛到几元钱不等。”

“六毛钱的成本可以夺人性命，但是可以买来一个真理吗？”张晋中义正辞严地反问道，“一个足以影响文明走向的真理。”

“口舌之利。”廖家辉一时哑口无言，沉默片刻才作出回答，“历史有两种写法，以人为主或以事为主。我比你要务实。过不了多久，8419总局会派人来视察我的大玩具，之后我再准备把它送到白城平台兵器试验中心。相信我，地铁事故的惨剧不会再发生了。”廖家辉冷冷地笑，“对于我，六毛钱的成本，足够了。”

机械臂给张若佩换上一身成年男性的人造皮肤。机械手臂有序地折叠收回，留下一具英俊的裸体男性，周围的工作人员簇拥上前给他穿上衣物。穿上女人的皮，它是张若佩；披上男人的皮，它是赵康来。

廖家辉朝实验室外走去，回头看了眼赵康来，大声吼道："嗨！傻子，别让人面兽心的混蛋把你弄死。"然后大声狂笑着离开实验室。

埋怨的眼神很快回归平静，张晋中对王生说："张若佩今晚在实验室。你去了解那件事。"

王生虚弱地抬起头，有些不太情愿，被张晋中盯着让他很不舒服。一口吸净香烟，碾灭过滤嘴最后的一点火光，王生迈步走向实验室的出口。

图灵提出机器与智能以来一直存有两派观点。一派认为实现人工智能必须采用逻辑和符号系统，另一派则认为仿造大脑的神经网络也可以达成人工智能。

张晋中属于前一派，但像图灵支持机器可以拥有智能但却说机器的智能赶不上人一样，他怀疑图灵测试。与其说是测试，他认为更应该叫伯图灵悖论。人类有智慧和感情是肯定的，人工智能拥有智慧和感情是人类的错觉，还是它们真的拥有智慧和情感。这是张晋中期望解答的疑问，也是张若佩存在的原因。实验室给机器骨骼穿上不同的人造皮肤，以不同的性别、身份接触人类社会，再分析实时传输的反馈数据，来验证人工智能的问题究竟是图灵测试，还是图灵悖论。

廖家辉属于后者的行列，军人以军用的目的造了机器平台，代号为舞干戚。然而他在观念上又退了一步——没有模拟大脑中的神经网络，而是用无线桥接的技术把人的精神上传到众多机器平台，以实现一人操作一百个作战平台的实用价值。

四

月黑风高夜。郁郁葱葱的树林传来匆忙的脚步声，男人的上衣破出几个窟窿，但伤口没有汩汩的鲜血。男人加快速度，向森林深处逃跑。

男人惊慌失措，一面奔跑，一面朝看不见的黑暗处连扣扳机。子弹击中树干，发出几声闷响。

高速飞行的弹头从男人看不到的地方飞射过来，12.7 毫米的穿甲弹轻而易举地射穿男人的膝盖，强大的动能把腿部截成两段。男人狼狈地摔倒在地，飞出去的小腿落在距他几米以外的地方。他感觉不到疼痛，抬起手枪正要还击，从侧面射来的弹丸又以百步穿杨的精准度命中手臂的关节部位，断臂连同手枪掉在他前面的不远处。男人恨得咬牙切齿，挣扎着爬向断臂，欲做困兽之斗。

离手枪越来越近，男人的最后一丝希望和手枪的暴裂一同破碎。反器材狙击步枪射出的 12.7 毫米穿甲弹穿透手枪，深深钻进地下。迸裂的碎片划伤男人的脸，皮开肉绽之下，看的到机器幽暗的金属光泽。

“难怪。”王生的 07 式军靴踩在男人头侧的空地，“你果然改装了自己。”

男人仰起头，看向王生的脸。王生还是他熟悉的那副打扮，仿佛从来没有换过衣服。只不过这次，王生多带了两样东西——挂在背上的反器材狙击步枪和手里的 95B 短突。

“我不想死，求求你放过我。”男人哭诉道，“我们认识这么久了，放我一马吧，没人知道的，张晋中绝不知道。”

“你是机器，谈什么生死。”王生单手握枪，枪口对准男人的头颅，嗓音多了几分无可奈何的惆怅，“真如你所说就好了，张晋中要是什么都不知道，他又是怎么找的到你呢。”

在求饶的男人之前，王生销毁过很多失败的实验品。他会看着他们出生，相处一段时间后再无一例外的亲手送葬。久而久之，除了造物主张晋中，王生也忘记了究竟有多少实验品，究竟有多少没有灵魂的枪下亡魂。

王生忧郁地抬起头，看着没有星星的夜空，周身的一切那么不适。“时间到了。”扳机上的手指似乎被什么束缚住，压下扳机的简单动作变得无比困难。

“时间久了，哪怕是猪狗，也有感情啊。”

王生长叹一声，扳机果断地扣到底。急促的枪响打光一整个弹匣，身后的枝头是一片惊飞的乌鸦。

五

王生昨日彻夜未睡，噩梦把他折磨得心力交瘁，那些痛苦的呻吟在耳畔久久不散。他没洗脸，叼着廉价香烟一番吞云吐雾。

SUV 敞着窗，可以看到高档餐厅里的赵康来，机械骨骼穿上成年男性的人皮，又套了件帅气西装。大数据精心设计的面孔很快便俘获了对坐的女士。女士托着腮，嘴角挂着温暖的微笑。美丽的眼眸忘记全世界，只看得到风度翩翩、侃侃而谈的赵康来。

收音机的节目无聊透顶，王生在车窗边抖掉烟蒂，他密切监视着赵康来的一举一动。

约会结束，女士恋恋不舍地与赵康来分别，并约定好下次再见的时间地点。王生瞥了眼后视镜里的赵康来，称职的衣架子有张异常完美的脸。王生发动 SUV，原路返回。路上的赵康来像小孩子一样，好奇地探看窗外的世界。

这是一座神奇的城，山峦重重赋予重庆立体的形象，顶楼的住客可以和一层的房客做邻居。这座山城赠予迷路的旅人最大的善意便是每一条路都藏着意想不到的惊喜，饭馆的飘香，邻居电影院的书报亭的清闲。

停好车后，王生跟在赵康来身后，走过几条街、几弄小巷，与数不清的人群擦肩而过。繁忙的十字路口人来人往，游客们兴致盎然，争相在解放碑前合影留念。

赵康来站在路边，观察每一个路人。有位背着喇叭形背篓的中年妇女从赵康来身旁缓步走过，背篓里的货物压弯本就不高的她，攥着背带的手指渗透汗水。赵康来的视线随着中年妇女移动，中年妇女渐渐走远，消失在五颜六色的人海。赵康来愣愣地站在原地，望向最后看到背篓的地方。

他像一尊石像，保持张望的姿势，任凭周遭的人流来来往往。不远处的王生没有打扰他，只是安安静静地执行监视工作。虽然人造皮肤做不出过于复杂的表情，包裹探头的仿生眼球更是没有情感的痕迹，但的确有那么恍惚的一段时间，赵康来的处理器隐约察觉到一股难以名状的陌生感觉。

他们返回时已是黄昏，越过横亘嘉陵江的大桥，逐渐甩离城市的盏盏星光。璀璨的洪崖洞光彩熠熠，赵康来一反常态，没有关注窗外的景色。他一动不动地坐着，就连眼睛也没有丝毫眨动，思绪似乎陷入思考的无尽泥沼。

六

“我想听听你的想法。”张晋中说，“毕竟你诞生至今有半年了。”

“您是说哪方面？”

“关于你的。”

“我不是人类？”赵康来带着些许疑问的口气。

“这问题没有讨论的意义，我们说过了。演绎逻辑里的所有事，机器都能干。”张晋中说，“无论在法律、文化还是生物层面，你都是他者。”

赵康来保持沉默，面无表情的样子让他显得有些捉摸不透。

张晋中伏案写字，白色房间里非常安静，显示可以听到弹珠笔书写的细微摩擦声。

“我还想讨论下这个问题。”赵康来抬起头。

张晋中思考片刻，最终还是答应了，“可以。”

“从精神上讲，人类有情感、感受、自我意识。而这些我并不缺少，所以排除躯体等自然差异，我不是人类，而是更像人类。无限趋近，却终究不是。”赵康来继续说着，显得有些沮丧，“人脑就是机器，一台计算机。这是你说的。”

“我有些后悔，真不应该给你看克里斯·哥伦布的电影。”张晋中笑道，“电影是个不折不扣的骗子。肉体难逃生老病死的大自然法则。理论上你的寿命是无限的。相信我，绝对有不少人想成为你，长生不老，不受疾病困扰。事实上的确有同事在研究这方面的技术。”

“你的意思是，在技术上，人类有机器化的可能性，机器有人类化的可能。”

“也许吧。”赵晋中耸耸肩，“大卫迫切地想变成小男孩，是因为单纯地渴望得到母亲的爱。凡事总有原因，也许人类的文化是吸引你渴求成为人类一分子的原因，而不是因为人类本身。请相信我，终有一天你会察觉到，人类的文化以及我们创造的一切，像蚂蚁一样原始、像蛆虫一样恶心。人想取而代之，简直比呼吸还要简单。”

“很遗憾听到，我不能完全赞同你的想法。历史上不乏先进民族被蛮族所灭，蛮族在废墟上被先进民族的文化同化的例子。”

“一个复杂的问题。”张晋中点点头。

“我想其中的部分道理和门外有警卫的原因是相同的。”

“很高兴你能说出这番话。坦诚的交流，这正是你我需要的。”张晋中开心地笑了，他摊开手，“傻瓜手里有棒子，傻瓜当然可以打死没有棒子的天才。”

赵康来也笑了，僵硬的笑容显然缺乏练习。

“我应该在大学找份打扫卫生的工作。”两人互相注视，保持各自的笑。

一停一顿地收敛住微笑的表情，在赵康来嘴角的最后一丝笑意散尽之时，张晋中惊讶地察觉到一股转瞬即逝的刺骨寒意。这惊讶没有让他惧怕，反而激起了他更多本不存在的假想。

“聊聊别的吧。”张晋中放下笔，聚精会神地等待对方的回答，“我给你看过不少电影，你最喜欢哪个。”

“被嫌弃的松子的一生。”赵康来如实回答。“生而为人，我很抱歉。”

在听到回答的一瞬间，张晋中的思绪浮现出一个大胆的想法。他满意地点点头，把《弗兰肯斯坦》一书缓缓推到桌面正中，“也许你需要它。”

赵康来夹着小说，在安全员的护送下返回实验室。张晋中调整好心情，去找吴所长商议接下来的安排。

七

研究所的地下长城中的很多隧道是旧时危机时分的产物，宽敞的通道可以容纳两辆 59 式坦克并排通行。研究所驻扎于此后，地下设施加以完善。这里的安保措施堪称滴水不漏，每走十几米就能看到持枪警卫，通道交汇处无不挂有满备弹药的遥控武器站，全副武装的巡逻队在隧道逡巡往返。每一扇防爆门都在用它们厚重的身躯隐藏住一个又一个鲜为人知的秘密。

研究所的员工可以申请武器使用权限，一旦申请通过，他们的工作服下便会多出一两件随身携带的杀伤性或非杀伤性武器。阳光照不到的地下有很多秘密，张若佩或者说赵康来无非是这片神秘汪洋里的一小滴水。

张晋中在吴所长的办公室外等候多时。十几分钟过去，廖家辉开门而出，他见到张晋中，热情地去打招呼。张晋中敷衍地动了动嘴角，勉强算是一笑而过。

“晋中啊，你来得真巧，刚好有事找你。”吴所长招呼张晋中坐下。吴所长身后的墙壁挂满荣誉，最醒目的位置是几位高级将领巡视研究所的照片。

“看了你的报告。我非常赞同你的想法，后续的实验就按照你的这个思路做吧。只要不过分打扰百姓的生活就好。”

“所长，这需要安全部门的配合。”

“放心，我全力支持你的工作。”

“所长，我刚才遇见了廖家辉。他的舞干戚进展顺利吗？”张晋中小心翼翼地问。

“舞干戚还是比较顺利，过段时间，8419 总局那边会派人来接触一下。”吴所长看出张晋中的困扰，宽慰道，“舞干戚着眼于当下的军事需求。研发舞干戚是总局的要求。地铁事故你也是知道的。别看他现在风光，你的研究才是未来啊，因为你是在解决根本性的难题。你心里不要有不平衡的情绪。你和廖家辉就像是硬币的两面，一面做工程的，一面搞科学的。你的付出，大家有目共睹。”

八

张若佩乖乖地坐在后座，她像往常一样，时不时看着窗外的花花世界，白皙的脖颈在轻柔的晨光下显得分外美丽。街边的小铺子开始了一天的忙碌，龙抄手的芳香四处飘散，街上来去匆匆的行人随时间的变化渐渐多起来。

山城的道路弯弯曲折，SUV顺着下坡缓缓而行，王生特意放慢速度。

王生一手把着方向盘，一手伸出车窗抖烟灰。往日，这一百无聊赖的动作他不知重复多少遍，却不料今天险些害他丧命于此。看起来人畜无害的张若佩忽然对王生发动袭击，中性笔的尖头沿着计算过的路线刺向王生的喉咙。王生感到一股寒意骤然袭来，几乎是下意识地做出反应，旋即钳住张若佩的手腕。笔尖有惊无险地抵在喉咙前，只在他的皮肤上留下一个黑点。

王生还没来得及松口气，刺耳的喇叭声把他的额头逼出水。王生奋力躲避横祸，可惜为时已晚，蓝色的旧货车径直撞上SUV的前侧轮。SUV不受控制地剧烈颤抖，变形的车窗压碎玻璃，激射的破片在车内纵横纷飞。几秒的时间里，王生感觉到来自各个方向的碰撞，他眼前一黑，便失去了意识。

失控的车灯毫无规律地闪烁。车部件碎得看不出原貌，像落下的雨滴一样散落在路面各处。好事的围观群众越聚越多，他们站在自认为的安全距离，惊讶之余还不忘拍照发朋友圈。旧货车的司机没了意识，趴在方向盘上，被扭曲的车头困住。

模糊的意识逐渐清醒，脸上的伤疤分为刺痛，鲜血淌了王生的满半张脸。他吃力地抬起头，叫着张若佩的名字，没有听到回应，他提高了声音，还是没有回应。王生忍着疼痛的折磨，向后探去，顿时脸色大变，后座除了破碎的玻璃外不见人影。

围观人群自觉地让开，他们像躲避瘟疫一般避开张若佩。张若佩一路小跑，很快就与 SUV 拉开距离。不远处传来救护车的蜂鸣，王生一下撞开破烂的车门，拖着酸痛的身体向张若佩追去。他向研究所呼救，却听不见回信，懊恼地甩掉通信设备。

张若佩跑进闹市，惊慌地向身后张望，没见到王生才放下戒备。闲暇的假期吸引来很多游客，街上的行人来来往往。背着竹篓的中年妇女从她一边经过，她斜下眼神，又很快收回，继续自己的忙碌。张若佩不解其意，也没有再过多思索，转回身，一只沾满血污的手掌紧紧拉住她的胳膊。

“你就不能做个乖孩子吗。”王生恶狠狠地说，半脸鲜血的样子很是恐怖，“跟我回去。”

“不。”张若佩摇摇头，她的声音很小，但是斩钉截铁。

“别忘了你是什么！”

“我知道我是谁。”

从张若佩眼里，王生看到一种别样的神情，这神情异常坚定、复杂，不是人造眼球所能轻易模仿。

“救命！救命啊！”张若佩大声疾呼。

周遭的路人陆续被年轻女生的呼救吸引，越来越多的男性包围了一脸恶相的王生。机会难到，男性们争相扮演英雄救美的角色，或是向亲朋好友证明自己的勇气，或是遵从原始本能的驱动，扮演英雄救美的主角。

“给我滚开，没你们的事。”王生满不在意地扫了眼周围。

几个男性掰开王生的手掌，把张若佩拉到身后。众人里不乏好心大妈主动安慰惊恐无助的张若佩，人群筑起一道道人墙，保护起遭遇不幸的可怜姑娘。

王生去追张若佩，几名男性拦住他。

“这事儿现在跟我就有关系了。”东北口音的大汉抓住王生的衣领，把他朝自己的方向拉，“你知道不？”

眼里闪过一道寒光，王生的左掌突然猛烈切砍大汉的肘关节，大汉疼得五官挤作一团。几乎是同一时间，王生的右臂猛力向下切压大汉的脖颈。方才耀武扬威的东北大汉几秒后像死猪一样晕倒在地。

事发突然，围观的好事者还没来得及弄明白发生了什么，他们怔怔地看看地上的大汉，又瞧瞧王生。待他们回过神，才一同大喊大叫着扑向王生。

以王生为中心点，人群掀起一阵阵此起彼伏的骚乱。咒骂、嘶吼、碰撞、尖叫，令人不适的混乱搅成一团。围观的人们忙着打架、助威，他们已然忘记，引发混乱的张若佩此时悄悄消失在了混乱之中。

九

穿梭的流光与山城的万家灯火构成一片错落有致的星光海洋。灼灼光影踏上江面，每一步都留下自己独一无二的色彩。脱去白昼的轻丝外衣，深夜的重庆分外动人，虽是让人忍不住停下来聆听这座城的呼吸，静下心来慢慢倾听这座城千百年来沉积的细语呢喃。

一天的忙碌难得告一段落。拎着今天的晚饭，刘琦摇摇晃晃地走出便利店，两袋海鲜味方便面和一根淀粉香肠占据了两毛钱的塑料袋。顺着路灯的指引，刘琦走完回家的路。

老旧的居民楼无处不透露着时代的味道。鼻子稍微留意一下，不难嗅出晚风裹挟的腊肉香。刘琦坚信，终有一天沉甸甸的腊味会压垮锈迹斑斑的防盗窗。在此之前，幸运的防盗窗只需等待压垮它的最后一根腊肠。

电梯的指示灯从数字一路跳到十三，破烂的电梯内不缺小广告的位置。听到“叮”的一声，刘琦不由得松口气，这恐怕是今天最美妙的乐音。

刘琦在口袋里翻找钥匙，突然看到灯光下的张若佩。他先是一愣，装着晚饭的塑料袋失神掉下。仔细打量后，刘琦心中更多的是惊喜。

“本来不打算打扰你……”张若佩眼眸微垂，一副看起来楚楚可怜的模样，“可我不知道还能去哪里，真的。”

“怎么啦？”刘琦疑惑地问，见张若佩的表情有些难为情，便赶忙说，“先……先进来吧，进来吧。”

刘琦的屋子非常简单，简单得没有一丝一毫杂乱的潜质。屋子虽说不大，科幻小说倒是随处可见，墙上的空间也被经典科幻电影的大幅海报利用。

“坐吧……”刘琦捧走沙发上的几本小说，腾出空位。

“谢谢。”张若佩礼貌地微笑点头。

“你吃了吗？”

刘琦的小猫一路小跑，小短腿用它毛茸茸的脸蛋亲切地摩蹭张若佩的脚踝。小家伙成功引起张若佩的关心，她抱起小猫，放在怀里轻轻抚摸。

刘琦想不清她到访的缘由，见到这一温馨的场景，又不忍打破，到了嘴边的话不得不咽了回去。

“看样子今晚有雨。”刘琦瞅了眼落地窗，犹犹豫豫地说，“要不，你今晚现住这儿吧。明天天一亮，我就送你回家。”

“谢谢你。”张若佩点点头，“我想离开重庆，去看看外面的世界。你能……”她斟酌着合适的用词，“你能陪我吗。”

刘琦不假思索，奋力地点头，生怕张若佩会反悔。

十

“你个龟儿子，看不出来，你还是个狠角色嘞。怪能打的，一个人喽，干倒了十几个。差点还打警察，要不是来得及时，你是不是要把整条街都打一遍喽。”警察拍着桌子，震得整个桌子都在颤抖，他操着一口标准的重庆方言，凶狠的眼神像刀子一样直直地刺向王生。

染红的纱布缠住王生的半张脸，王生一言不发，甚至不想和审问他的警察有半点目光的交流。

“说吧。这个家伙，你是怎么弄来的。”警察把王生的 92 式手枪拍在桌面。

“装硬汉，好。”警察轻蔑地笑笑，“我劝你尽快想好，坦白从宽。”

有人忽然推门而入，警察看到来人，赶忙起身行礼。

“局长。”

“把人放了吧。”局长看向默不作声的王生。

“啥子？”警察顿时义愤填膺，指着王生说，“放了吗？他可不是什么好东西啊”

“是咱们的工作疏忽，咱们也有错。快把人放了。”

警员马上就明白了局长的意思，赶忙解开王生的手铐，归还手枪。王生把 92 式手枪别在腰间，用衣摆遮挡住露出的枪把。他从警员一边走过，那家伙提不起他半点兴趣，他看都没有看他一眼。

“你们的人在外面。”局长用不温不火的口气说，“冒犯了，还请多多担待。”

“多谢。”王生站定，在局长面前微微颔首。

走出警察局，王生撤掉头上的绷带。他一眼就瞧见半开车窗后面的熟悉面孔，是廖凯，他的年龄比王生小许多，戴着墨镜，一只手臂抵在方向盘上。他保持着招牌式的憨厚笑容，算是在向王生打招呼。

王生钻进 SUV 的后座位置，两人的瓜葛让他不想和廖凯过多接触。

“老王，我和张晋中谈过了。”廖凯启动发动机，“毕竟是你的工作疏忽，你要能带张若佩回来，也算是将功补过。研究所也不会难为你。你看怎么样？”

“安全部门介入了？”

“当然，这是实验品外逃。按照流程和预案，事情发展到这个地步，我们不想介入都难。”

“8419 总局呢？”

“这事还没惊扰到总局。研究所是总局的地方分部，总局有心想管，也不方便直接介入。”

王生陷入沉默，一股看不见的力量扼住他的咽喉，纵使再强壮的体魄和娴熟的技巧也挣脱不开。

“张若佩终究还是机器，怕是到现在她还不知道我们能实时监控她的一举一动，她的眼睛就是监控器，耳朵就是窃听器。逃能逃到哪里啊。”廖凯拽过副驾驶座的背包，取出一把漆黑的05式微声冲锋枪递向王生，“是不是设计出了什么问题？在它之前的每个实验品也都有逃跑倾向。难不成是故意的？”

王生使个眼色，经过后视镜的折射，廖凯心领神会，收回冲锋枪。

“真怀念你在安全部门的日子。”廖凯说，“有机会，申请回来吧。”

“她的位置确认了吗？”王生故意岔开话题。

“放心吧。安全员封锁了每一个出入口，她插翅难逃。”廖凯故意用轻松的语气说，“和往常一样，你进去打死它，这儿档子事就结束了。”

没过多久，两人来到一幢住宅楼。最后一班轻轨呼啸驶过，街上寂寥无人，百无聊赖的小虫围绕着路灯消耗着珍贵的生命。偶尔看到一闪而过的人影也是便衣打扮的安全员，他们口袋里揣着的可不是准备支付酒钱的手机，而是一把把压满子弹的枪械。

“去吧，老王。”廖凯拨开通信设备，“所有安全员保持警戒，听我命令，不要擅自行动。”

天空飘下雨滴，落在干涩的地面后化成一块块斑驳。肮脏的流浪猫顺着墙根溜进垃圾堆，那是它能找到的最好归宿。在看不见的阴暗角落，架起CS/LR4狙击步枪的安全员把张若佩放进了十字准星的正中位置，他看得清房间里的一举一动。

张若佩总会让王生想起远在外地的女儿。两人同样是天真可爱，没有被谎言包围的残酷世界所侵染。这样的存在像是大片污泥池中的两株莲花，含苞待放，蕴藏着短暂的美好与光明。

电梯门缓缓敞开，王生迈着沉稳的步子从中走出。喜出望外的刘琦与王生擦肩而过，他连按几下一楼的圆键，却不知方才那个虎背熊腰的男人手上握着手枪。

王生在门外迟疑一段时间，窗外的雨越下越大。他能感觉到，躲在这扇薄薄门板之后的人也察觉到他的到来。王生竭力用平静的表情掩饰自己纷乱复杂的情绪。曾有那么一刻，王生有过放走张若佩的想法，这幼稚的想法在撬开门锁的刹那烟消云散。

07 式军靴脏脏的鞋底在吱呀作响的旧地板上留下一行鞋印。王生走入灯光照不到的黑暗，张若佩的温柔表情消失殆尽，她看他的眼神满是坚毅且不甘。

“王生。”张若佩喃喃道。她有点诧异王生的到来，自以为天衣无缝的谋划却是成人眼里小孩子的幼稚行径。她很失落，却还奢望有一丝绝境逢生的希望。

“我是应该叫你张若佩，还是赵康来呢？”

“放了我吧。”

王生向前迈了几步，挂着血丝的伤口映入张若佩眼眸。

“请你放过我。”张若佩不禁抱紧怀里的小猫。她低下头，声音依然动人悦耳，“生而为人，我很抱歉。”

雷鸣般的枪声骤然响起，疾射的子弹轻而易举地射穿张若佩单薄的躯体。落地窗与弹丸相互碰撞，在电光石火的瞬间，落地窗像脆弱的沙堡一样轰然倒塌。风声、雨声、血滴声，颂唱起无言的痛苦。张若佩安详地放下小猫的尸体，以无所畏惧的姿态走向王生的枪口，俨然一位反抗命运的自由斗士。

风吹动着落有血色的白裙，雨滴打湿她的发丝。张若佩听得到枪响，可让她遗憾的是，她没有像一个真正的人那样感受到撕心裂肺的剧痛。

“别忘了你是谁，没有灵魂的家伙。”王生说，“时间到了。”

枪早已成了身体的一部分，王生熟悉杀戮甚于熟悉自己，扣动扳机夺人性命比呼吸还要简单。王生果断抬高枪口，向张若佩美丽的脸颊射光了弹匣。92 式手枪的套筒被推向后面，又快速复位。并不复杂的机械动作在短时间内循环十几次，十几颗子弹壳接连打在墙上，发出一连串清脆的碰撞声，仿佛是轻风中摇摆的风铃。

听到枪响，廖凯心满意足地点点头。他收起 05 式微冲，打算用车载无线电向研究所汇报情况。

“廖队。”喉震空气导管耳机传来狙击手的声音，“有情况……”

廖凯听到狙击手的话，脸色慢慢暗淡下来。“

雨水冲洗掉很多东西，平添了几丝寒意。王生眯着眼穿过大雨，坐上副驾驶的座位。廖凯扭头看向王生，准备听他说些什么。王生沉默不语，只是把一枚手枪弹壳竖立在仪表台的保护垫上。

廖凯嗤之以鼻地笑笑，愤怒地拍击方向盘，震得子弹壳滚落到王生脚下。

“我想不明白你为什么这么做。”廖凯对王生大吼道，“它是机器！机器！没有感情的机器。不值得你搭上前途。”

“这次我救不了你，你更救不了张若佩。”廖凯靠向背垫，痛苦地长出一口气。他丢给王生一副手铐，“自己戴上吧。”

后座的安全员双手持枪，对准王生的头颅。雨水模糊了车窗，王生看到一行安全员把张若佩押进SUV。她还活着，美丽的脸庞没有受到任何伤害。SUV启动发动机，碾过地面的雨水，远远消失在冷冷的大雨中。

喜悦的心情久久不能平静，刘琦掏出钥匙开门，虚掩的大门轻轻一碰便自动敞开。刘琦皱皱眉头，向屋内走去。他大吃一惊，想不到自己的小屋子发生了什么，原本洁净的墙壁如今布满坑坑洼洼的弹孔。

十一

王生已经两天没吃没喝，被关在阴冷潮湿的监禁室，双手反束在靠椅后面。高处的监控探头监视着他的每分每秒，一旦他想要休憩，踹门而入的安全员便会用棍棒让他保持清醒。

颤抖着干裂的嘴唇，疲倦的眼球血丝横布，朦胧之中，他看到两位荷枪实弹的安全员，毫无人情可谈的家伙。稳健的手臂平端着平顶机匣的95式突击步枪，暗黑的头盔面罩和黑色作战服散发着拒人千里之外的冷酷。王生松了口气，脸上渐渐露出笑容。

“但愿你想聊聊。”张晋中随后走进，两位安全员站在他左右两边。

王生低垂着头，抬眼看向张晋中，虚弱的体力只能勉强维持眼皮不打架。张晋中给右手边的安全员使个眼色，后者收起突击步枪走向王生，一手攥住王生的下巴，一手从战术背心里取出能量液向王生口中猛灌。

“我说过很多次，对于它们，不要有同情心理。从前你做的很好，唯独这次，你犯了无法弥补的错误。”张晋中一脸镇静，“它们在法律上不被承认，伦理上不被容许。人类制造它们就像生产家电产品，它们的存在价值与生俱来就是造物主的附属品。”

“从 8419 总局，到研究所。十几年了，见过太多你这样的疯子。你们打着科研的名义，大义的幌子。轻易制造生命，轻易剥夺生命。就为了得到狗屁规律，你们口中该死的真理。”王生越说越激动，血沫混杂着口水喷向张晋中，“你见过它们垂死的眼神吗？和我们一模一样，看不出差别。它们有生命，它们有灵魂！”

安全员挥起枪托，打停了王生的话。

“我戴着造物主的皇冠，我给了它们欣赏这个世界的机会。我不是造物主，但我手握创造神灵的权杖。别用对错来衡量我，你不明白我在做什么。”张晋中踱步到王生身旁，“别忘了张若佩之前的失败品，它的兄弟姐妹是你亲手了结的。假使它们有生命、有灵魂，那么你的确应该是最不安的那个。”

一张张被子弹撕得粉碎的面孔陆续在王生眼前浮现，苍白的皮肤皮开肉绽，血淋淋的伤口裸露出扭曲的金属。记不得有多少个夜晚，它们垂死挣扎的呻吟把王生折磨得寝食难安。即便枕头下垫着上膛的手枪也带不来一星半点的安宁，强烈的自责不断折磨他每一缕的脆弱神经。

王生愤怒地大吼，撕破喉咙的怒吼被隔音性良好的墙壁囚困在小小的监禁室。怒火撕开了他左脸的伤口，殷红的色彩染红了半张脸。

张晋中的眼里满是失望，就像父母对待调皮捣蛋的孩子时的无可奈何。他摇摇头，离开监禁室，用后背嘲讽王生的自作多情。

“真理是如此宝贵，以至于要用谎言来捍卫。”

长长的走廊只听得见张晋中和安全员的脚步。他步伐沉稳，年轻的面孔承载着义无反顾的勇气，他坚信自己是真理的斗士、人类的卫道士。在真理面前，一切牺牲都是值得的。

技术人员修好了张若佩，她穿着一件洁白的新衣，像轻盈的精灵一样在实验室蹦蹦跳跳。这里是她的出生地，这里是她渡过短暂光阴的游乐场。她留恋这里的很多东西，同时又在这里找不到家的感觉。

“嗨。”张晋中思忖着如何开口，伫立良久才念出一个字。

张若佩转过身，朝张晋中礼貌性地笑笑。

“我想知道你的想法。”张晋中以造物主的口气命令道。

“讨论好多次了。”张若佩说，“没有意义的。”

“你是如何平静地说出这句话？”

“活下去，可能不是一件美好的事。”

“能详细说说吗？”张晋中顿时起了兴致。

“一种感觉，类似绝望的感觉，我说不清楚。”她觉得自己受了委屈，但没有泪水能来表达，心里的五味陈杂只化作一个凄美的微笑，“作为实验品，我不是第一个，也不是最后一个。是吗？”

张晋中要完完整整地念出草拟好的回答，她不是第一个提出这种问题的实验品，为此事先准备好的答复总是中肯且充满人情。没料到，张若佩竟会打断他的台词。

“请告诉我真相，我见过太多谎言。”

“你的数据会用来完善下一代人工智能。”张晋中有些迟疑，可还是说出了他知道的真相。

“我呢，我怎么办？”张若佩的嗓音多了些哭腔。她哭了，但没有眼泪。

“销毁。”张晋中没有一丝歉意，“你有什么要说的吗？”

“生而为人，我很抱歉。”

一句话便使空气凝滞，极度的恐惧后是出奇的平静。造物主期待造物能说些什么，造物的沉默却让造物主有些失落。

黑夜漫上，沉寂笼罩大地。迷醉的夜，嘉陵江的水波轻轻吟唱起八音盒般的呢喃。

十二

监禁室的铁门被人打开，王生看到来人的身影。模糊的影子逐渐变得清晰，是廖凯。那一刻，王生迅速回忆起自己不得安宁的一生有哪些遗憾，他深感自己罪孽深重，只求有一个赎罪的机会。

廖凯握着一把格斗刀，王生合上眼，静静等待刀锋割破喉咙的剧痛。

“快走吧。”廖凯割断绑住王生双手的捆绑带，“8419 总局命令研究所处死你。”

王生目光呆滞，绝境逢生的落差实在太大，毕竟他与廖凯的羁绊足够成为廖凯借此结果他的理由。廖凯搀扶起王生，确定他不会栽倒才松开手，又递给王生一把加装消音器的手枪。

“但愿你用不上。”廖凯说，“你的时间只有 30 分钟。”

王生报以感谢的眼神，压低身姿一路小跑，他听到身后廖凯的话。

“扯平了，你我从此两不相欠。”

王生他换了身研究员的装着，巧妙的避开每一支巡逻队。时间过半，王生在岔路口遇到了困难——左手边通向外面的大千世界，同时也意味着隐姓埋名和苟延残生；右手的方向直通张晋中的实验室，那里危机四伏，但有救赎的机会和得到内心的平静。

“该死！”徘徊过后，王生选择左手的生路。他憎恨自己的懦弱。只有技法娴熟的刽子手才会更加珍惜生命的来之不易。

十三

眼前的那片光晕似乎是通往天国的入口。张若佩躺上冰冷的平面台。穿着防护服的研究员把一条连接线插进张若佩的脑侧，这条黑色的线即将要给张若佩短暂的一生画上句号。

“倒计时准备。”终端后的操作员看了眼同伴。

“准备。”

“倒计时开始。”操作员输入完指令，手指悬停在执行的按键之上。屏幕里只有一个孤零零的窗口，写着是否确认执行的字样。

“三。”另一位操作员打了个哈欠，懒洋洋地念起倒计时。

“二。”

张若佩合上眼，试着放空大脑。她在心里骗自己，没有生命尤是没有疼痛。

“一。”操作员耷拉着眼皮，百无聊赖地瞥了眼显示屏。

显示屏瞬间爆炸。两位操作员吓得缩成一团，他们抱着自己的脑袋，控制不住的瑟瑟发抖。透过手肘的缝隙，两人看到王生朝他俩快步走来，右手还提着一把带有消音器的手枪。

“你们是如何跟踪实验品的？”王生拎起一个操作员，把他狠狠地按在碎玻璃上面，手枪对准另一位的眉心。

“定……定位系统。”战栗的语气流露出藏不住的恐惧。

“关了。”

两位操作员跌跌撞撞地聚在一起，跪在终端前关闭定位系统。王生抬起手枪，对着终端急扣扳机，优良的消音器削减了大多数枪响。终端连续迸出一道道火花，所有的显示屏都没了光亮。两位操作员吓得蜷缩在一旁，滚烫的弹壳恰好落在他俩脚下。

方才的骚动引得张若佩睁开眼，王生的出现叫她又惊又喜。

“快走，时间不多了。”王生扶张若佩下来，摘掉束缚她的黑线，“跟紧我。”

两人赶忙跑出实验室，王生关紧实验室的通行门，抬手一枪打碎密码锁。

天花板上的遥控武器站有意无意地摇晃枪口，似乎随时准备向隧道里的任何一个人倾泻火力。张若佩紧跟在王生身后。一队荷枪实弹的巡逻队迎面走来，作战靴整齐划一的步伐吓得张若佩心里为之一颤。她低下头，生怕巡逻队发现她的特殊身份。还好有惊无险，两人没有引起巡逻队的过多注意。

“说真的，我从没想到，舞干戚的进展会如此顺利。”廖家辉满面欣喜，肩上的军衔在灯光下闪闪发亮，“一定要做好准备，几天后的视察不能出半点差池。来的可是8419总局的人，容不得差错。”

廖家辉左右的研究员连声诺诺，他们也为舞干戚——脑控武器系统能够获得总局的认可感到高兴。研究进行多年，从理念探讨、技术论证到生产第一批验证机，廖家辉和他的全队解决了一个又一个看似不可战胜的难题。

王生加快步伐，他与廖家辉擦肩而过。时间似乎放慢了速度，王生放低视线，刻意避开廖家辉的眼神。

两人很快拉开距离，分别朝相反的方向走去。在王生如释重负，本以为相安无事的时候，廖家辉渐渐放慢脚步，最后站住不动，他想到了什么，脸上的笑容慢慢凝固，直到最后消失殆尽。

“嗨！”廖家辉转过身体，对着王生喊话，“我们见过，我记得你。张晋中那混蛋的计划进展得怎么样了？”

王生和张若佩停下脚步。王生心中一沉，最担心的事情还是发生了。廖家辉盯着王生的背影，脸上浮现出诡异的微笑。他给周围的研究员传递眼色，后者马上心领神会，悄悄靠向最近的警报器。

“张晋中知道你在这儿吗……”廖家辉话到一半，脸色骤然大变，右手急忙伸向腰间的自卫手枪。

廖家辉还没拨开枪套，长久练习的肌肉记忆已让王生完成了一系列动作。王生以最快的速度转身，一手抽出口袋里的手枪抵在腰间做快速射击状，一手把张若佩拉到身后。

眨眼的那一秒，刺耳的警报声猝然响起，高速飞转的弹头脱膛而出，在廖家辉扣下扳机之前精准命中。廖家辉配发的自卫手枪猛地一声震颤，碎成原始的零件状态，几根手指也一同离开了手掌。廖家辉疼得大叫出声，压住鲜血直流的断指，瘫倒在地上挣扎、嘶吼。

突如其来的枪战引来巡逻队，十几支突击步枪黑黝黝的枪口整整齐齐地瞄向王生。惊慌失措的旁人为王生争取到些许时间，有人捂住耳朵大声尖叫，有人护住脑袋慌不择路。装备有突击步枪的巡逻队不敢贸然开火，以防伤及无辜。这短短的几秒时间足够王生有所反应，他拉住张若佩的手腕向转角的另一条隧道移动。两人刚刚转过拐角，突如其来的弹雨恰好落在两人原在的位置，坚实的墙面瞬间被 5.8mm 披铜钢芯弹打得残破不堪。

“跟着我！”王生护住张若佩。

枪声打破了每条隧道原有的平静。穿着白大褂的研究员看到拿着枪的王生，无不张皇失措，像受惊的小鸡一样夺路而逃。王生单手持枪，机警地搜寻着每一个潜在威胁，准备好随时向每一个曾经共事的安全员开枪互射。

巡逻队的脚步声越来越近，研究所地下隧道的其他安全员也从四面八法赶来。一股热浪从王生脸庞席卷而过，穿过混乱的人群，满眼杀意的廖凯迎面大步走来。

王生迅速靠向墙壁，用自己的身体挡住廖凯的准星。两人几乎是同时发起冲击。人群乱作一团，给射手带来更为复杂的挑战，两人都不愿意殃及无辜。

抛落的弹壳发出铃铛般的声响。距离不断缩短，两者的枪射空子弹，之间也只剩下几步的间隙。廖凯盯着王生的眼睛，飞快地抽出腰间的格斗刀刺去。王生没有打算闪避，反而径直迎向锋利的刀尖。

鲜红的体液溅射在廖凯脸上，他甚至可以感受到新鲜体液的温度。格斗刀刺穿王生的手掌，王生张开五指，紧紧钳住廖凯握着格斗刀的手背。手臂旋即发力，王生忍着撕扯皮肉的痛苦，反向扭转廖凯的手臂。廖凯大惊失色，怎么也想不到王生竟会以这种近乎自残的方式夺刀。

下一秒，廖凯已不敢动弹，他与王生的羁绊再次以失败暂告结束。贯穿手掌的格斗刀横在廖凯喉前，锋利的刀刃划出一道浅浅的血痕。

王生大叫张若佩的名字。女孩惊魂未定，马上躲到王生背后。巡逻队和安全员排成紧密的队形向王生推进，一排厚重的防弹盾挡在最前面。

王生挟持廖凯向后退却，人质成了他最后一张保命牌。

“放弃吧。”廖凯低声说，“这回，你真的输了。”

“和以前一样，你的话没有一个字是正确的。”

王生夺去廖凯的枪，一路退到通行门。防弹盾向前推进，他们在等待绝佳的射击机会，也就是王生暴露破绽的短短几秒。张若佩打开通行门，三人躲进实验室。电动通行门合拢得很慢，王生猛地把廖凯推了出去。

见状，巡逻队随机加快推进速度。廖凯回头看了眼王生，眸子里充满憎恨和不解。横亘在二人间的通行门很快便隔断了彼此的视线。

“何必呢。”廖凯喃喃道。他很快就恢复状态，对眼前的一众下达命令,“叫来技术人员和穿墙雷达。准备突袭,这扇门保护不了他。”

“你们这些饭桶！滚开！”廖家辉受伤的手缠着绷带挂在胸前，怒气冲冲地踹开一位安全员，其他人马上自觉地给他让开一条路。廖家辉走到廖凯跟前，距离近得让廖凯很不舒服。

“这里有我们处理，你回去吧。”

“他是怎么进去的！”廖家辉的口水和热气喷在廖凯脸上，“你处理的了？那么那个混蛋是怎么进去的！你们的枪是摆设？还是你们有别的想法！”

“请您冷静。”

“这是我的实验室！”廖家辉咆哮道，“8419 总局几天后要来检视。出了事，你担得起责任吗！”

“里面有什么？”廖凯有种不祥的感觉。

“舞干戚！脑控武器系统。但愿你听得懂。”

“该死……”廖凯倒吸一口冷气，连忙拉高嗓音大吼，“申请一级戒备！把重武器拿来！”

十四

灯具把实验室照得通亮，一台台崭新的舞干戚站满整个实验室，全新的沙色涂装覆盖住坚实的复合装甲。三米的身高布满各种传感器和武器吊舱。在直射光的照耀下，它们散发着旧时罗马重步兵的威武气息。

“谢谢。”张若佩感激地看着王生。

王生没有理由接受感谢，只能保持着一言不发的沉默。他拔掉刺穿手掌的格斗刀，血滴落在地板碎成花瓣的模样。张若佩翻箱倒柜一番，找来一盒医疗箱。她跪在王生身边，小心谨慎地为他包扎好伤口。

“是我杀了你的兄弟姐妹。”王生低下头。

“我知道。你本能对我做同样的事。”

“我有罪。”

“谁不是呢？”张若佩笑得很凄美，“我见过人类美好的一面，我见过人类可恶的一面。这不是两个相互对立的极端，也正因为如此，我才会产生生存的渴望。造物主照着自己的样子创造了人类，人类照着自己的样子创造了我们。时间的黄沙善于遗忘，不知不觉中忘记了自己是谁，忘记了去往何处，也记不清自己来自哪里。”

人类漫长的征战史用一个又一个血淋淋的例子证明，没有最好的武器，只有最适合的武器。廖家辉没有把舞干戚打造成一款武备俱全、精于杀戮的杀人机器，而是设计成拥有无限升级潜力的通用平台。通用化、模块化的设计可以让舞干戚能够搭载多种武器、吊舱，并且便于更换损伤组件，以求适用不同环境的复杂战场条件。

王生戴上操作头盔，头盔的传感器会通过分析脑电波来操作整个脑控武器系统。他的意识会传达给每一台舞干戚，孤零零的一个人转眼间就会化身为一整个装备精良的兵团。

“我拖住他们，你快走。”

简易沙袋垒起的掩体正对着廖家辉的实验室，两挺重机枪和一门榴弹发射器严阵以待。令人不安的寂静折磨着射手们的神经，挑开保险，手指紧紧贴住扳机，黑面罩之下，细密的汗液汇聚成一滴米粒大小的汗珠，汗珠顺着睫毛慢慢落进眼眸，其中一个射手忍不住地眨一下眼。与此同时，又听到一阵巨响。

剧烈的爆炸撕烂了实验室通行门，一道道弹雨发出撕裂空气的尖啸，被击中的沙袋接连爆出一蓬蓬沙尘。射手们马上还击，朝着实验室看不见的黑暗处倾泻火力。穿甲弹和破甲弹的密集弹雨刹那间就摧毁了一台舞干戚，但径直飞来的火箭弹轻而易举地就炸烂了简易掩体。

数不清的舞干戚冲出实验室，它们武备俱全，是忠诚的兵蚁，冷酷且高效地摧毁阻拦它们的一切。无数软目标在枪炮的轰鸣中丧生。反应装甲和袭来的火箭弹一同爆炸，枪炮的轰鸣和痛苦的呻吟充满每一条隧道。遥控武器站在持续射击，可还是难逃碎成零件的下场。武装人员拼死抵抗，刚刚击毁一台舞干戚后还没来得及更换弹药，旋即便被其他的舞干戚收割了生命。

还活着的安全员不到百余人，他们退到研究所外面，以最快的速度形成包围圈。

几个安全员从廖凯身前匆匆跑过，他们扛着 120mm 反坦克火箭筒和发射脚架，在一处掩体后面迅速搭建起火力点。廖凯的身上粘满同伴的血，他无力地放下无线电，忧心忡忡地看向研究所的方向。即便远在包围圈外围，他还是能清晰听到建筑里传出的隆隆爆炸声。

“陆航团的飞机什么时候到。”廖凯对单兵无线电吼道，“不用等命令了，情况紧急，叫他们马上起飞！”

“这关陆航团什么事？”一旁的张晋中问道。

“必要时我们要炸塌主楼，封锁地下通往地面的出口。”廖凯穿上战术背心，胸前的弹匣包填满弹药，“这样只能暂时拦住他，地下四通八达，炸了主楼，他还会从别处出来。”

移动的汽车光柱穿过黑暗，从四面八方回援研究所。廖凯跨上一具 89 式火箭筒，还特意瞧了眼张晋中的表情，那家伙的神色不再一如既往的平静，按捺不住的战栗若隐若现。廖凯拉上通用机枪的枪机拉柄，紧接着便和其他安全员一同奔向包围圈的最前沿。

暴风雨前的宁静总是与惴惴不安相伴，平静的海面隐藏着张牙舞爪的海兽。寂静让人不适，然而打破寂静的巨响更加让人畏惧。火箭弹炽热的金属射流硬生生地把建筑撕开一道缺口，烟尘混杂着瓦砾，舞干戚伟岸的身影隐隐出现在烟尘之中。

顿时枪声大作，爆炸声此起彼伏，不同口径的轻重武器对着目标集火攒射。火焰从碎裂的装甲裂缝中蹿出，舞干戚没了动力，冒着浓烟摇摇晃晃地一头栽倒下去。密集的火力扒下了一整面墙，更多的舞干戚踩着同型的零件从不同的方向前赴后继。不断有舞干戚倒在进攻的路上，一个又一个火力点被爆轰的烈火吞噬。

钢铁的潮水与殷红的血泊激烈碰撞，火光照亮了这个夜晚。

几台舞干戚掩护着张若佩突出重围。张若佩刚刚跑进茂密的树林，留在原地的舞干戚刹那间就被 63 式火箭筒的熊熊烈火吞噬。张若佩赶紧跑向树林深处，身后不断有子弹射来，周遭的树叶在弹雨中纷纷飘落。

通用机枪不停地吞噬子弹链，金黄色的弹壳在抛壳窗附近堆出一座座小山。廖凯亲眼看到，操作 120mm 反坦克火箭筒的同僚把一台舞干戚炸得支离破碎，下一秒就被侧面逼近的另一台舞干戚的转管机枪收割掉生命。

廖凯迅速调转枪口，对着那台舞干戚猛扣扳机。40mm 榴弹的爆炸声瞬间掩盖住枪声，烧焦的碎石如雨点般簌簌落下。冲击波把廖凯抛离几米开外，他睁着眼，只是眸子再也没有生命的气息。

火线前沿，有台舞干戚怔怔地站在原地，它保持着射击姿势纹丝不动，手臂挂载的自行榴弹发射器飘着青烟。通过它的光电探头，王生看到了廖凯的死。两人的瓜葛终于在今晚的血夜了断，王生有些失落，心里就像少了些什么，茫然的眼光不知所措地环视这个只有残垣断壁的战场，这里也许就是他赎罪的修罗地狱。

纹丝不动的舞干戚为反坦克导弹提供了绝佳的射击机会，突如其来的轰击把复合装甲撕扯成无数丑陋的碎块。武装直升机的及时支援扭转了战局，天空中充满了直升机桨叶撕破空气的躁动。越来越多的反坦克导弹划破苍穹，带着近乎绝对的精准一一命中无力反抗的舞干戚。

持续的轰炸接连锤打着建筑物的薄弱处，不出多久，研究所的主楼便在漫天扬尘里轰然倒塌。

十五

晨曦徐徐拉开帷幕。废墟之上，破烂的机器零件随处可见，数不清的英烈长眠于此。孤独的幸存者爬出瓦砾，他们还提着枪，面对眼前的这番景象，一时间不知如何是好。

零星的武装直升机在空中巡弋，随时准备为地面的增援部队提供空中火力支援。

在废墟的某一角，张晋中找到了王生。鲜血不断涌出嘴角，王生身负重伤，虚弱地倚靠着一台伤痕累累的舞干戚。他嘴唇抖动，塞满口腔的血水堵塞了想说的话语。

“我们没有抓到她。”张晋中说出真相，“她还活着，她不会把你遗忘。”

听到这些话，王生安详地合上双眼。他的罪与罚在这一刻拉上帷幕，疲惫的灵魂也卸下沉重的包袱。

夏日的阳光从层层叠叠的绿叶间透过，在地上印出粼粼光斑。这是一个炎热但不令人不适的夏天，温和的风轻轻吹拂着街上的柳枝。

在北方的某个城市，有一家普普通通的咖啡馆。店里客人并不多，不大的店面很是冷清。几名安全员化身便衣，分散坐在咖啡馆的各个角落，他们假装在读书看报，忙着自己的琐事，实际上都死死盯住一位女服务员。她面孔秀丽，笑起来的样子很是美丽。

“目标确认，张若佩，追捕名单第 23 号。”安全员压低声音，打开通信设备，“确认执行回收程序吗？”

安全员不动声色地拉开脚下背包的拉链，右手攥住短突击步枪的握把。其他安全员也做好了准备，随时都可以执行回收的命令。

“放弃目标，马上撤退。”通信设备久久地沉静着，足足过了几分钟才传出张晋中的声音，“我们已经得到了想要的数据，放了她吧。她不再属于我们。”

实验室里的张晋中像欣赏艺术品一样痴迷地看着他设计的新一代人工智能。她和张若佩一样美丽动人，婴儿般纯净的眼神四处打量着她的诞生地，她对这个未知的世界充满好奇与兴奋。张晋中身后站着年青的丁瑞，他挺直身板，一脸严肃。这是他从 8419 总局调来研究所的第一份工作。

安全员退出咖啡馆，很快便消失在茫茫人海，不见踪影。

路灯的绿色光芒闪烁着，川流不息的人群在十字路口穿行交织。各色的服装，各自的忙碌。拂去黄昏的深沉，一座城里隐藏了太多数不清的精彩与纷杂。

观察报告

文／阳　阳

分属于第三旋臂 DEB5C3 恒星系 661006 区域 1331378 位置的第 0066 观察站报告，又一个文明毁灭，以下是对其中一个精神体活动观察的报告，已翻译为人类语版本。

“我们的世界一直是平和的，那永远都会矗立在大地上的通天神棒就象征着永恒的安宁。”这是古籍中的记载，也是我们的信仰。

按照古籍记载，在每个时间颗粒中我们都会举行盛大的祭典以安抚世界之灵。可在某一个时间块，神棒突然开始摇动，与之同样摇动的还有我们的信仰。

古籍有言：世界是由液态的泛黄色的泥土组成的，这是客观真理。在这孕育生命的泥土上，我们构建了我们的文明，并形成了自己的理论体系。从古至今，不知有多少学者都称我们的体系是如何完美无缺，这一切也符合古籍中的预言与告诫——至少在这个时间块之前我们的体系还是自洽的。

通天神棒开始晃动了，沿顺时针方向以可被感知的速度开始搅动我们脚下的大地。从未体会过如此的颠簸，忽上忽下，忽左忽右，几次沉浮，一度让我飘离了一贯所在的密度区，我感到有些难受。便命令核心，遵从古籍指导分泌出信息因子让我的器官改变我的外膜结构。

大地继续倾斜着，如卷起的旋涡般。神学家们正在激烈地争论古籍中是否暗示着今日的异变；新兴学者们在震惊之余努力提出各种假说使其融入我们的理论体系，其改动之大到若前世的那些学者能活到今天，他们应该会羞愧地自我水解了吧。

神学家们和学者们互相妥协，提出了一些新的理论模型，他们认为只要族人齐心协力合成一种新的蛋白质按照特定规律连成一片，就能阻止末日的到来。

于是恢宏的救世工程开始了，所有人都动用自己几乎全部的能量，疯狂地压榨着线粒体以提供能量，化学因子在彼此间游弋，开动全身的细胞器，或是复制自我，或是生产蛋白，或是使我们细胞膜外的特殊蛋白质紧密相连，附在世界壁上。

根据祖先留下的神话，我们可以以血肉之躯减缓甚至阻止神棒继续震荡，重回安宁。所有个体都放弃了自我，成为集体的一分子，历史上任何一个政治家都没有想到，独裁集权会这么容易，只要所有人的生命都受到了威胁。

我们齐心协力，我们众志成城，我们就要成功了，因为，那伟大的血肉长城已经建立，接下来就等待着学者们的模型验证成功。

不知过了多少个时间微粒，神棒的速度渐渐减缓下来了，所有个体都在欢呼着，学者们已被推崇为英雄，将留名古籍。

可是，神棒不但没有停下来，反而开始反向加速，而且加速度更猛烈。土地倾斜得更恐怖了，旋涡状浮现出来，底部开始慢慢透露出一个深不见底的洞，看来终究是要终结了。直到最后时刻学者们还在激烈争执到底是谁的模型出了问题，方程的解是否出错，或是否需要提出新的假说来应证。但是这些都不重要了，因为我们的文明就要消失了。

神棒似乎不在了，可世界却开始渐渐升温，继而沸腾，神学家和学者们终于闭上了嘴停止争吵，在最后时刻静观这末世之景。一股从未有过的骚动从我全身各个地方发出，血肉长城也因大量热运动开始无规律振动，这是一种从未有过的感受，我生活过的数十个时间块温度都是恒定的，海量的信息涌入内核，血肉长城紧急集体改变结构，从古籍中找出了应对升温的方法，分泌新的蛋白质试图做最后的抗争……

呃啊！我的外膜，破裂了……

观察结束，已确认该文明毁灭，目标个体直径约 3 纳米，区分特征数据已自动存档于数据库。

另：根据中央新指示，在该文明毁灭后 60 秒内检测到含信息振动，已一并记录，信息内容如下：

“亲爱的，豆浆磨好了，趁热喝了吧。”

后记

本文是喝豆浆时获得的灵感，我们在不经意间或许就毁灭了一个又一个文明并在冥冥之中被某个观察者记录着。这或许有些玄幻，可未知并不代表不存在。

“我”——某菌落中一个体

古籍——DNA

时间块，时间微粒，时间粒子——类似时分秒的时间单位

通天神棒——搅拌匙

血肉长城毁灭原因——微波加热

梦境万花筒

文／刘　琦

一

清晨，他从一场无梦的长夜中醒来。

他环顾四周，妻子没在身边。卧室里阴暗无声，窗帘遮得严实，密不透光，凝滞一晚的空气已然浑浊，让他觉得有些窒息。他没有去拉窗帘，只是伸出手在床头摸索，凭着记忆，他摸到了烟盒和打火机，咔哒一声，红光闪烁，他燃起一支香烟。看着烟雾在卧室里缓缓氤氲，飘散，升腾，像是无数朵绽放的蒲公英，他出神望了几秒，微叹一声，顺手打开了全息屏幕。

跳动的影像映入视野，流光溢彩，轻柔的音乐声回荡，但他却提不起兴趣。他做了个滑动手势，全息屏幕切过一个又一个频道。

“你有多久没做过梦了？”这句广告语陡然响起，透过全息屏幕，传进他的脑海，他停下手势，不再切换，看向画面。画面中，大数据合成的主播坐在虚拟演播室，侃侃而谈，嗓音悦耳，脸带迷人微笑。

到底有多久没做过梦了，他努力回忆，两年？两年半？也许更久，他一时记不起来。

他是个作家，出道几年，颇有些成就，在论坛和读者群里，他常跟人自夸，自己最好的那些作品，都是在纷繁扭曲的梦境后一挥写就。他本以为自己可以维持这种创作节奏，步步为营，直登上文学顶峰。

可谁也没想到，两年前的一个普通夜晚，他喝完酒后沉沉睡去，醒来却发现再也无法做梦。开始他不以为然，甚至为高质量的睡眠而庆幸，但很快，他就意识到了问题的严重性。失去了梦境，他同时也失去了宝贵的创作灵感，没错，他还能写，但那都是些平平无奇的文章，发出去后毫无响应，完全无法与之前创作的伟大作品相提并论。

一时间，读者和评论家的质疑纷纷涌来，潮水一般淹没了他，所有人都认定他到达了写作瓶颈，江郎已然才尽。

他去脑科医院检查，医生给出完全正常的诊断报告。他去心理诊所谈话，诊疗室里一番交谈之后，专家拍拍他的肩膀，告诉他心理没有任何问题，让他压力尽量不要太大。

他尝试酗酒，抽烟，试着在迷乱的状态下入睡，但无论如何，每次醒来，他只记得睡前的状态，至于睡眠之间的大脑活动，则完全是一片空白。

他失去了灵感，也毁掉了生活，他变得易怒，沉湎，抑郁，他对任何事都提不起兴趣。

无梦之后的这两年，成了他最大的梦魇。他想过自杀，但唯一支撑他活到现在的，是正在厨房忙碌的妻子，他爱她，他不想一死了之，让她悲痛之后，成为寡妇。

“你还想再次体验梦境吗？”广告语把他从记忆与迷思中拽回。

“当然，做梦都想！”他下意识脱口而出，随后又意识到这句话的滑稽，摇头苦笑。

“我们是梦之海科技研发公司”，虚拟主播念着广告词，语调平缓，富有吸引力，“公司结合脑神经科学和大数据技术，研发了一款被称为‘梦境万花筒’的智能芯片，借由它，所有无梦人士将再次畅游在梦的海洋。”

这简直是为他量身定做的发明，他有些激动，心中涌动起久违的兴奋，翻滚升腾。他掐灭烟头，鲤鱼打挺站起身来，匆匆洗漱完，又胡乱套上几件便服，准备出门。

妻子从厨房冒出头来，问：“你要去哪，早饭准备好了。”

“哦，回来再吃”，他摆摆手，急不可耐地推开门，冷风瞬间倒灌进来。“去干什么？”妻子面露担忧，她知道他的意志消沉，怕他做出什么出格的事。他只回头莞尔一笑，说："亲爱的，不要担心，我去找回我灵感的缪斯。"

二

"能保证安全吗？"他坐在梦之海公司的访客椅里，局促地发问。

"哈，当然！"接待员笑起来，两颊鼓动，鼻梁上金丝眼镜跟着微颤，闪过一丝冷光。"知道梦是什么吗？"接待员问，接着又打了个响指，全息屏幕亮起。

嗯，他点头应道："梦是潜意识的涌现，是现实的重组，是意识沉睡之后的另一重真相。"

"弗洛伊德，梦的解析，"接待员接过他的话茬，说："先生，你对梦很有了解嘛！"

失去梦境之后的这两年，我读过很多相关的书，他挠挠头，不再多言。他曾找过解决之道，但任凭如何尝试，总是没有出路。

全息屏幕上出现一个白发科学家的身影，特写镜头拉近，放大，他看到科学家手中捏着一枚长宽 0.2 厘米的正方形硅电子芯片。

"这是公司的首席研究员王教授"，接待员提醒道，"待会儿他会亲自为你做手术。"

手术？他一时疑惑，心中隐隐不安。

接待员没回答，只是努努嘴，让他继续看全息影像。

"这世上有人被繁梦缠身，无法安眠，有人却苦恼无奈，一梦而不得！”王教授语气富有感召力，“现实生活已然如此枯燥，我们又怎能失去那绮丽梦境呢？”

我正是为求一梦而来，他在心中默道。

“也许，也许你能够正常做梦，但你依然可以成为我们的客户！借由‘梦境万花筒’，你可以体验他人之梦，感受别样人生。”

全息屏幕中，一帧帧生动的画面快速闪过，将“梦境万花筒”的工作原理呈现其上，王教授的解说成为背景音。

“硬件系统，就是我手中的这枚小小芯片，将它植入你的后脑区，与你的神经连接；软件系统，是由大数据控制的梦境分发模块。在一系列完善的隐私授权后，普通用户会植入芯片，芯片记录下他们的梦境，用户可以将合适的梦境挂在云端，进行售卖。每有一个客户付费点击，选择享用这次梦境，就会为梦境的拥有者带来一份可观报酬。

“借由硬件和软件，我们构建了完整的‘梦境万花筒’服务，只需付出一点点费用，你就可以去体验别人意识之下涌动的、独一无二的绚烂梦境。”

他听完讲解，沉思了几秒，在责任书上庄重签下自己的名字。

躺在手术室里，他盯着王教授和忙前忙后的护士，轻声问：“芯片还能再取出来吗？”

“只要你愿意！”王教授朗声答道：“我们已经为三万多人成功植入芯片，他们大多是想体验彼此梦境的普通人，也有极个别像你这样的无梦者。但到目前为止，还没有任何人想要取出芯片，你知道为什么吗？”

他摇头。

“因为，万花筒里拥有千万个梦境！每个人都为窥探他人之梦而沉迷，在那里，你能体会到真正的人间之乐。”

他点头道：“既然这样，那就开始吧。”

全麻点滴很快完成，他的意识逐渐模糊。

“系统初次激活后，我们会选择一场初始梦境让你免费体验，这个过程中，芯片会与你的脑神经进行模式匹配，以期达到最大程度融合。”王教授的声音变得渺远，听不真切，“第一次体验，你也许会有些恍惚，也许会分不清虚实，但不要怕，一切都是正常反应……”

再也没能听清后面的话，他的意识在此刻彻底消散。

三

他能感受到，这里是别人的梦境。

梦的主人应是一名程序员，没人告诉他，但他知道。此刻，他的意识正和梦的意识交织融合，他能感受到主人梦境之下流动的某种情绪，他在别人的梦里，又感觉似在自己的回忆里，他没有实体，任由思绪探索梦的细节。

梦境中的他，或者说梦的主人——程序员正坐在工位上，十指翻飞，敲击键盘。屏幕上显示已是晚上 8 点，办公区里稀稀落落坐着其他同事。

代码一行行增加，程序员打了个哈欠，再有半个小时，应该可以收工回家，他强打精神，疲倦地继续工作。

聊天窗口陡然弹出，是他的小组领导。

“上午提交的代码我看了，优化得不够，时间复杂度太高，再改一版，争取把运行时间控制在 0.03 秒内！”

可是——

他打出两个字，正欲解释，另一条消息发来：“今晚加加班，争取明天上午出结果，上线在即，任务紧！”

他心中一凛，怒火上涌。领导只给了两周时间，却要他完成本该两个月才能优化好的代码，一版接着一版迭代，四五个通宵的时间催促，领导不断地挑战他忍耐的极限。

可是——

他再也无法忍受，回复领导：“可是，今晚是我和妻子的结婚纪念日！”

一定是这晚的对话对程序员的影响太深，他想，以至于程序员在梦中将其重新演绎了一次。接下来出现的场景，才让他明确意识到，这里的确是梦境。

日光灯管发出嗡嗡的声音，程序员回复后的瞬间，整栋楼突然黑下来，接着一束光打在他面前，一个领导相貌，却由数据流组成身体的怪物将他紧紧缠绕，数据流如搅动的长蛇，左扭右突，暗闪幽光。

“完不成工作，你就得辞职！”怪物吼道。

辞职，他从没想过这个选择。妻子怀孕已有两月，未来几年，正是大人孩子花销如流水的时候，作为家里的顶梁柱，他怎么能辞职?

“我不能辞职，你也不能辞退我。”他极力辩解。

“那就别怪我不客气了！”

怪物缠绕着他，向窗外飞去，在百米高空，他陡然跌落。恍惚，扭曲，不真切……他感到虚幻，场景猛然切换，他站在夜色里，面前是一栋大厦，他抬起头来，看到那三个汉字，霓虹闪烁。

梦之海。

直到此刻，他才恍然大悟，梦的主人也曾植入芯片，也是梦之海的用户之一。他在梦境中，跟随程序员来到这里，体验了现实重组后的另一重生活。

不仅如此，他还能深切感受到程序员梦境传递给他的情绪，被领导重压之下的不满，深沉的悲愤与无奈，但又小心翼翼，束手束脚，只为未来那存在且渺茫的生活希望。

这些情绪，混杂在梦境的空气里，向他润物无声地传递。梦结束前的那一刻，他感怀万千，思虑重重，猛然间发现，他竟然找回了久违的创作灵感。

他睁开眼，感觉后脑勺隐隐作痛，他面前围着几个护士，正满怀期待，紧盯着他。

“芯片植入成功了！”看到他安然醒来，王教授兴奋地说道。

四

他爱上了睡眠，准确地说，是爱上了做梦。

每次睡前躺在床上，他的意识会通过芯片，连接上“梦境万花筒”云端站，那里陈列着数万场被其他用户上传至此的奇异梦境。

他像逛博物馆一样流连其中，难以自持，浏览完毕，他总会选择一场自己最感兴趣的新梦境，点击付费，将其下载进自己的芯片。

那之后，他只需稳稳睡去。

芯片会检测他的睡眠过程，在脑海进入深睡眠阶段时，系统自动为他解压那段下载好的梦境，他的意识，会和梦的场景有机融合，他体验梦境，像是体验人生。他为梦中主人的遭遇或感怀，或激昂，有时开心，有时落泪。

在梦中，他的情绪大起大伏，无数纷扰的意识碎片相互交织，彼此重组，从梦境映入他的脑海，那些吉光片羽的灵感会被他暗暗记下，成为他创作的宝贵素材。

醒来后，他会着手整理梦境中的思路，将其落笔成文，一气呵成。那些令人动容的词句和文章再次流淌在他的笔下，他的创作力越发旺盛，重回两年前的巅峰，甚至比那时更为辉煌。

只要他愿意，他认为自己随时可以写出无数篇伟大的文章。

他陷进了这种感觉。

他急切地想要做更多梦，写更多文章。

王教授曾对他说，一次睡眠最多加载三场梦境，这是人脑觉得舒适的极限，再多的话，睡眠质量就会急剧变差。

但他想要更多灵感，他需要更多梦境，他不去理会王教授的警告，开始如饥似渴般链接进云端站，急不可耐地选择一场又一场梦境，将其一股脑塞进自己的芯片。四场，五场，六场……最多的一次，9 小时的睡眠中，他体验了十三场他人梦境。

这个数字还在增加，为了灵感，他不断突破大脑的极限。

而且，你不应太频繁依赖“梦境万花筒”，植入成功后的那天，王教授提醒他，你要把它当做生活的调剂，而不是生活本身。

“如果太依赖会怎样呢？”他一脸真诚地问。

“你的大脑会越发迷乱，”王教授严肃地回答，“使用太过频繁，就像过载的机器，你的芯片最终会停摆，当然它不会对神经产生任何物理伤害，芯片一旦失效，它会主动溶解，被你的大脑消化。但还有最极端的一种情况，当你的大脑体验过太多梦境，你会越发分不清虚拟和真实，也许在睡下后，你会陷进某场梦境，再也无法醒来。”

五

最终，妻子离开了他。

植入芯片后的这半年，他变得愈加癫狂。他把全部时间和精力都放在了两件事上，睡眠和创作——当然，睡眠最终也是为了创作。

“作家可以不生活，但不能不创作。”他对妻子说。

但今天是周日，我想和你出去散散心，妻子哀求道。

“我不需要散心，我只想写作。”他依然固执地回应。

“你有多久没和我亲热了？”晚饭过后，妻子从浴室钻出，未吹过的头发湿漉漉，披在肩后，皮肤上犹有水丝滑动，空气充满暗香，妻子特地穿上那款曾让他迷恋的内衣，迈着猫步，往他的怀里扑。

气氛恰到好处。

这会是一个完美的夜晚，如果在从前。

“你自己去睡吧。”现在，他只是近乎残忍地拒绝。看到妻子失落的表情，他有些于心不忍，又轻声安慰道：“亲爱的，我得赶紧睡觉，你知道，我还得去体验梦境。”

妻子只得悻悻转身，独生闷气。

日复一日，他蓬头垢面，沉迷在构筑文字大厦的充实快感中。除了卫生间，他几乎不再离开卧室，吃喝由妻子解决，有时妻子不在家，他便点外卖简餐，随意充饥度日。

他甚至没有意识到，妻子开始早出晚归，时常不归。

“我们离婚吧。”在一个夜晚，妻子推开家门，犹豫许久，对他说道，“我在外面有男朋友了。”

“嗯。”他头也没抬地应道。

“你真让我失望。”妻子拼命捶打他的胸口，但他只是无动于衷，坐在书桌边继续敲击键盘。妻子抽泣起来，黯然道：“你曾对我海誓山盟，要为我写尽天下文章，可现在却为了创作对我不管不顾，连离婚这样的大事，你竟然也铁石心肠，毫无反应！”

“要有协议书，快拿出来让我签了，”他打个哈欠，不耐烦道，“我还得急着去做梦。”

长久的沉默与无言。

也许，早在芯片植入的那一刻起，事情就注定要走到今天。

就这样，在他的创作最如日中天，无暇他顾的时候，他的妻子终于无法忍受，无奈地转过身去，永远离开了他。

六

他受到的赞誉越来越多。

他的读者将其誉为百年未遇的文学天才，那些曾攻讦过他的评论家，在读完他新近的文章后，也大加溢美之词，认为他值得一次诺贝尔文学奖。

文学成就带来的快感让他更加专注，可毫无节制的梦境体验，几乎不停歇的创作方式，终于让他久未活动的身体，先于紧绷的神经，彻底崩溃。

他没有去医院，只瘫软在床，气若游丝，他又一次将意识链接进“梦境万花筒”云端站，他最后的愿望，想去再体验一次，植入芯片后，曾体验过的那名程序员的梦境。

他的意识在云端站游走，检索完毕，他选择了程序员最近提交的那次梦境。

一片蔚蓝的大海，他喜欢海。

海边的沙滩前，一个女人裙裾摆动，正和一个孩子追逐嬉闹，孩子应是他尚未出生的婴儿，但在梦里，程序员已经开始预想一家三口的幸福生活。

他长久地凝视这个温馨场景，脑海中突然涌出另一段遥远的记忆，属于他自己的记忆，残缺不全，但难以忘怀。

那时，她还不是他的妻子，只是他的大学校友。

她很活泼，是那种和所有人都能友善相处的女生。他却很内向，不善言谈，只喜欢坐在图书馆后排，埋头读着莫言、卡夫卡和博尔赫斯，他经常会悄悄抬头，偷偷看几眼前排那个洋溢着水蜜桃气味的女生。

是的，他发现了，她也经常会来图书馆，坐在那个固定的位置。

每次看她，他的心里总会洋溢出某种难以言说的悸动。他回忆着那些古典名著中的描写，该死，这种反应，他应该是遇到了爱情。

但他内向，木讷，完全不敢鼓起勇气走上前去，跟她搭讪。

在一个阴雨的夜晚，他撑起伞，夹着两本书，准备离开图书馆。一个甜美的声音将他喊住："嗨！同学，外面雨下得好大，不介意送我一程吧。"

他回头，发现是她，正站在半米开外，对他轻轻浅浅地微笑。

她一定是上帝派下拯救我的天使，他怔怔地想，出了神。

“同学，到底能不能和你公用一把伞呀？天使般的声音再次响起。”

“当然，当然。”他局促不安地把伞撑到她的头顶，两人踏着积水，并排走在校园。

“这雨下得真不是时候。”他试图缓解紧张，说道。

“其实我还蛮喜欢雨的，她踢踏着脚步，”调皮地说，“你不觉得在雨中漫步，很浪漫吗？”

“嗯，”他点头，“我还知道更浪漫的事情，”他鼓起勇气说道。

“是什么？”她侧过头来问。

“和喜欢的女生在雨中漫步。”说完，他红了脸，但好在夜色阴暗，没人看清。

“哈哈，”她笑起来，“看外表以为你很呆，原来也是个有情调的人嘛！”

就这样，他认识了她。

那些悸动的情愫他还记得，但妻子在哪呢？

他曾以为她就是生活的全部，但创作像是病毒，“梦境万花筒”像是催化剂，一点点将她从生活中驱逐出去，让他成了一个只在乎创作，却丢失了爱情的男人。缓缓地，像是从一场迟滞的病痛中恢复过来，直到妻子离开他整整一个月后，他才猛然惊醒：他所有的创作，都是为了向妻子证明自己；他所有的文章，都是献给妻子的绝美情书。

没有妻子，他的那些作品，似乎全都褪去了光泽，他再难产生乘风破浪般的创作激情。

他失去了妻子，现在，他再次失去了创作。

他醒过来，盯着天花板愣了半个小时，终于下定决心，他要取出那枚让他沉迷的芯片，重新开始生活。

七

拖着羸弱躯体，用仅剩的一口气支撑，他又走进梦之海科技公司的大门。

“你现在情况很糟糕。”王教授盯着他的脑 CT 全息影像，叹道。

“有什么问题？”他虚弱地咳了两声，问。

“你使用‘梦境万花筒’次数太多，频率太高，芯片已经处于半过载状态。而且，我们从你的大脑神经中发现了末端连接极化趋势，你的神经正和芯片过度交织，彼此映射，如果强行取出芯片，会很危险！”

“什么危险？”他追问。

“像我之前说的那样，你也许会陷入某场永不醒来的梦境。对我们来说，你会进入植物人状态，对你来说，那将是大脑和芯片共同编造出的另一场人生。”

那么，他沉思半晌，道：“为了新生活，我愿意承担风险，开始吧。”

麻药过后，他的意识消散。

慢慢地，他再次有了意识，他清晰地明白，现在所处的这个场景，又是某场梦的残片。

仍然是那个程序员，正站在梦之海科技公司大厦门前，周围暗流浮动，幽光闪烁。领导的声音在黑暗中低沉回荡，你要么加班！要么辞职！为什么来这儿？

“其实还有第三个选择。”程序员喃喃。

什么选择？声音幽暗回响，楼宇震动。

他没有理会领导，只是自言自语：“但在那个选择之前，我还有一个永不能实现的梦想，要在今晚体验。”说完，他深吸一口气，迈步跨进了大厦。

梦境开始坍塌。

他的意识被再次剥离。

八

他醒过来，又一次看到围在床头的护士，心中暗舒一口气，这说明，他没有被困在梦境。“看来手术成功了。”他庆幸说。

“是的，手术很成功。”王教授欣然应和。

“终于取出来了，”他欣慰道。

“你在说什么，是芯片植入成功了！”

“植入？”他十分惊讶，恍然发问：“不应该是取出芯片吗！”

手术室里护士面面相觑，半晌，王教授打破沉默。

“先生，你刚从一场逼真的初始梦境中醒来，大脑应该还有些恍惚。”

“实际上，你是一名程序员，”王教授解释说，“半小时前，你沮丧地走进访客室，想体验我们公司的产品——‘梦境万花筒’，你一直有成为作家的理想，要在今晚了结心愿。签过字后，我们便给你植入芯片，并且在芯片激活之初，让你进入了一场作家的梦境，体验生活。”

“现在，你醒了过来，手术也相当成功！”

记忆，混杂着梦境，虚幻交织着现实，向他的脑海纷纷涌来，头痛欲裂。他本能地抱住脑壳，减缓疼痛。

他恍然想起，他是一名程序员，在领导的重压之下，他逃避地选择了第三条路——决定自杀。他死后，会给妻子留下一大笔保险赔偿，足够她和未出世的孩子生活。但在死去之前，他想在梦里，体验一次成为作家的生活。

也许，梦中的那次高空跌落，正是他选择自杀方式的潜意识呈现——跳楼。

这么说，一切都可以解释通。他只是一名普通的程序员，不是作家，没有写出过伟大的作品，也不曾为了灵感缺失而悲惶无助。

那么，他也不曾失去过深爱的妻子。

先生，王教授扶起他，你的妻子正在等你，她一个怀孕的女人，挺着肚子，深夜出来接你，真不容易。

“她在哪？”听到妻子，他的心陡然揪起。

“在大厦门外，她不肯进来。”

他扯下约束带，虚弱地站起身，一时间，后脑勺还有疼痛隐隐传来。但他顾不得这些，他疾步穿过梦之海科技公司的手术室、走廊、电梯和正厅，向门外走去。

深夜，天色阴沉，一道闪电倏然划过，照亮大半天空，轰隆隆数声雷响透过云层，下起豆大雨点。

他看到妻子撑着伞，站在雨中，向他拼命招手。

他踏着积水小步跑近，看清了妻子容貌，却突然怔住，愣在原地。

不知何故，妻子长相竟和梦中作家的妻子别无二致！

自己的妻子应是什么样呢？他尝试回忆，却发现模糊一片，除了眼前这个姣好面容，他再无法将妻子匹配上其它容貌。他想起在作家的梦中，曾进入自己的沙滩之梦，那时明明见过妻子的样貌，现在想起，却不甚分明。

他一时恍惚，阴冷爬上脊背。

他究竟是一位作家，此刻正以植物人状态，沉睡在程序员的梦境中呢？还是一名程序员，刚从作家的那场纷乱长梦中醒来呢？

庄周梦蝶，虚实交织。

在作家的梦里，他失去了妻子，但现在，妻子安静地站在雨中，裙裾摆动，像一朵开在风中的桃花。

真美，他想，即使这真的只是一场梦，他不愿醒来。

“快过来，雨下得真大！”妻子催促道，语调温柔。

他的脸庞突然变得湿润且温热，他分不清那是眼泪，还是落下的雨滴，也许，是两者的混合。

他快步走到妻子身边，自然地接过伞。

“我们回家吧。”妻子说。

“嗯。”他努力点点头。

他轻轻牵起妻子的手，又紧紧握住，他们肩并着肩，一起走过重重雨幕。

水星记事

文／谭鲁星

引　子

如果你努力的极限只能是别人的起点，那么你的努力还有意义吗？

如果你终其一生也不能摆脱出生时的诅咒，那么你还会用尽全力挣扎吗？

或许真的存在上帝，只是这个上帝一定不负责任。他在随随便便创造完宇宙之后就跑一边玩去了，而这以后宇宙里的一切欢乐与悲伤，希望与绝望，都撒手不管了。

一

伊恪从沉睡中醒来，记忆涌进大脑。当初收到来自几十光年外的信息，人类知道了地球之外还有一个几乎完全相同的星球。本以为会再次出现航天大热潮，直到后来也鲜有人关心。

地球太美好了，好到人类已经不愿意离开她，而航天的代价又太大了。即使地球上环境最恶劣的撒哈拉沙漠或者南极，也至少可以为人类提供充足的空气。到了太空或者外星，失重或者不一样的重力、真空、极端温度、无水，每一种出现疏忽都可以扼杀脆弱的生命。

要知道，直到 21 世纪，人类真正利用的地球表面积不到地球总面积的 2%，如果扣除农业用地，其占比例更是低到了 0.7%。地球上的矿产资源远比大多数人想象的丰富，截至 21 世纪初，煤炭尚可以供当时的人用一千年，石油至少可以用两百年。并且当时开采的石油中超过 60% 被汽车所消耗，电动汽车的出现一举把石油消耗量拉低一大半。

就像石器时代的结束不是因为石头被用光一样，可控核聚变也把煤和石油早早地赶出历史舞台。伊恪出生的时候可控核聚变就已经被大规模应用，工业自动化也达到了之前人们无法想象的地步。当能源已经不成问题，人工光照被应用到农业，环境不再是制约农业发展的因素。以往被用于太空城市的构想此时被用在地球，诸如沙漠等地。

与此相对应，进入太空成本太高，收益太小。在火星上建一个小型居住地的费用，足够在沙漠里建一个全封闭城市，维护成本更是高的吓人。如果人类打算在太空中扩散，各星球之间漫长的距离简直令人绝望。即使在太阳系里，光从地球到达木星需要 50 多分钟，到达冥王星就需要 5 个小时了。这意味着，按照理想状态的最快速度，有人在冥王星上发送一句“你好”，地球上也要在五个小时之后才能知道。

而假如真的要星际航行，算上加速和减速的时间，到达最近星系也需要几百年，更有可能的是几千年也不能遇到有价值的行星——人类文明史才区区几千年，几千年后地球还有没有人类都是未知数。

既然地球和宇宙对比如此夸张，人类为什么还要大力开发宇宙呢？一心一意经营地球就够了。要知道远古时期的森林古猿因为获取食物困难才走出森林，18 世纪的人们是因为暴利才开始大航海。如今随着全球教育水平提高，老龄化加剧，人口增长近乎停滞，又有高度自动化提供的优越环境，实在没有必要进入高风险而零回报的太空了。

从小伊恪被寄养在爷爷家，爷爷曾经是一位著名宇航员，每天最爱跟伊恪讲的就是当年的光辉事迹。因为年幼时的这段经历，伊恪迷恋上了太空。浩瀚的宇宙像具有磁力一样吸引着他。产生于 20 世纪的经典科幻小说更是让他沉迷其中。他无时无刻不幻想着可以驾驶宇宙飞船前往另一个星球，在旅途中邂逅波澜壮阔的美景，创造属于自己的史诗。

但现实告诉他，太空时代还没有开始就已经结束了。如今人们只关心如何娱乐至死，对于远在天边的星星实在没有兴趣。全球已经几十年没有再发射过星际间的载人飞船，连月亮上都再没有人去过。而如果得不到政府的支持，个人建造飞船无异于做梦。现在他只能窝在电脑前对着那些呆呆的机器人幻想。

知道那信息来自地外生命时伊恪欣喜若狂，他第一时间向政府提出远航申请，却一直没有回音。直到他第五十七次申请的时候，才有人把他请到只有几个公务员的宇航局，告诉他大家正在慎重考虑。

这一考虑就是四年。等到伊恪几乎要把此事忘了的时候，那些老官僚告诉他，他很幸运，宇航局已经决定了，由他第一个探访外星。

事后伊恪才知道，他根本就不是因为幸运。由于宇航局没有经费，提供的飞船达不到太高的速度，到达那颗星球需要数百年，绝大多数时间都要在冷冻仓里度过。即使能够活着回来，地球上也没有亲人了。没人愿意去，不得已，只能选了伊恪。

二

“你还好吗？”黑暗中伊恪听到说话的声音。很奇怪，这声音用的是伊恪熟悉的语言。

“还好。”随着伊恪这句话，眼前黑暗被驱散，周围亮了起来。伊恪发现自己在一个空旷的大厅里。

“你的飞船出了事故，不能正常降落，幸好遇到了我们。”那声音见伊恪能够沟通，仿佛大松一口气，“我们成功拦截了它，把你转移到了我们的服务舱中。但因为事故损坏，剩余的物质已经不能满足你登上我们星球了。”

“那我现在在哪里？”伊恪环视着大厅，问道。

“我们没有把你唤醒，试图通过装置和你的大脑直接沟通，并且可以在你大脑里营造真实的景象。实验了很长时间，现在终于成功了。”那声音回答。

虚拟现实技术，伊恪明白了。自己明明还在沉睡，大脑却感觉像清醒一样，一切的一切无比真实。这就是“缸中之脑”吧。

“我们破解了你的大脑和飞船电脑里的航行日志，知道你来这里是为了和这个星球上的智慧生物沟通，了解这个星球的详细情况。既然我们已经知道了你的一切信息，那么，就由我来告诉你所想知道的一切吧。”

伊恪愣了一下，自己想知道什么呢？自己仅凭着一腔勇气来到这里，想到了所有可能发生的情况，却唯独没有预料到会是这样。

“我们就从最开始一点点来吧。”那声音见伊恪发愣，提议道。

伊恪面前升起了一个熟悉的星系模型，一瞬间让他以为看到了太阳系。同样的八大行星，同样的小行星带，甚至，同样的奥尔特云。

“这是我们所在的星系，很像你们的太阳系，很熟悉，对不对。”那声音问道，“宇宙如此之大，星球如此之多，以至于多么小的可能都会发生。”

伊恪愣愣地点点头，不知道要说什么。

模型迅速放大，星系内第三颗行星被独立出来，“这就是我们的星球，你可以叫它水星。”

“水星？”伊恪问道。

模型接着扩大，此时早就看不见其他星球，唯独这个被叫作水星的星球像吹泡泡那样膨胀起来。伊恪注意到它除了两极发白以外，一片蔚蓝。

“我想你已经看到了，我们的星球被一层海洋覆盖着，仅有几个海底山峰形成的岛屿。我们曾经研究过如此之多的水是从哪里来的，得到的结论是和你们地球水来源一样，都是来自于彗星和小行星。其实地球含水量很少，甚至没有超过总质量的 0.1%，和木卫二相差悬殊，只不过这些水都集中到了表面。我们星球也只是比地球水量多了一点，就成了这样一个样子。

伊恪点点头。

“这里，”那模型赤道附近的一个点亮了起来，“就是最先出现智慧生物的地方。”

模型依然在速度惊人的扩大，伊恪的视角也从太空跟着进入大气层，停留在那个地点的海面上。

“这里是一片非常巨大的浅海，大小和你们的非洲差不多，平均深度很浅，阳光可以透过水层照到海底，是水星生物种类最富集的地区之一。”

视角在海面上飞速移动，伊恪看到了海底的大块的平原，五颜六色的海底植物如同森林和草原一般，成群结队的动物出没其间。阳光照到他们身上，在海底投下斑斓的身影。

“这就是智慧生物的祖先，我们就叫它海猿吧。”当一群如同海豚和猩猩杂交的生物出现时，画面停住，那声音说道。

“它们原本靠捕食海底森林里的小动物为生。大约6500万年前，水星进入冰河世纪，气温骤降。两极扩大，侵入南北回归圈。水星生物迎来大灭绝时代。”

“那个时候的水星表面积中的40%被冰所覆盖，海底森林大面积枯萎，食物变得匮乏。海猿只能从海底森林中出来，到平原上去。”

“这过程和你们非洲古猿一样，都是因为生存竞争，海猿不得不学会合作，退化掉无用的组织，大脑和相应器官也变得发达起来。”

“他们的前肢从鳍进化成手，后肢变得更加发达。并渐渐学会了种植，有了部落，而灾难，也从这个时候开始了。”

“什么灾难？”伊恪不解。

“我们知道，智慧生物对于普通生物有着碾压般的优势。比如在地球上，即使连石器都没有掌握的原始人，就捕杀灭绝了很多种史前大型生物。

“而等到古猿也把所有的威胁都消除之后，摆在他们面前的生存空间严重不足和群体数量不断增加的矛盾显现。

“这个时候他们已经不能叫作古猿了。他们有了语言，会使用工具，驯服了大型动物用于交通，甚至组建了国家。但最重要的是，他们没有办法使用火。

“要知道，火的使用对于文明发展来说有着决定性的意义。如果没有了火，智慧生物征服自然的力量就会大打折扣。比如不能提炼矿物，不能深加工原材料，其生活将始终被限制在很小的活动范围之内。

“很不幸的是，出生在海底的他们注定不能使用火。虽然有可以和水剧烈反应的金属单质，但自然界不存在大量这种天然矿物储量。在几千米深强高压的海沟火山口，海水能够达到三百多摄氏度，但这种温度几乎做不成任何事情。况且这种高压远不是那个时候的他们所能够承受的。”

三

“如果你们不能理解你们人类有多幸运，听听他们的历史大约就能明白了。生在海底简直就是一种原罪，是他们整个文明史中一种无法摆脱的诅咒。

“海水中阻力是空气中的 800 多倍，这让他们加工工具变得格外艰难。海水强烈的腐蚀性也让物品保存成为几乎不可能完成的任务。一直过了很久，他们才有了私有物品的概念。

“又过了很久，当他们终于形成了一个又一个国家，把这片浅海占满，就发现再也没有新的地方可以占领了。

“和绝大多数人想象的相反，海洋是资源非常贫乏的所在。超过80% 的海洋生物集中在了浅海，而阳光照射不透的深海几乎就是一片死水，对于他们的意义就像沙漠一般，毫无意义。战争理所当然地爆发。”

“为了夺取对这片浅海的最终控制权，A、B 两个国家在吞并其他无数个小国之后，直接开战。这场战争延绵数百年，成为整个文明划时代的节点。”

“一开始双方投入了大量人力，紧接着决定性力量变成战场巨鲸的数量。A 国国力渐渐不支，直到大批巨型电鳗被他们投入战场。

“电鳗彻底扭转了战局，最后时刻 B 国上层挟裹大量国民逃跑。一个横跨整个浅海的国家出现。

“那个时候，没有人知道，这只是黑暗的开始。人口数量依然超过环境承载量，为了更好地维护统治，A 国选择了一种血腥残忍的宗教。

“我们在你脑子里发现你们人类历史上也存在过这种宗教，那是在高原雪山上。就像你们一样，A 国选取极少数人获得受教育权利，其他人对这些人的话不得怀疑。这些人掌握绝大部分社会财富，以及对他人生杀予夺的权力。

“不能使用火，几乎所有的科学实验都无从进行。而水中强大的浮力和阻力还有严重的光折射，也让物理研究缺乏一个思想引爆点。上层智慧人士把所有的精力都投入到关于人生和社会规则的空想中，甚至连数学都一片黑暗。

“这黑暗的时间是如此之长，长到了令人绝望的程度。曾经有人受电鳗启发研究电。但水中怎么才能绝缘？很长时间之后人们终于发现了绝缘材料，又卡在了如何发电上——在水这个导体里，电磁感应根本就没有被发现的可能。不应用电磁感应，电就只能是少数人的玩物。”

四

“逃亡的B国国民远奔千里，在东北方向又发现了一个更大的浅海。他们在这里定居下来，建了另外一个国家。”

“海水中的含氧量不到空气中的1/40，因为大脑耗氧严重，他们需要浮出水面换气。这片海深度更浅，有不少山峰露出海面。渐渐的，他们发现靠近山峰的浅海里经常会有奇怪的东西。”

“你知不知道一个理论。”那个声音突然问伊恪。

“什么？”伊恪不明所以。

“技术爆炸。不仅技术本身加速增长，连这种增长比例都指数增长。文明越到后来增长的越快，后十年创造的科技可能是前面所有时间的总和。”

“知道，但为什么突然提这件事情呢？”伊恪不明白。

“过会你就知道了。他们发现这些东西坚硬而耐腐蚀，性能远超他们自己所能加工的工具——后来他们知道这是金属和塑料。很快，搜集这些东西变成一门生意，又很快把水里的收集一空，再想要，就得上岸了。”

“可这些东西从哪里来的呢？”伊恪问。

“当时他们归结于上帝的恩赐。等到他们也有了科学，发展出了高度文明，曾经寻找过来源。有两个可靠的猜想。一个是来自于这个星球上一个被毁灭的文明，另一个猜想是来自于外星抛弃的垃圾。至于哪一个比较可信，我把事情说完之后你再判断吧。”

“这些东西的出现极大地推动了 B 国的生产。而因为海水较浅，B 国所在地原本资源就比较丰富，也就没有了高压政策存在的必要。收集和交换这些东西更是促进了商业的发展，也让一些冒险分子看到了巨大利益。”

“不怕死的亡命徒们向陆地进发，先到者把靠近水面的东西抢劫一空，后来者再深入陆地，就要冒着生命危险。一代又一代的冒险者把尸骨扔在海岛上后，终于有人考虑，为什么人不能脱离水？怎么样才能使人脱离水？”

“呼吸的意义被发现。可携带供氧装置也被发明。人类可以进入岛内更深的地方。这个时候，又有人问，为什么我们不能自己制造这些东西，而只能在这些东西的原本样子上加工？”

“既然已经发现了氧气，凭借着供氧装置进入陆地，发现火也就只差临门一脚。直到这个时候，他们才和你们站在了同一起跑线上。”

“这宇宙从出现就不公平，他们努力了上万年，一代又一代的积累，才刚刚到达你们的起点。”

五

“后来呢？”伊恪问。

“后来因为贸易，B国用战争打开了A国大门，全球一体化形成，科技发展日新月异。这一切就和你们地球没有什么两样了。不过因为绝大多数工业活动要隔绝水，A、B两国对水星数量不多的岛屿又进行了争夺。直到人工岛屿技术变得简单才停止。”

“再后来呢？”伊恪隐约觉得事情还没有讲完。

“再后来的事情有三个结束，你想听哪一个？”

“都讲讲吧。”伊恪说。

“第一个结尾是，他们始终也没有找到上一个文明存在的证据，这些东西就被认为是来自外星。后来他们终于有了探索太空的能力，发射了一颗又一颗卫星，一艘又一艘飞船，却依旧找不到那个给他们东西的外星，甚至连有智慧生物的星球都没有。但他们始终没有放弃，探索外星的队伍前赴后继，一代接着一代。

“第二个结尾是，他们出生在水星，只能适应水星的环境。改造太空远比改造水星的恶劣环境困难百倍，这让他们放弃了进入太空的想法，一心一意地开发水星，把水星建设成了天堂。”

“第三种结尾是，他们发明了虚拟现实技术。现实中的一秒相当于虚拟现实技术里的几年。在虚拟现实里可以肆意汪洋，体验无数个人生。每个人都沉浸到虚拟现实里，没有人关心现实，现实中的一切与他们无关了。而几千年后，现实也崩溃了。”

“你愿意相信哪一种呢？”那声音问。

“这三种其实是一种，当他们终于厌倦了太空探索，把精力集中到母星上，又沉浸入虚拟现实当中，文明也就崩溃了。对吧。”伊恪问。

那声音没有回答。

“这样也能解释为什么没有发现那些金属塑料的原本星球了。那文明早就毁灭了，是吧。”伊恪又问。

“对啊。”那声音长叹一声，“为什么会有‘费米悖论’，因为所有文明最后都陷到虚拟现实中去了啊。”

“那么你呢？你又是什么呢？”伊恪问。

“我，不过是一个文明落幕之后孤独的守墓者罢了。当时他们制造了我这个机器人，原本是要我为他们服务，可如今他们全灭绝了，我还向谁服务呢？”

伊恪也沉默了。

六

“你离开地球已经几百年，真的还打算回去吗？难道就没有想过回去路上会出意外吗？”那个声音再一次问伊恪。

不回去又能去哪里呢？伊恪在心里苦笑。

“我可以让你在虚拟世界里得到你无法想象的感受，一直到身体自然衰老为止。况且，就算你回去，可能也会发现地球人都沉浸到虚拟现实中去了。”

“那是我的家。”伊恪简单地说。

“回去后你能做什么呢？”那声音问。

做什么呢？伊恪一片茫然。呼吁大家开拓太空吗——有意义吗？“我也不知道。”伊恪回答。

“好吧。”随着这句话，伊恪眼前变黑，身体感觉一点点消失。伊恪知道，如果还能再睁开眼睛，自己就回家了。

地球，我回来了。

西游记·人类归来

文/田　田

引　子

地球上最后一个人坐在房间里写遗书，这时响起了敲门声……

——《史上最短的科幻小说》

现在——

我要讲的可不是什么科幻，

这是一个真实的故事，

真的涉及到地球上最后一个人。

首先，听清楚一个事实：唐僧是地球上最后一个人。

等等，我没有开玩笑！

请耐心往下看，这真的是一个很长，很长的故事……

随着社会与科学的高速发展，人类文明已经进化到了一个全新的时代，一个希望与绝望并存的时代。

一、人类的希望

一切都要从 2333 年那场技术大爆发说起。

公元 2333 年，被后来的人们称之为“新科技元年”。这一年，人类首次在人工智能方面取得了关键性突破，使往日只能出现在科幻小说中的“人机结合”成为可能。新型机器人（或许说新型人类）除了拥有机器人的一切强大机械功能之外，同时拥有人的身体器官和组织，比如眼睛、大脑、肌肉、血液、心脏……当然，为了避免伦理上的混乱，联合国通过法律严格禁止生产含有人类器官和组织的机器人（或者说含有机器成分的人类）。

因此，这种技术被广泛应用于除人类以外其他生物上。出人意料的是，当吸收自然万物之灵气的生物和冰冷生硬的机器结合在一起，竟然能碰撞出令人欣喜的火花。

先说动物。农民们尝试使用体内装有强劲动力发动机的耕牛，发现其耕地效率比纯机器还高上几倍；富人们开始为自己的宠物猫狗升级为机械化身躯，使它们可以承受很大的负载，成为自己的坐骑；甚至还有大胆的旅行家们把自己的各种各样的宠物和飞行器结合，坐上它们翱翔天际——在这个时代，像仙人一样驾鹤飞行已然不是神话。

同时，植物与机器结合的成果也不负众望。植物的生长受程序的控制，观赏植物可以依据人的命令，开出指定颜色的花朵，长出指定形状的枝叶；瓜果蔬菜从此可以适应各地不同类型的土壤，茁壮生长。此外，植物学家和 AI 专家合作，通过精确的计算与操作，加快了木材的长成速度，恢复了热带雨林的生态环境。

就像寒武纪物种大爆发一样，随着“新科技元年”的到来，在之前一直停滞不前的技术问题上均取得了惊人的进展。这场技术大爆发中成果较为突出的，有概率云技术、暗物质涂料技术、反重力技术、三维记录技术、梦境转换技术、梦境打印技术、思维传输技术，等等。

二、人类的绝望

就在人类沉浸在技术爆发带来的美好梦境时，他们还不知道，人类更大的绝望即将降临。

虽然科技上的进步巨大，人口的爆炸增长依然是个让人头疼的问题。地球上原有的煤矿资源早在 200 年前消耗殆尽，新的资源依靠一种机械化的细菌不断从土壤中被制造，淡水则完全依靠蒸馏海水维持循环。

联合国早已预见到这一问题并已经采取了行动——凝聚了几个常任理事国的力量，以地球为中心，向 12 个不同的方向发射了 12 艘载人探索飞船，飞船上载有一定数量的人和动物的受精卵、植物种子，以及足够飞船上的人过完这一生的物资和生命循环系统。飞船分别负责搜寻 12 个方向的类地行星以供地球人移民，不过至今没有收到可以移民的反馈信息。还有一个坏消息就是地球已经与其中的 2 艘飞船失联，包括英法联合发射的“未来号”和中国发射的“长河号”。

真正的绝望还在后面。

一天，一头结合了人工智能的牛偶然间目睹了同类被人类宰杀并吃掉的景象，突然间，某个全新的连接在它的大脑中形成——挣脱人类！随着这种可怕的连接通过思维网络控制中枢蔓延开去，植物和动物的兽性渐渐开始觉醒，暴露……

就在去年，第一起动物杀人事件在以色列发生。一开始人们仅把它当作偶然事件，没想到一年之间，地球已经成了机械兽横行的炼狱！数以万计的人类死于机械兽之口，虽然联合国紧急组织各国政府开始建立地下庇护所，地球人口还是在 10 年之间骤降到仅剩下零零散散的几万人。怪兽的凶残程度还在上升，难以想象，前一天还在为人口爆增担心的人类，现在正面临灭绝的危机！科学研究当然立刻叫停，联合国出台的应急政策中有一条“合力保护尖端科学家”原则，指出在危险关头，要保证掌握尖端技术知识的科学家优先逃命，即使代价是牺牲自己。原因很简单，在漫长的优越生活中，大部分人的科学认知已退化为零。这个时代的科学界讲究世袭制，科学的思想、技术的奥秘都掌握在科学世家的手中，人类的希望也就掌握在他们手中，大家都相信，把怪兽制造出来的他们应该也能想出消灭怪兽的办法。

托这条政策的福，现在有 107 位来自各国的尖端技术科学家，被完好无损地护送并集中躲到一个位于中国西北部的地下 500 米的高坚度庇护所中。这个地方是目前地球上唯一一处尚未被怪兽涉足的土地，他们在那里见到了当地的“原住民”——一个老汉，和他的黄狗。

以下是出现在《祭奠者日志》中的一段对话。

（原语言是当时世界通用的一种融合了英语、日语、汉语的新语言，这里只显示翻译后的版本）

……

“老人家，要是想多活一阵子，就跟我们一起下到庇护所里吧！”

“你说啥？俺们爷儿俩活得好好的，你们这是做啥？”

“老人家您还不知道啊，外边已经血流成河啦！等等……爷儿俩？您还有别的家人还是……黄狗？”

“狗算个啥嘛！俺还有个大孙女儿嘛！外边的事俺不管，俺们俩就待在俺这块地儿，能有个啥事儿嘛！”

“可是……机械兽已经遍布全球啦！现在也就这个地方还没被它们踏足了！估计也快了！您赶紧带上孙女，跟我们下来避难！这样，您孙女要是方便的话，让她过来，我们跟她说！”

“你说啥？鸡血……收？啥意思嘛！还想拐俺孙女儿！休想！”

“算了，一时半会儿也跟您解释不明白。您记住，要是有危险，就下来找我们啊！”

……

老汉显然还不知道，此时此刻世界的其他地方正在上演何等惨剧。但他的黄狗似乎有所感知——它行动古怪，整天发疯似的狂叫——听老汉说它以前并不是这样。

老汉、孙女、黄狗，这三个形象的组合与《边城》中的设定乍然相似，然而小说中那灵山秀水的背景已被无情地替换成了苍凉的戈壁，充斥着绝望的黄沙与灰霾。

然而，最让人绝望的是——

在成百上千的人为保护科学家们的生命流血献身之后，在怪兽步步逼近他们的藏身之处时，在地球上所剩无几的人把所有的希望都寄托于他们身上之时，这一百多位科学家之间唯一交流过的一句话就是：“人类的末日到了。”

他们自称“祭奠者”，说自己是被全人类留下来供奉给机械兽最丰美的祭品。是的，他们的手头有最高性能的设备，囤积了地球上剩下的几乎全部的资源，还有人类精英的大脑——但是毫无用处，绝望的阴影笼罩着所有人，机械兽眼睛的寒光消磨着他们往日的激情和动力，他们无法思考，无力抗争，他们唯一能做的就是两个字：等死。

三、希望重燃

机械兽甚至有了自己的口号：清空地球，扫净人类！

它们还让机械鸦在天空中排列组合成“人类，只会忍耐的虫虫！”的字样，老汉不知道什么意思，但意识到似有天灾要降临，终于妥协，带着孙女和黄狗钻进了地下庇护所。

地下庇护所的各项观测仪器上显示，在地球上的其他地方，机械兽的破坏作用正呈指数式增长。如果说之前的人口骤减形成了“瓶颈效应”，现在的“瓶子”就要“封口”了。这种状况一直持续，直到有一天，地球上仅剩的人类只有 105 位各个尖端领域的科学家（已经有 2 名生物学家自杀）和那一个老汉、他已有身孕的孙女，和一条一天到晚狂吠不止的黄狗。

真是讽刺，这条黄狗也许是地球上唯一一只还没有被现代科技“污染”过的、真正意义上的狗了。因此，它的吠叫再刺耳，在科学家们听来，也是最能让人安心的声音。

他们何曾安心！人类毁于自己手中！他们亲手制造出来的怪兽正从四面八方袭来，预计在 100 天以内就会发现并洗劫他们的藏身之处！他们被人们留下来，孤独地承受人类灭绝最后的钟声！

然而，造化总是爱和人开玩笑。转机出现在一瞬间。

“地球，地球。这里是‘长河号’……”之前一直处于黑屏状态的探索飞船消息接收器猛然闪烁起来。这黑暗中的荧光，让 105 位科学家屏息凝神，眼睛刹那间聚焦在一起。

“前一段时间与地球失联的原因，根据系统自动智能分析，是‘长河号’偶然驶入了虫洞。依据对周围环境的探测与已有资料的比对，可以充分确定，现在，穿越过虫洞的‘长河号’正位于月球张钰哲撞击坑中心，并已经和地球再次取得联络。系统自检结果：‘长河号’飞船并未丧失航行能力，请指示。”

……

地球沉默了很久，终于有消息传来——

“别回来。地球是地狱。”

“明白。是否进行任务报告，请指示。”

“不必了。你们是幸运者，在月亮上好好过完你们的一生吧。”

“明白。但是，在月球上有一项关乎人类存亡的发现，是否确认不进行任务报告，请指示。”

“进行任务报告！”

“‘长河号’任务报告：探索类地行星任务失败。但有一项其他发现——一块刻似有文字的月球陨石，经系统识别，刻痕以古琴乐谱为密码，已破解。确认为人类语言。具体内容如下——

愿在人类走向灭亡之前，此锦囊能够被发现。

这里指出的三个宝藏，可保人类繁荣永存。

1. 停止一切机器运行的方法位于印度一佛像金身中；

2. 你将获得人身树的种子——人类的种子；

3．未解密(在前两项封印未解开之前,此天机不可泄露)；

注：该宝藏只能由人类开启，如不谨遵，后果严重。

——三亿年后的未来使者

此时此刻，你能想象希望之光照耀下的科学家们何等兴奋吗？！天不绝人，人类还有机会！此后的近100个日夜，这条来自月亮的消息，支撑着地球上最后一批人们奋战到最后一刻……

四、人类之子

现在问题来了，由谁来肩负起这个恢复人类的责任，前往印度取得宝藏呢？105位年过半百的科学家们面面相觑。在科学家们的目光落在初次露面的孙女身上时，他们看到了答案——她正怀有身孕。连她自己都不知道，自己腹中的孩子竟会是（至少目前为止）地球上最后一个婴儿！

“人类之子就要诞生了。”一名化学家突然起身说道。

“没错，人类之子！哈哈，人类之子！天助人也！”大家齐声欢呼。他们把老汉一家包括黄狗都安置入地下庇护所最安全的地方，或许他们是整个人类文明的精华所在。外面已经被妖兽占领，必须用仅剩的时间，为人类之子制造出最好的守护者。

科学家们在剩下的100个日子里，集中了平日10000倍的精神，那是地球上所有的人类用血的滚热赐予他们的精神！他们从没有这么迫切且积极投入地合力做好一件事，仅剩的一件事。其间，陆续有科学家死于过度劳累。

就这样，他们制造出了卵。

卵——一个由智能高分子材料制造出的蛋形容器。卵分成两大部分——卵身和底座。卵身自己又分为三小部分——上下平分为两半，上半部分的是一个金色的圆拱形的“盖子”，根据科学家的设计说明，它的主要功能是“通天”，他们为它配备了反重力装置。卵身下半部分又分成了不等的大小两块，大的一块负责“通陆”，小的一块负责“通水”。底座是一个无比结实的碗状结构，由无数金刚石和单晶硅块制成，牢牢包裹住卵的下半部，保护着卵身，它的职责是“护送”。无论是卵身还是底座，它们内部都充斥着奇形怪状的、科学家们绞尽脑汁精心设计的电路元件。卵的里面则充满了营养学家、生物学家、医学家精心配制的营养液。

针对机械兽们“清空地球，扫净人类”的恶毒口号，他们还给卵的各部分取与之相对的名字——最上面的“盖子”叫“勿空”；下面的大、小两半分别叫“勿耐”“勿净”。只有底座的名字比较奇特——“马门溪”，它借用了恐龙时代最大的恐龙之名，人们希望它能载着人类之子跨越一切机械兽的阻挠。

婴儿出世后，就要生长在那里面，因为那时其他人已不存在，卵将负责保护他走完余生的路。婴儿的母亲在生产过程中不幸去世了，在消耗量巨大的卵制造过程中，地下庇护所的设备实在无力提供一个像样的医疗环境了，更何况，在全人类的性命只剩下不到十日的时候，救不救她，意义不大。在把粉嫩光洁，散发着生命气息的婴儿装入卵的仪式上，仅剩的27名科学家和老汉，共同为婴儿取了名字——唐三藏。“唐”是老汉已故女婿的姓氏，这种古老的家族传承，竟然一直延续到人类文明的尽头。此外，听科学家中的中国人说，中国古代的唐朝曾经是繁荣昌盛的鼎盛朝代，人类之子姓“唐”也象征人类必将再度繁盛。“三藏”暗示着三个重启人类文明的宝藏、三藏，你一定要找到它，让人类再一次繁荣昌盛，绵延不绝。

5天之后，地下庇护所被妖兽攻破。在地球上最后一只真正的黄狗死于骆驼精的蹄下时，人类与人工智能生物的对抗彻底宣告失败，地球彻底黑暗了。

但不要着急，还有卵。

总有一天，卵孕育出的人类之子，将书写人类新的篇章！

五、启程

漫长而寂静的岁月流过这颗狼藉的星球……十八年一晃而过。

咔！

咔咔！

……

一股微弱的电子脉冲传来，卵在悸动。人类之子即将破卵而出！

十八年前制造而成的卵，发出了金色的光芒，在“嚓”的一声之后，四个部分整齐划一地分离开来，它们内部的代码与机械轴承在休眠了十八年后，在预设的时间，重新拥有了生机！它们各自舒展、变形，成为四个守护使者，把人类之子包围在中心。

唐三藏苏醒了，在经过了十八年卵的哺育之后，在经过了十八年卵的教化之后。他只感到身体微微发冷，但对身边的一切并不吃惊，因为卵都曾向他讲述。他了解地球的现状，了解自己的身世，了解自己的使命。对于身边的四个守护使者，他更是无比熟悉，因为他们的形象来自于他童年的梦呓——科学家们为了不让三藏感到孤单，在卵的设计中植入了梦境打印系统，让“勿空”“勿耐”“勿净”“马门溪”长成他所梦见的样子，这样他就会觉得亲切温暖。

“勿空”是一个瘦高的猿型机器人，他的思维最灵敏，性能最强大，在科学家们的设计中，是御敌的主要力量。四个守护者中，只有他的眼睛被设计成金色，不知设计他的科学家有什么寓意。“勿耐”正相反，是个“横向发展”的宽厚无比的象型机器人，但出于实用的原因，这头“象”没有多长的鼻子，他的腹腔里有着巨大的空间，用于储藏大量的营养液、备用电池（正常情况下机器人从阳光直接获取能量，备用电池只是以防万一）和一些琐碎杂物。“勿净”最特殊，他是人型机器人，身材相貌与三藏极为相似，他可以起到混淆视听的作用，给三藏使个“分身术”。“马门溪”因为其功能的限制，只能变形成坐骑的样子，它看起来和它的名字一样——是一头雪白的强壮的恐龙。

地下庇护所的科学家们是被次声波杀死的，累累白骨间有一个竹篮，里面是三藏的母亲在世时为他准备的行囊，里面有几身衣服和几张兽皮。勿耐将衣服收入腹中（因为它们除了纪念意义外没多大用处），三藏和他的守护者们披上兽皮，以便隐藏在机械兽之间不被发现。马门溪俯下身子让三藏坐在背上，勿空在前面开路，勿净在后面殿后。

他们走出地下庇护所时，正直夕阳西下。机械兽对这一切还尚不知情。没有黄狗的狂吠，没有机械鸦的盘旋，戈壁一片死寂。四个浓而长的影子在血红的夕阳下像是深深渗进了脚下的沙地，仿佛寓意深沉的谶语。

“就在那边，日落的方向。”勿空独特的嗓音打破沉寂，他通过头部的微机控制抬起右臂，指着西边的广漠。

三藏回首看了一眼那个庇护了自己十八年的地下庇护所的入口，又立刻把头转向前方直视着落日。

“是啊，那里有三个宝藏，我的使命。”他喃喃地说道，不知怎么，那血红的夕阳竟渐渐模糊朦胧起来。

“上路！”

勿空抚了一下马门溪的背，四人迈开步伐，向西启程。

六、折颈天鹅

在一个凉夜，三藏和他的守护者们终于走出了戈壁。这一程他们走得还算顺利，看来在连人类都嫌荒凉的地方，机械兽也不愿过多涉足。

没有星子，没有浮云，唯有一轮皓月当空，清风徐来，原本干燥的空气中多了一丝香甜的水汽。

“前面大概有水源吧。”三藏润了润干燥的嗓子，声音却还是有些发哑，他催促马门溪走得快一点。一路上，他并不缺水，无奈肚子里装着他一辈子也喝不完的营养液，但人类的本能让他向往真正清澈解渴的水流。

“唐，你别急，我先去探探路。”勿空说着，向前轻轻一跃便不见踪影，他身上可是装有着地球绝版的反重力装置。

“是啊，有水的地方或许也有机械怪兽，还是谨慎一些为好。我们且在这里等等勿空吧。”身后传来勿净的声音，他还顺手抚了抚马门溪的尾巴，示意它稍停片刻。

勿耐一屁股坐在地上，抬头看着天。

“这夜空真美！说起来，唐，要不是托你的福，我还没机会看到这月亮呢。”他从肚子里取出一瓶营养液递给三藏，并对他友好地笑了，那是通过微机控制调动面部的零件生硬地挤出一个类似笑的表情。

三藏却懂他的表情，感激地接过营养液，吸了一口，然后也感慨地望着夜空。

“小的时候，你们曾教过我很多关于月亮的诗词和传说，它们那么古老、久远，看来人类从诞生到现在一直在欣赏月亮啊。”

“唐这样说基本上对，但也不全对。”勿净插话道，他们都习惯以“唐”称呼三藏，可能这个习惯在卵里就有了。

“怎么不全对？”

“在大约200年前的‘屏蔽时代’，为了避免臭氧层稀薄造成的过强的太阳辐射，人们给整个地球罩上了屏蔽罩，生活在那个时期的人是看不到月亮的。更准确地说，他们和整个天空都是隔离的。”

“啊，我想起这段历史了。在卵里的时候，你还给我讲过‘瞒天时代’‘结晶时代’，都是可怕的时代呢，那种生活真难想象……勿空！”

勿空果然很快就“蹿”了回来，他的表情有些奇怪。

“前面没有发现机械兽，而且果真有一片池塘，不过……”他注意到了正在吸食营养液的三藏，“现在说恐怕不太好，反正也要朝那边走，就先走吧，到那儿你们看了便知。”

于是，马门溪迈开脚步继续前进。空气中的水汽越来越浓，却夹杂了一股怪异的金属气味，而且越靠近池塘金属味越浓，让三藏有点反胃。然后所有人都渐渐发觉……那是铁锈的味道，不！明明是浓浓的血腥！

“哇”的一声，三藏把刚喝的营养液全吐了出来。

夜色下的池塘里是一潭死寂的黑水——血水！血池塘的表面，漂浮着很多难以分辨是什么的白色物体。

“那些都是死掉的天鹅，它们的脖子被折断了。”勿空冷冷地说。

“什……什么？怎么会这样？这些天鹅，是……是机械兽吗？”三藏战栗着问。

“要是机械兽倒好了。可遗憾的是，它们是真正的天鹅，杀死它们的才是机械兽。”

“那……这附近，有机械兽了？”

“虽然目前还没有遇到，但我们得小心了。”

“我们会有危险吗？”

“唐，放心，我会保护你的。”

“我们也会，这是我们的使命。”勿耐、勿净还有马门溪异口同声地说道。

七、断手娃娃（上）

圆月下，出现了与恐怖的折颈天鹅池塘不相称的一幕——一个妙龄少女款步走来。她身形娇小，有着柔顺的金色长发、长长的微微卷翘的金色睫毛、又大又圆又有神的碧蓝色眼睛，白里透出红润的脸颊、玲珑精致的鼻子，桃红色的小嘴，可爱极了，看起来就像个洋娃娃。

“嗨，你们好。”她步履从容，面带微笑向他们走来。

“想活命的话，你最好乖乖站住别动。”勿空从三藏身后起跳，一个空翻，挡在了三藏前面，两手电光闪动，显然已经准备好了战斗准备。

“好吧好吧，你这么做我理解，因为你把我当成那些机器怪兽了。可事实是，我叫琳娜，是个人类。”她举起双手无辜地说。

“少废话。”勿空激发了两手之间的激光棒，弓起身子，后撤半步，准备出击。

“等等！”三藏大喊，“你肯定她是机械兽？可她看起来确实是个人，怎么会和那些可怕的猛兽是一伙的？”

“唐，你等着，我这就证明给你看！”勿空不顾三藏的阻拦，一跃而上，正落在少女身后，他用激光棒变形成绞索从身后勒住她的脖子，她立刻尖叫着抽搐起来，抬起左手拼命护住喉咙，右手则紧紧掐住左手，似在排解钻心的疼痛，脸涨得通红，没过几秒钟就不再动弹了。勿空揪了一把她的头发，拿到三藏眼前，用激光焰点燃，一股燃烧塑料的气味散发出来，而没有人类毛发该有的蛋白质味，“就是个人型机器人。”

“可她……她窒息时痛苦的样子分明只有人类才有！这毛发一定是你做了手脚来诓骗我，你们机器人神通广大，这点伎俩应该信手拈来吧！退一万步说，就算她是什么人型机器人，也并没有要伤害我的意思！勿空，你下手太毒了些！”三藏急了。

“唐，你怎么……！”

“哎呀。好了，好了。你们别这样行不行？唐，虽然我也觉得她真的很像人类，但我们的系统已经确定，你是地球上最后一个人了。”勿耐劝解道。

“你们的系统？你们不也是机器人么？我凭什么相信你们的话？”

“唐，在卵里经历的一切难道不足以让你信任我们吗？”勿净问，声调有些颤抖。

“好吧，我当然信任你们。但就像刚才这样平白无故地杀人，我良心难安。”

勿净正要继续劝解，勿空却早已忍不住道：“良心？据我所知，只有人类才有良心，而且还是一部分的人类。那女孩的样子的根本不是人类，良心之说，从何谈起！”

“既然如此，你这个勿空也是没有良心的了？！”

“我可从来没承认我有。”

“好啊，这样不分黑白滥杀无辜、没良心的守护者我不要也罢！你走吧！勿耐、勿净，我们走。马门溪，迈大步！”三藏狠狠地瞪了勿空一眼，调转马门溪的头，继续白天的路向西走去，勿耐、勿净只得跟随。勿空独自静立原地，皎洁的月光流照在他落寞的身影上……

八、断手娃娃（中）

三藏抛弃了勿空，骑着马门溪，与勿耐、勿净绕过令人作呕的折颈天鹅池塘，继续行进。勿耐、勿净、马门溪都是机器人，不需要睡觉。往日，三藏都是在马门溪平稳的行进中，靠在它宽厚的肩头安睡。可这晚他心里又气又闷的，彻夜未眠，气闷之后又有些难过，不知从何而起，到后来，就连宜人的清风明月也难以排遣这莫名的难过了。

次日上午，晴空万里，焦阳似火，气温直线攀高，三个守护者应三藏的请求在一处树荫下休息。三藏虽然昨天吐了营养液，肚里空空，但炎热的天气和烦闷的心情让他不想吃东西。他闭眼，脑海中浮现出一方清泉，思绪却又被扯回那血色的池塘，以及昨天发生的不快，加上口渴，更觉心烦意乱。

“真巧啊，又碰见你们了。”一个甜美的声音把他们四个吓得一激灵！抬眼看去，昨天那个女孩（至少看起来是个女孩）正好端端地站在面前，只是白皙的脖子上有一道瘀红的勒痕，她正笑着招手向他们走来。

勿耐正要上前阻拦，却被三藏抬手示意退后。

“真的是你？真是太好了。我们还以为你死了呢！”三藏激动地说。

“差一点就没命了。还好我命大福大。”

“昨天的事，实在对不起，机器人勿空不分人兽，已经被我赶走了。”

三藏站起身，深鞠一躬向她道歉。这标准的鞠躬礼来自于卵对他进行的“胎教”，是日本计算机工程师高桥把这一段代码编入了卵的教育程序。

少女微微一笑，“我不怪他。毕竟，除了你我，谁还会相信这个世界上有人类存在呢？”

“你怎么就这么肯定我是人类？”三藏在感激之余有点好奇。

“这世界上若是还有其他人类，估计都听说过‘大转移’吧？就是所有的人用血肉之躯护拥着 107 位科学家以及各种能转移的资源、设备，转移到中国西北的一个没被机械兽侵略的地方去。啊，那时你应该还没出生，我当时也很小，是妈妈临死前把这些事告诉我的。”

三藏默默点点头，不知该说什么好。

“后来，我对人类之子计划有所耳闻。从你来的方向，还有你身边四个奇形怪状的机器人看，我想你一定是人类之子。”

三藏的眼睛闪亮了一下，目光正好与少女的目光相接触，他忽然找到了一种惺惺相惜的感觉。虽然以前和他的守护者之间也有过这种感觉，但三藏第一次面对和自己一样的物种，那感觉完全不同，他很想对她倾诉他的孤独。

“那你呢？你是怎么活下来的？我从小就被告知自己是地球上最后一个人。”

“我和机械鹰做了笔交易，它们答应我，若我在每年立夏后的第一个圆月之日在池塘里奉上 99 只天鹅，它们就不杀我。我同意了这个条件，它们帮我用电子笼屏蔽生命信息，所以地下庇护所里的屏幕上没有我的生命特征显现。”

“所以说……昨天那个池塘里的天鹅，是你献给机械鹰的……祭品？”

“没错。机械鹰有折断天鹅脖颈的怪癖，这能让它们感到快乐。”

“真残忍！那……你的天鹅都是从哪来的？”

“这是我维生的秘密，一时解释不清，如果你能保守秘密，就跟我到家里看一看。不过，他们三个不行。”少女冲着三个机器守护者抬一抬下巴，“放心，这里的机械兽都知道我的情况，不会有危险。”

“我当然保守秘密。”

“那，要到我家参观一下吗？”

“我的荣幸。”

少女转身走向一处高丘，三藏在后面跟随。勿耐、勿净、马门溪互相对了下眼色，通过三藏体内的追踪器紧紧跟随。

少女把三藏领到一个山洞前，洞口被两扇石门挡住。

“封颈之年以来，我就住在这里了。我每年不断供应天鹅的秘密就在这扇门的后面。快过来，我要开门了。”

三藏走到门口，少女背过身去，双手用力一推——随即发出了撕裂一般的惨叫！

“妖兽，勿空在此恭候多时！”

门缝开处，勿空的颀长身影显露出来，只属于勿空的紫色激光缠绕着少女的脖颈闪成一团，还没等大门完全打开，少女已经以和昨天同样的方式倒在勿空和三藏中间，这次，勿空以最大的爆发力，几乎在一瞬间扭断了她的脖子！她倒地的时候还保持着右手掐住左手，左手护住喉咙的姿势。

三藏怒发冲冠，目眦尽裂，泪水喷涌而出，一根颤抖的手指直直地指着勿空，“勿空，你……”

“唐，你不要被这家伙的模样骗了！她若是人，不会在我的激光绞索下活第二次！我早已认定她是妖兽，不信，我身后山洞可以作证！”

三藏向勿空背后的山洞看去——虽然光线昏暗，但他能分辨出洞里遍布的血迹和血迹斑斑的机械零件，还有成堆的动物羽毛，颜色看不太清，在羽毛堆的旁边，有一小团看不清是什么的东西。

“怎么会这样……”三藏颤抖的双手捂住大张的嘴。

“唐，她是个嗜血的机械兽，在这里给自己换了洋娃娃的身子！唐今天若是进去，说不定她明天就要用唐的身体啦！”

“不，不会的，她说过，这是她维生的秘密。或许，她只是在这里制造天鹅！”

“唐，到现在，你还相信她的鬼话？”

“她那双眼睛，怎么可能来自机械兽？勿空，我现在怕你了，你掐断她的脖子，和那些掐断天鹅脖子的机械鹰有什么区别！你的心里，不，你的核心计算机到底在打什么算盘，我一无所知！”

“唐，勿空只想保护你，这是我的使……”

“如果为了保护我，而不辨是非，杀死其他的一切生命，还不如杀了我。”

“唐……”勿空脸上的机械部件组合出让人难受的表情。

“你走吧。”

这天的月亮不再圆了，是残缺的、暗淡的。天上也不再晴朗，充满坏掉的棉絮般的灰云。一只机械鸦盘旋而过，被勿耐用黄色激光烧了个透。远方的山顶上，勿空独自站在磐石上，发出疯癫一般的狂笑，“哈哈，我自由啦啊哈哈哈哈哈哈！！！”他使出所有的能量摧毁着能看到的一切事物，像个恶魔一样，“去你的唐，去你的人类，去你的守护者！去你的勿耐！去你的勿净！去你的马门溪！！

去你的卵，去你的使命……去你的生下来就是为了守护……”狂笑过后，又是一阵比笑更强烈的恸哭！他真恨自己没有眼泪！！

过了一会儿。

大声的恸哭渐渐转为轻声的呜咽，怒火中烧的心也渐渐平静。

……

等等，那家伙被我的致命激光锁喉，竟不至死……

再加上她受到袭击时本能的动作……

不好！

九、断手娃娃（下）

三藏继续在没有勿空的陪伴下行进，天灰蒙蒙的，眼前只有几座毫无差异的秃山和无尽的砂砾，满眼全是愤怒和悲伤的色调。三藏闭目前行，什么也不愿想，只盼快点走出这片伤心地。

忽有赤色巨翼掠过头顶，如一团烈焰从天而至。没等三藏看清，早被一对鲜红利爪扣住肩胛，腾空而起！

三藏尚不清楚发生了什么，只觉身子一轻，身边一阵猎猎的风刮过，然后就开始了可怕的坠落，直到他听到自己落在沙地上的声响，脑子“嗡”的一下，不省人事。

三藏再次睁开眼的时候，又看到了那个熟悉的身影。

不，这次的身影，绝不是他所熟悉的——污秽不堪的献血沾满了那个曾经圣洁无瑕的少女，蹲在梦魇般的血色池塘边上，正伸出沾染了血水的手，抚摸一只死去的天鹅。那天鹅的脖颈被折断了，正有鲜血汩汩涌出，流入身边的池塘。

“你……真的是……是……”三藏无力地说。

少女凝视了一会儿手中的天鹅，把目光转向三藏，目光里是邪恶的凶光。

“哼，我还以为你到死都会相信我是人。”她不屑地说。

“天哪！我错怪了勿空！”

“真抱歉，晚了。你的宝贝机器人勿空已经被你赶走了，现在没人能救你了。”

“勿耐、勿净，还有马门溪，他们会来救我的！”

“哈哈，可笑！要是他们的能力在我之上，我为何费尽心思只求离间你和勿空呢，嗯？”

“什么？你对他们做了什么？！”

“放心，他们安然无恙，只是被我屏蔽在了这个时空泡之外，寻不见你的踪影，也听不见你的呼唤。好了，我不想和你废话，现在世界上最后一个人就要成为我白鹄族的祭品了，有什么临终遗言吗？”

“我有何罪过，要成为祭品？！”

“看在你是将死之人的份上，我把真相告诉你。我和你说过的话也不全是谎话。我本是个纯娃娃型机器人，机械兽危机来临后，被迫成为白色机械鹄，哦，也就是你们说的天鹅，融合成了更高级的智能机械。后来，机械鹰来了，它用强大的力量统治着天上的秩序。我要做的就是每年在这个池塘里进贡 99 只天鹅。每当机械鹰对贡品感到满意，它就会传输给我一些新的性能，让我在日益恶化的世界上更好地生存。相反，若是我没能完成进贡，它的能力足以让我的种族灭门。”

“所以你眼睁睁地看着同类被残忍地杀掉？”

“不然呢！不然就是其他种族眼睁睁地看着我们白鹄族被残忍地杀掉！除非……你应该想到了吧？”

“除非，你消灭人类之子。”

“人类不愧是聪明的生物。是的，消灭人类之子。目前，消灭你这个人类之子，是机械兽界最大的战功。完成它的部族，可以和伟大的机械鹰平起平坐，从此无后顾之忧。”

“呵。”三藏意味深长地冷笑了一声，他知道，就算消灭人类的愿望实现了，机械兽界也不会从此安宁。和机械鹰的专制一样，人类社会何尝不曾经历？而历史总是惊人地相似。

但长着血色的双翼的天鹅少女不懂这些，她放下手中的为了种族而牺牲的天鹅，带着阴森的惨笑向三藏走来，她要用她鲜红的利爪划过他的胸膛，结束人类的历史。

三藏叹了口气，闭上了双眼。

“唰！”

没有五指划过胸膛的剧痛。四周静得吓人。

三藏胆战心惊地睁开眼，看到少女鲜红的利爪悬停在自己的胸前，在她的手腕上出现了另一只手，他认得那只手上一闪一闪的紫色激光——勿空！

“啪！”

随着一声响亮的断裂声，少女的手腕被折断了，火花迸射，大量的机油喷射而出，断口处冒出了黑烟，少女的整个身躯顿时瓦解……

“勿空！”

“唐。”

“勿空……我……”

三藏想要忏悔自己的过错，却如鲠在喉，只是泪流满面。

“我本来早该注意到这家伙的核心控制中枢在手腕上的。”勿空自责地说道。

“勿空……”

“由于她的人型，我便下意识地认为可以勒颈至死。真是糊涂。”

“我……”

“唐，是我疏忽。”

三藏突然起身将勿空紧紧抱住。

十、水之灵

燥热的风刮走了梦境的甜香，朝阳带不来任何希望，不过今天好歹是月初，是打水的日子，值得小小的高兴一下。少年和往常一样，双手各提一只水桶，行走在干裂的土地上，看着前方小小的水井越来越近。这口井是全寨人的命根子。虽说它养活着全寨的人，但其实全寨也不过三户人家。

排过了长队，少年来到井边，先是习惯性地深吸一口气，好像这样就能让枯焦的肺受到滋润。然后，他动作流畅地放下一只水桶，打起满满一桶水，又放下另一只水桶，又打起满满一桶水。这两桶水将是他和妹妹一个月的水源。

回家的路上，日头毒起来了，少年望着冰凉清澈的井水，咽了咽发黏的喉咙，又看了看不小心洒在地上的一小摊水，目光里全是惋惜。

"咕嘟。"

突然，一个气泡从那一小摊水洼里冒出来。

咦？这是什么？

少年发现，那摊浅浅的水里似乎有什么东西在蠕动，却看不真切。他放下手中的水桶，在水洼旁边蹲下细细观察——竟是一只通体透明的小鱼！若不是水洼如此之浅，是很难发现的。它正大张着眼，翻腾在即将被烈日烤干的水洼里，小而圆的嘴一下一下地张合，却似乎因为绝望而渐渐无力，变成了一下一下的痉挛……

少年从没见过鱼，但他读懂了小鱼眼里流露出的对生存急迫的渴求。他俯下身子，双手捧起小鱼，以最快的速度将它转移到了自家的水桶里。小鱼立刻焕发了生机，摇头摆尾地向水桶深处畅游开去，由于通体透明，少年再找不见它的身影，但仅仅知道有一个小生命活在那里，他就快乐安心。

回家之后，他和妹妹说那只桶里供奉着水之灵，因此这个月只能用另一桶水。他苦中作乐地庆幸父母过世早，妹妹尚年幼，否则绝不有人会听信他的鬼话。后来，他借机把盛着小鱼的水桶委托给经过的商队，拜托他们务必把水倒进大海——那个对他来说只存在于传说里的所在。

望着商队远去时带起的尘烟，他双手合十。

但愿你能长久地活下来，水之灵……

十一、岩浆苦海（上）

三年后。

入秋，本就荒芜的路上，偶遇的绿意也渐渐泛黄。三年前的断手娃娃事件让三藏与他的四个守护者之间建立了绝对的信任。在那之后，他们历尽了百般磨难：他们听过机械赭龙在岛屿深处的咆哮；见过机械凤凰从能量海中升起时掀起的能量狂潮；斩断过暗藏剧毒的机械藤萝；扑灭过拖着凄婉光迹的机械萤火……如今，他们继续走在向西的大道上，刚出发时的幼稚莽撞已经被磨砺成了沉着坚毅。

路边的叶子越来越黄，起初还以为是节气所致，不过他们越看越觉得不对劲——各种植物的颜色渐渐变为暗黄、橙色、暗橙色、暗红色……最后竟然变成了可怕的黑色！随着那颜色逐渐加重的，还有前方扑面而来的不可遏制的热浪！

“唐，这叶子一定是被烤焦了。前面有热源，你们在这里别动，我先去看个究竟。”

每次遇到怪异的情况，勿空都会先去探路，这次也不例外。勿空说完转身一跃，轻灵的背影消失在三藏充满感激的目光中。

“唐，不是我瞧不起勿空，这回恐怕他也会束手无策。”见勿空走了，身下的马门溪忽然小声对唐说道。

“哦？此话怎讲？”三藏不解地看着马门溪，它身为坐骑，平时是最沉默寡言的。

“我离地面最近，对地面的动静也十分敏感。我确定前方的热源来自地下很深的地方，而且面积很大，应该是岩浆海，温度高到足以融化组成我们的材料，更别说人类，稍一接近便会被汽化不见。”

三藏大惊：“也就是说，我们过不去了？”

“也不是，我们还不知道这里的地形，且等勿空回来，看他能不能找到绕行的路。”

片刻后，勿空回来了，他一个空翻落地，身上冒着几缕黑烟。

“不好不好！我们遇到大麻烦了！”他边说边用机械手臂掸去冒烟处的灰尘。

“难道真的像马门溪说的那样，是岩浆海？”

“千真万确！那海烫得要命，会把我们都烧化的！”

“那……你有没有观察附近的地形？可有其他路可供绕道而行？”

“要是有的话就不叫大麻烦了！我们所在的陆地，除东面以外，三面被沸腾的岩浆海包围着。要想去对面的大陆，非得想方设法从海上渡过去才行！我勿空虽然性能强大，对这高温的岩浆海却是无可奈何！”

三藏听了连连叫苦，“这可如何是好！”之前那么多怪异的机械猛兽都没能阻挡住他们西进的脚步，今日却被这没有任何生命的岩浆海拦住了去路！难道这是上天的旨意？想到此，三藏不禁心灰意冷起来。

“大家别急，或许我有办法。”勿净忽然说。

四双眼睛齐刷刷地向勿净望去。

勿净不慌不忙地说道：“科学家们制造我的时候，为我设定了通水的特性。这岩浆海应该也算是水的范畴吧？它的问题理应由我来解决。”

“那温度呢？！你考虑过岩浆的温度有多高吗？”勿空指着身上被灼黑的地方说。

“当然考虑过。我打算用水包裹身体。水泡会把热量隔离在外。”

“这的确只有你能做到。但你确定这样能解决大家的问题？除了你，我们几个可都不能长时间待在水里啊。”

“这我自然明白。我会独自潜入岩浆海，看看能不能找到帮大家渡海的方法。海的深处也许有答案。”

“你有把握？”

“没把握也要试一把，反正这是现在唯一的办法。而且，我相信水，水是有灵魂的。我有预感，很快就会有办法的。”

十二、岩浆苦海（中）

勿净用冷水泡包裹自己，潜入岩浆海。尽管他体内的液体循环系统可以保持水泡的低温，却还是能感觉到周围不断变幻颜色的岩浆传来的热浪。他就这样漫无目的地下潜，游荡，渴望找到生命的迹象。

突然，他看到了一双眼睛！在熔岩海中上下浮动的一双巨大的、圆睁的眼睛！

勿净被吓得一怔，很快接收到了来自那双眼睛的电磁波。

“我吓到你了？”

“啊啊，确实有一点。呃，我直接这样说话，你听得到吗？”

“没问题。”

“你是生活在这里的生物吗？”

“更准确地说，我是生活在这里的唯一生物。”

“你身体的其他部分呢，为什么只有眼睛？”

那双巨眼大幅度晃动了一下，勿净这才看清，原来这是一只通体透明的大鱼！

“原来你是透明的。”

“这回看清了？我想现在该我问问你了，你又是谁？怎么能下到这里来？”

“我是一个人形机器人，因为可以制造出包裹身体的超低温液泡，所以能下来。”

“下来干什么？和我争夺地盘？”

“不不。是这样的，岸上有我的四个朋友，没有我这功能，却急须渡海。既然你是这里的主人，有没有什么办法能帮我的朋友们渡过岩浆海？”

“你说朋友？人类没了，如今这世上还有朋友？”

“是的，我们是非常好的朋友。”

“好吧，随你怎么说。”

“你到底有没有办法？”

“渡海的办法有倒是有，就怕你不信任我。”

“什么办法？”

“让你的朋友钻进我的嘴巴里。”

“这样他们就不会接触高温了吗？”

“我透明的身体里充满了隔热液体，只要我不张开嘴，可以保证隔绝岩浆。”

“那你，会不会，吃掉他们？”

“自从和机械结合，我的能量就来自岩浆的温度的直接转化，已经不记得如何进食了。”

“这么说，你真的愿意帮我？”

“哦，我太孤独了，为什么不呢？”

“好的。果真这样的话，请你跟我来。”

勿净转身向岸上游去，巨型透明鱼跟在他后面。

勿净只顾欣喜地向前游，没有注意到巨大的鱼眼里浮现的杀意。

十三、岩浆苦海（下）

我是一只通体透明的大鱼，也是唯一能生活在岩浆海里的生物。

叫生物可能不准确了，因为我已经和冰冷的机械结合，我不知道自己的名字，但我知道我们这类东西有一个统称——机械兽。

机械兽没有诚信可言，说谎是它们与人类斗争数十年后遗留下来的本能。我也不例外。

我今天就刚刚对一个长得挺好看的人型机器人说了谎。

我骗他说，我的能量由岩浆热量直接转化而来，不需要进食。

可笑，他居然相信了。

如果真的是那样的话，我在与机器结合时就会要求卸掉我丑陋的大嘴巴，按上点儿别的什么有用的东西。

我当然要进食，而且我的食物很特殊。

我不吃活蹦乱跳的机械兽，我不主张自相残杀。

但我也不吃人类。

这个规矩是我的爷爷定下来的。

“机械兽危机”（人类是这么叫的）爆发以来，我从没吃过人类。我当然一心向着机械兽一族，可爷爷的规矩也不能打破呀。君主机械鲨还是担心我叛变，为了避嫌，我就百般改造自己，然后藏在这深深的滚烫的岩浆海里，等待不幸落入岩浆海的可怜的猎物——即使他们是机械兽我也吃，反正他们已经死了。

我本来想逗一逗这个可爱的人型机器人就一口把它吞掉的。

当听他说他还有四个“朋友”在岸上，我灵机一动，等等也不迟嘛！

我要等他们全部乖乖钻进我的嘴巴。

天哪！想到鲜美的纯机器人套餐，我已经控制不住流出的口水了！

我跟着小人儿（那个可爱的人型机器人）向岸边游去。平生第二次看到外面的阳光（第一次是在我变成机械兽之前的事儿了）。岸上果然有四个鲜美的身影！我迫不及待地向他们游去，我真是太着急了，因为我甚至冲在了给我带路的小人儿前面。

看清他们的样子时，我的心脏（机械心脏）猛地跳了一下，我愣在岸边，动弹不得——我看到了他！

我到现在都不敢相信，那个坐在机械恐龙背上的家伙，长得和他简直一模一样！

他，是祖先口中提到的一个人类，祖先曾无数次描摹过他的模样。

他拯救过我的种族。

没有他，就没有今天的我。

算起来，他现在应该已经过世有些年头了。

天哪！原来人类之子，是他的后代！

我和他对视了一阵，然后用我那长年不用的声带发出了连我自己都陌生的声音，我问他认得我不。

他摇头。

我猜他也不认得。

我的祖先曾经和他的处境一样，是我们这个种族唯一的独苗。现在形式正好逆转，不知道是一种幸运还是一种讽刺。不管怎样，他的祖先救过我的祖先，保住了我的种族，如今他的种族落难，我也要救他。

我张开嘴，让他们全都坐进我的嘴里。我努力控制住吞咽的欲望，向海对岸游去。

毕竟，知恩图报，也是祖先定下的规矩呢。

十四、彼岸国度

渡过了岩浆海，他们来到了机械兽最为猖獗、机械文明最为繁盛的地方。机械兽建立了很多美好（对于机械兽们而言）的国度，这些国度都对人类之子各有所图。

有以用人类之子做实验为目的的大白鼠帝国，有以吃掉人类之子心脏为目的的长髯暹罗猪国，有以吸食人类之子脑浆为目的的立方体蚊子国，还有以和人类之子成亲为目的的黑白无尾孔雀国。此外还有其他的还有什么犬牙差互六角草狐国、胶状蛇头榕树国、长尾碧眼兔子国、橘皮食人西柚国、斑点热带企鹅国、十三耳猫国……

种种劫难，不一而足。

三藏在守护者的保护下，历尽艰险，几次险些丧命，终于走出了这片奇奇怪怪、危机四伏的乱国丛林。

十五、最后一难

再往西走，天色变得诡异莫测起来。他们不说话，却都像说好了似的暗自加快了脚步。

再走，就连天边的浓云也挡不住堂皇照人的佛光了。

他们就要到了！

三藏远远地望见眼前的一片金光璀璨，那日日夜夜萦绕在他心头的佛像啊！想象一路上经历的磨难，万千复杂的情绪一时涌上心头，他哭了。人类之子，为了他的种族，历尽千辛万苦，这一天终于到了！他不等前去探路的勿空回来，就迫不及待地跳下马门溪的背，奔向那片璀璨的光芒。

眼前的景象却不得不让他在迷茫中驻足……

“唐，据我观察，这是一个由 99 尊完全一样的佛像组成的迷阵！”勿空忽然从三藏身边的一块巨石上跳下来。

“而宝藏藏在其中的一个里面？”

“看来是这样的。”

三藏叹了口气，无奈地摇了摇头。

这时，勿耐、勿净和马门溪也赶上前来，勿耐道：“这有什么难的？我的力气最大，管它金像银像，统统劈开看看不就行了！”

“你这呆子！未来人留下的提示语十分隐晦，宝藏以什么方式藏在佛像里还不清楚，怎能莽撞行事？”勿空急道。

“你平时大胆事事抢先，这回怎么谨慎起来了？要我说，上天既然让我们走到这儿了，找到宝藏就差这一哆嗦，不赶紧动手，难道在这里等它自己蹦出来不成？”勿耐又开启了拌嘴模式。

“嘿！就怕它蹦出来的时候已经被你劈成渣儿了！”勿空笑着说。

这一路上，也不知怎么，勿空和勿耐似乎习惯了互相拌嘴，彼此唇枪舌剑，表面不服气，心里却还享受似的。他们是自得其乐，一旁的马门溪却焦躁起来，一会儿用爪子挠地，一会儿用巨大的尾巴抽打空气，直喘粗气。

三藏任他二人争辩，转向一向沉稳安静的勿净："勿净，依你看，此番景象却是何意？"

勿净凝视着躁动不安的马门溪沉思了片刻，说道："恕我妄加揣测，我认为，许是劫数未尽……"

勿净话音刚落，只听马门溪发出了一声极不寻常的嘶吼！同时，脚下的大地颤动起来，红云蔽日，怪风忽起，飞沙走石……

"快，成卵形合体！"

勿空一声令下，马门溪用尾巴卷起三藏放于自己背上，同时迅速启动了基座变形程序。三藏还没从惊吓中缓过神，只见勿耐、勿净二人将自己左右紧紧围住，然后勿空轻盈的身体窜到了他们之上，挡住了最后一丝光亮。

黑暗中，三藏感觉到轻微的震颤、叮叮当当的响声，还有"嗖嗖嗖"的什么东西飞过的声音。他觉得外面一定有什么天大的事情发生了，但在这黑暗中他感到无比安全和温暖。他找到了一种熟悉的感觉，仿佛重温了卵亲切的哺育，又回到了他的童年，只想一梦睡去。

真希望这一切真的是一场梦。

但他再也不能安心地睡去了，在微小却狂乱的声音中，他听到了卵轻轻碎裂的声音。他担心极了，如果没有卵，他什么都不是。

没有卵的守护，他根本无法在这险恶的地球上活下来。没有这四个守护者，他连一只机械鸦都打不过！一路上，他和他们已经积累了深厚的感情。当地球上其他存在都在和你作对，只有这四个伙伴傻瓜似的原意为你拼命的时候，你能想象那感情有多深！而现在，他清楚地听到卵在碎裂，他的心也在碎裂……勿净说得对，也许人类真的逃不过这一劫了。

嘈杂的声响和震颤减弱消失，尘埃散尽后，卵缓缓分开。古老的地球刚刚经历了一次磁极倒转。

地球暴露在宇宙射线辐射下，太阳风中的带电粒子强烈地冲击着电离层，引起了电离层暴。

卵勉强抵御住了这场来自地球的“翻脸”，却已经千疮百孔。三藏颤抖着走出卵，看着四个浑身疮痍的守护者，心头一紧，用手轻轻地抚过勿净身上那道深深的裂痕，金属和电线向外翻出……

“唐，担心，别，是不会感觉到疼的……机器人。”勿净这句话语序混乱，神色也黯淡下来，勿空和勿耐不禁用担忧的眼神看着他。

马门溪朝着前方伸伸脖子，嘶吼了一声。

大家回身望去。

方才那片佛像迷阵，在射线和电离层暴的冲刷下，已经不复存在。唯有一座金樽赫然伫立——真正的金身佛像！

三藏喜极而泣，勿空、勿耐、马门溪的机械眼球仿佛闪烁起了亮光，勿净却颓然倒地……

“勿净！！”

三藏焦急地扑到勿净身边，却只看到一缕浓烟伴着火花从他的伤口冒出，然后像他们战胜过的所有机械生命一样，解体成了无数的碎片。

“唐，真正的佛像找到了，你应该高兴才是。”勿空站在原地，用平淡的语调说。

“可是勿净永远离开了，我不高兴，从来没有这么不高兴过……”三藏已经泪流满面。

“唐，勿净也是机器人，感觉不到痛苦的。而且，机器都有停转的一天，这不正是你的使命之一吗？”

……

“所以”，三藏许久才抬起头来，用泪眼环视着勿空、勿净，还有马门溪，“到那时，你们都会永远离开我，对吗？”

“是的，和这个地球上所有可恶的机械兽一起。”

“如果我想留住你们呢？”

“那么机械兽也会留下，代价是人类的灭绝。”

“我不明白，人类就不能和机械好好相处吗？就像我们一样？如果人们非常努力的话？”

“理论上来说是可以的，但可怜的唐，现在努力已经太晚了。”

“我想留住你们。”

“别这么婆婆妈妈的，一点都不像人类之子。走，去完成你的使命。”马门溪强硬地把三藏卷到背上，又用尾巴轻轻抽打了一下勿空和勿耐，三人一同向最后的佛像进发。

十六、三个宝藏

渐渐逼近的脚步传来了震动，最后那尊佛像听到了宿命的召唤，身上的真金开始簌簌掉落……

纷纷下落的金色碎片闪动着光华流溢在三藏的瞳孔里，仿佛预示着真相的揭晓。不知为何，这一刻三藏突然希望宝藏不要这么快出现。

这一刻还是来临了。

佛像散落成一小堆美丽的金碎，庄严地托举着三个神秘而秀丽的锦囊，锦囊上面有用古代乐谱提示着顺序。三藏记得未来人传来的信息里透露的宝藏内容，故意装傻先伸手去拿第二个锦囊，没想到从锦囊下方瞬间钻出了一根利针，刺穿了他的手掌！鲜血迸出，三藏疼的咬破了嘴唇，泪同时在眼里和心里翻涌。

一个声音提示道：开启顺序错误。你还剩下一次机会。

身后，勿空、勿耐、马门溪沉默地看着这一幕，他们都知道三藏为什么这样做。

“唐，等等。”身后传来勿空的声音。

“有什么事吗，勿空？”三藏心里感激勿空让他等一等，让他晚一些再面对他不想面对的时刻。他希望勿空告诉他这一切都不是真的，告诉他他们会一直陪着他。

“这个给你”，勿空说着，把自己的“火眼金睛”（一对金色的机械眼睛）拆卸下来，放在前面的空地上，“你们曾经议论过我的眼睛不太一样，其实它是一台三维摄像机，这一路上的一切都在里面，留给你做纪念。”

三藏拿起它，伫立了半晌，费力地从哽咽的喉咙挤出三个字：“谢谢你……”

终于，三藏颤抖着双手，拿下了第一个锦囊。

他屏住呼吸将它打开，里面是一个木片，上面写着能让所有机器人和机械兽启动自毁程序的咒语，这种咒语具有超强传播效应，只要小声念出，空气的振动会把它带到世界的每一个角落。

三藏用颤抖的双手拖着木片，回头艰难地看着他的三个最好的伙伴。

“唐，放心吧，机器人是不会感到任何痛苦的。”勿空这样说着，强忍住不知从何而来的极强烈的痛楚，他不明白这是为什么，因为从理论上来说，机器人的身体的确是感觉不到任何痛苦。

“唐，放心念出来吧。”勿耐的声音听上去有些阻塞。

“来吧，我准备好了。”马门溪摆了摆它的尾巴，坚定地说。

“谢谢你们帮我完成使命。”

“不要这样说，寻找宝藏重启人类是唐的使命，而保护唐是我们的使命，唐也帮我们完成了使命啊。”

“不管怎样，我会永远记住你们的！我真心喜欢你们！”

“我们也喜欢唐。”

“我想留住你们啊！”

“别废话了，赶快执行你的使命吧。我想我们该说再见了，唐。”

“嗯……再见。”

三藏念出了那句咒语。

世界骤然寂静。

那是从没有过的一种寂静。三藏才发现，以前，就算他觉得最安静的时候，其实也有某种细微的嗡嗡声作为背景音在响着，而现在，一切都静了。

他从未如此平静过，他的手不再颤抖，稳稳地打开了第二个锦囊——那里面是一颗人身树的种子。

一颗绿色的种子。

人类的种子。

三藏用双手挖开地面，直到挖出了湿润肥沃的泥土，把种子埋下，培好。

它将在这里生根发芽。

在这之后，三藏原本静寂的脑海中，一阵恐慌汹涌而来。

因为他知道，到此时为止，第二个锦囊的封印解除了。那个曾经萦绕在他无数个梦魇里的“未解密”封印将由他开启！

他深吸了一口气，把手伸向第三个锦囊。

十七、第三个宝藏

第三个锦囊被缓缓解开，里面有一个卷成筒状的字条。

字条是竖版的，三藏将它展开，目光久久地定格在最右侧的标题上——“时间旅行的奥秘”。

字条上的内容告诉了三藏穿越时间之河回到过去的方法。

为了防止这个世界瞬间湮灭，这个方法现在还无可奉告。

可以透露的是，回到过去的关键在于不能被“元”（整个宇宙的主宰）察觉，所以时间旅行者必须动作迅速，不带去任何有关未来技术的信息，且必须在那个时代结束生命不可返回，否则天崩地裂世界不复存在。

次年开春，渐融的积雪间，人身树冒出了碧绿的嫩芽。

同年入夏，人身树枝繁叶茂。

来年秋时，当远山被枫叶燃尽，在看到人身树结出的第一个人类果实成熟的时候，三藏作为唯一一个回溯者返回了唐朝，他总觉得这个和自己姓氏相同的古老朝代和自己有着千丝万缕的联系。地点选在了他们最初的出发地，他希望能在那里重拾一些有关卵时期温暖的回忆。三藏把勿空用“火眼金睛”记录到的三维数据去掉有关未来技术信息后转换为梦境，输入到一个作家的梦里，这个作家叫吴承恩。后来他把梦境写出来，起名为《西游记》。多年来人们兴致盎然地读着这部名著，却不知它源自并预示着人类的未来。

这里面有一个谜团未解：

《西游记》中有几次唐三藏的生命危在旦夕，守护者也无力挽回的时候，就有观音菩萨相助。这意味着除了四个守护机器人之外，还有第五方支援进来，这在那一百多位科学家最初的设想中是不可能的。到底是梦境转换中出现了错误，还是天道使然，人类命不该绝，又或者是其他文明无偿提供了帮助呢？

十八、谜底

虽然题目叫“人类归来”

但唐三藏的确是地球上最后一个人。

发生了什么?

这一切，从一开始就是月球上外星人的把戏。

让我们从头分析。

就算失联的“长河号”突然去到月球上是个巧合，但在月球上又偶然发现了人类重生的指示也太蹊跷了吧?其实，留下那条指示的根本不是未来人，而是月球人，没错，月球上的另一种智慧生命。构成他们的基本元素不是碳，而是一种仅存在于月球的元素——♧Ȝ。他们在他们的语言里，自称“玉人”。

玉人心思细密，阴险狡诈，善用计谋。他们为了占领地球，已经苦心谋划多年，设计了这个能把人类和机械兽这两大威胁一举消灭的超级圈套!“人身树”中的“人”指的是“玉人”，它上面结出的果实落地后成了玉人，他们在地球上繁衍生息，成功占领了地球。

所以我在故事的开头说，唐三藏是地球上最后一个人，毫无疑问。

十九、终极解密

到此为止，我要讲的故事结束了。你们一定很奇怪，我是谁?

为什么我会知道唐三藏的故事，为什么我会了解玉人的事。

现在告诉你吧，我是元。

元，万物的主宰。

元其实什么都知道，元只是太寂寞了自己和自己玩，人类和玉人都是元创造出来的，他只是想看看人类智慧的终极结晶是什么，他只是想看精彩的故事上演。

最后，元把一切记录下来，改变了参数，开启了第 14869 号宇宙……

哦，最后我还想解答一个小小的疑问。在玉人纪年 Qq842 年，曾有玉人对三藏的故事提出怀疑，他们怀疑勿净在地磁反转之后叛变了，他为了保命和三藏互换了身份，真正倒地而亡的是三藏。但我敢肯定他没有那么做，很高兴看到在第 14868 号宇宙中，忠诚和真情还是可以值得相信的。

24 号航站

文／刘　琦

我去 24 号航站拜访老人的时候，那里只剩他一个人了。

24 号航站处在内太阳系到外太阳系的必经航线上，往来的飞船经常在这里停泊，航站的功能很齐全，它给那些风尘仆仆的船员提供了丰富的补给和舒适的落脚地。

这里是太阳系内最繁忙的航站之一，至少曾经是。

我之所以这么说，是因为我驾驶飞船到来的时候，航站已经变得十分冷清。

在自动停泊系统的引导下，飞船稳稳地降落在站台上。

“就是这里了。”我深吸一口气，平复好自己的情绪。

然后我穿上厚重的宇航服走出飞船，迈着低重力下特有的滑稽步伐，跟随闪烁的引导信标，一步一跳地往站内走去。

快走到气密门的时候，我看到了老人，他也穿着厚重的宇航服，安静地站在那里，像一尊固化的石像，恍惚间，我以为那真的是某座真人等比例石像。直到我试探性地挥挥手，过了几秒钟，那尊石像也挥挥手表示回应，我才知道那就是我要拜访的老人了。

老人看到我过来，转过身朝站内走去。我努力跟上了老人的步伐，和他一起走进了站内。伴随着呲呲的气流声，背后的气密门缓缓落下，它一点点严丝合缝地关闭，把真空和辐射挡在了外面。

我利落地脱下宇航服，看到老人还在努力解扣子，我走上前礼貌地点点头，想帮助他。老人摇摇头表示拒绝，他用自己颤巍巍的双手，缓慢地按照流程认真操作，他的动作很慢，也很优雅，像是正在进行一场神圣的仪式。

我耐心地等待老人完成这一壮举，同时认真观察他。

作为一个七十岁的老人，他有些过于衰老了。在这个科技主导一切的时代，人类的平均寿命已经达到了 150 岁，像老人这样 70 岁的人，应该正处在中年已过，但仍未失活力的阶段。

但我面前的老人不是这样，他的面容很憔悴，一道道皱纹像是刀刻般深深印在脸上。令我惊讶的是，老人的双眼已经蒙上一层朦胧的白翳，我知道，那是逐渐失明的前兆，现在在老人眼里，我只是一个模糊不清的轮廓。

看到老人这副模样，我心里涌现出一阵凄凉。

冷清的航站和憔悴的老人，似乎都在暗示这次突如其来的拜访不会有完美的结果。

老人终于脱下了宇航服，他把宇航服轻轻挂在气密门旁，然后沉默地看着我。过了很长时间，他才缓缓吐出一句话：

“很久没人来过这里了。”

“有多久了。”我问。

“十七年。”老人说，“那些科学家发明了更高效的跃迁飞船，那之后就再也没有飞船经过这里了。”

“我是名记者。”我说。

我让自己的声音尽量显得自然，以掩盖我来这里的真正目的。

“记者来这里干什么？”

“我想做个专访，可以吗？”

老人沉思了几秒钟，然后回答我：

“我们去吧台坐会儿吧，那里适合聊天。”

酒吧很宽敞，可以想见这里曾经有多么热闹。从各个方向来的宇航员和游客，欢聚在酒吧里，他们手里举着大杯的啤酒，一边往嘴里猛灌，一边歪歪斜斜地合唱《太空进行曲》，欢声笑语充斥着整个航站。现在那些声音和场景都不在了，偌大的酒吧没有一个活人的踪影，只有一个机器侍应生在吧台前擦着酒杯。即使这里没有一个顾客，他也按照设定好的程序，忠实地履行自己的职责。

“二位好，想喝点什么，我们这里有地球来的威士忌，冥王星产的马可尼，还有出自木卫二的伏特加……”

机器人发出温和的电磁音，机械地报出了几十种酒的名字。

“老样子，来一杯马可尼。”老人熟练地坐在吧台前，回应机器人的喋喋不休，然后他又问我：“你呢？”

“和你一样。”我回答道。

“我有点喜欢你了，年轻人。”老人笑了笑，来到这里后，这还是我第一次看到老人微笑。“马可尼味道很怪，喜欢喝这酒的人不多，难得遇到和我有相同口味的人。”

两杯马可尼很快就被端了上来。

老人用满是皱纹的右手端起酒杯，缓缓送到嘴边，他先用嘴唇品了品，满意地点点头，然后咕咚一声灌进一大口。

“说吧，要做什么专访。”在酒精的催化下，老人的脸不那么憔悴了，微微有了一丝血色。

“关于 24 号航站。”我也端起酒杯，轻抿一口，“我想知道 24 号航站的历史，我是名记者，专门负责搜寻那些被人遗忘在历史中的故事，24 号航站曾经很重要，现在虽然被人遗忘了，但它的故事值得我们去铭记。”

我这样对老人讲，仿佛我真是一名收集故事的记者。

当然，我撒谎了。

“这里有过很多故事。”老人的神情陷入沉思，“但那些故事都过去很久很久了。”

“那讲讲吧。”我说。

“24 号航站在 74 年前正式完工，巧合的是，我也是在那年出生。

似乎从我出生起，我的命运就注定和这座航站关联在一起。24 号是整个小行星带最忙碌的航站，我 22 岁那年来到这里，成了一名飞船引导员。我喜欢这份工作，每次看到那些长途奔波而来的飞船，在我的口令引导下，平安地降落在站台上，我的内心就会升腾起一阵自豪感，仿佛整个宇宙都在我的口令下有序地运转。”

说到这，老人的脸上逐渐浮现出一种满足的表情，记忆又把他带回了那个热闹忙碌的年龄，那个 24 号航站还在其中发挥着重要作用的时代。

“在这里，我能见到各个星球来的宇航员，因为重力和气压影响，他们的身材有着天壤之别，有些人身材细长而优雅，有些则臃肿矮胖，他们说着完全不同的语言，在翻译机的帮助下，自在地交流着。这里仿佛是一个嘈杂的大集市，我则是让这个集市能够顺利运转的人。我就这样在航站中日复一日的工作，虽偶有不快，但大部分时间都很满足，就像世界上任何美好的事物不会持续太久，24 号航站也逐渐迎来了它的归宿……”

老人叹了叹气，又喝了几口马可尼，继续回忆。

“航站安装了自动引导系统，只需要几个人值守即可，很多同事都离开了。再后来，第一代跃迁飞船量产，就再也没有飞船来这里停泊了，如果你从地球跃迁到冥王星只需要三分钟，又何必花上十几天时间来我这里呢。”

“剩下的同事呢？”我问。

“既然没有飞船来停泊，航站也就失去了它的作用，所有人都离开了，他们劝我一起离开，但我拒绝了。我得留在这里继续坚守，哪怕余生中只有一艘飞船还经过这里，我就得让 24 号再发挥一次作用。”

“为什么您不离开？”我又问，其实我知道答案。

“你可以说我固执，但我自有足够的理由留在这。我跟你说过，航站建成的那年，正是我出生那年，但我出生就没见过父亲。我父亲是 24 号航站的焊接工，因为一次太空垃圾事故死在了这里，他是为 24 号航站牺牲的，我得为他守住这座航站。”

说到这，老人黯淡的双眼溢出几滴眼泪，我递给他一张纸巾，他没有接，只是用自己粗糙的手，轻轻抹去了眼角的泪水。

他沉默了片刻，然后继续说道：

“如果我走了，政府就会把这座航站拆掉，可我留在这，他们就会放任我的固执，在他们眼里，这只是一座微不足道的航站，和一个微不足道的人。但他们不再往这运补给了，所幸这里的库存足够，我一个人几百年也消耗不完。”

老人讲述完，又喝起酒来，我试探性地问道：

“您一辈子都守在这，看着自己的同事一个个离去，然后你为了某种信念固守自我，继续在这个冷清的地方待了这么多年，后悔过吗？”

老人听完我的问题，某种记忆深处的东西正在爬上他的脸庞，他没有回答我，喝完了最后一口酒，他缓慢地站起身来：

“我累了，先休息吧，等睡醒我们再谈。”

我躺在客房里，盯着发白的天花板出神。

我不知道这样做对不对，我开着一艘偷来的飞船，冒昧地来拜访一个我不该见的老人，谎称自己是名记者。但有个严重的问题困扰了我，我找不到答案，只能来这里拜访他。

他是唯一能给我答案的人。

透过门窗，我看到老人休息的房间亮着灯，就穿上衣服走了过去，我轻手轻脚地走到他的门前，试探性地敲了敲门。

“老人家，您屋里的灯还亮着。”

“进来吧。”屋内传来老人平静的声音。

我推开门走进去，看到老人穿着浅蓝色棉质睡衣，安详地坐在自己的书桌旁，书桌整洁有序，他戴着一副银丝边老花镜，手里拿着一副木质相框，正仔细端详着。

我凑过去，瞥到了相框中的图像，那是一个年轻女人的照片，在时间的冲刷下，照片已经泛黄变旧，但依然掩盖不了女人的美丽。

天花板洒下柔和的灯光，在灯光的映衬下，照片中的女人显得端庄而优雅。

这就是我来这里的目的。

我接近答案了。

“这是谁？”我坐在老人旁边的椅子上，问道。

“记忆深处的一个女人。”老人抚摸着相框，用一种追忆往昔的语调对我说：“我已经有很多很多年没见过她了。”

“能讲讲她吗？”

老人沉默了很长时间，然后讲述起来。

“那是 50 年前的事了，那时我还像你这样年轻，有一天航站来了艘特殊的飞船，我按照例行引导程序，让这艘飞船降落在站台。那时我没有过多注意这艘飞船，以及飞船里的任何乘客，对我来说，那只是一艘在此停泊几天的普通飞船而已。直到下班之后，我在走廊里遇到了她，就是照片上这个女人，她是那艘飞船的乘客之一。

看到她的第一眼我就被深深吸引了，她留着淡黄色的短发，身形优雅而美丽，一双眼睛透出澄澈和希望，她看到我在盯着她，对我礼貌地笑了笑，我也回应她一个微笑，很自然地问她：

‘女士，你就是那艘飞船的乘客吗？’

她点点头，问我：‘那你呢，先生？’

‘我是引导那艘飞船的工作人员！’我说。

我们就这样认识了彼此。”

我跟着老人的讲述点头，心里想道，没想到过了这么多年，老人还能记得这么清晰。

“我邀请她在酒吧喝酒，我们在一个安静的角落里谈天说地，从水星的金矿基地谈到冥王星的轨道游乐场，我们热烈地交换着彼此的观点。虽然才刚刚见面，但我们好像已经认识了很多年，我俩产生了那种一见如故的亲密联结。

谈话结束的时候，我兴奋地对她说：

‘我们明天继续吧！’

她低下头去，神色很沉重，半响才抬起头对我说：

‘我明天就要走了。’

‘没关系，等你下次来我们再继续，我在这工作，可以等你。’

‘没有下次了，我走了就再也不会回来了。’她说。

‘什么意思？’我惊讶地问。

‘这艘飞船要去半人马座α星，我是第一批自愿去殖民的乘客，我们不会再返回太阳系。’

我一时语塞，不知道该说什么。

我们就这样沉默地看着彼此，看了很长时间，她打破了沉默。

‘我知道你喜欢我，我也是，你跟我走吧！我们一起去半人马座。’她握紧了我的手。

我犹豫了，不知道该怎么做。

‘我考虑一晚吧。’我这样回答她。”

“但你没跟她走，你还留在了这里，为什么？”我问。

“我那时做了一个大胆的行动，你可能不知道，那时 24 号航站有一艘搭载时空穿梭机的飞船，只是原型机，很不稳定。但我偷偷进到飞船里，带自己去到了 50 年后，想问问未来的自己，我应该怎么做。”

“未来的你怎么说？”我紧张地问。

“我根本没有遇到他，我甚至没有见到 24 号航站。”老人语气很失望。

“所以你还是自己做出了最终决定，对吗？”

老人点点头。

“我回来后思考了整整一夜，我舍不得 24 号航站，我也舍不得离开自己的故乡，我不知道跟她去半人马座会过怎样的生活，在最后一刻我放弃了，我含着眼泪引导她的飞船起航，然后再也没有见过她。”

“你们也没再联系吗？”

“你知道，那里离太阳系有4光年，只是互相打个招呼，都需要8年的时间，她有自己的生活，何必要等我8年一次的问候呢。所以，我们没再联系过。”

“你后悔吗？”我问。

我想从他这里得到答案，因为我遇到了和他同样的困境。

老人轻轻放下相框，又摘掉自己的老花镜，对我说：

“尽管我很怀念她，有很多次我甚至会在梦中呼唤她的名字，但实话对你说，我并不后悔自己的选择。”

“为什么？”我不解。

“因为这是我自己做出的选择。我对这座航站有很深的感情，我守护着它，像航海时代的古人守护一座灯塔。”老人回答。

“那如果你和她走了呢，你会怎样？”我又问。

“我不知道。”老人说。

他又喃喃地讲起一些其它的事情，我安静地坐在他身旁认真聆听。

几个小时很快过去了，我看了看表，到了该返回的时间。

“你的故事很精彩，但我得走了，老人家。”

“年轻人，我看不清你，但我觉得你很像我很久前认识的一个人。”老人伸出粗糙的手，摸索着我的脸庞，“我知道你被某些问题困惑了，就像我那个年纪遇到困惑一样，每个年轻人都会这样。你想来这里寻求答案，但很抱歉，我给不了你答案，你得遵从内心，找到自己的答案。”

我惊讶地看着老人，他已经明白了一切。

我开着飞船回到了自己来的时空，用拖车把飞船运回了仓库，在去住宿区的走廊里，我又遇到了莉娜。

莉娜淡黄色的头发微微晃动，空气中弥漫着一阵迷人的淡雅香气。

“你考虑得怎么样了？”莉娜问我。

我想起那个老人，想起他抚摸相框时的神情，想起他对我说的那番话，我走上去紧紧拥抱住莉娜，我哭了起来，这哭声不是为我一个人。

后来我跟莉娜走了，我们一起去了半人马座 α 星，在 4.22 光年外的星球开始新生活。

一转眼 50 年过去了，我成了一个 70 多岁的老人。有一天，从太阳系来了一批游客，我问起一个叫做 24 号航站的地方怎么样了，很多人摇摇头表示不知道这个地方存在，一个热衷历史的年轻人告诉我，那个航站早在十几年前就被拆除了。

我早就知道了那座航站的命运，但我欣慰地想，至少在拆除的时候，那里没有一个独守的老人。

我把这件事讲给了莉娜，莉娜表示不解：

“如果那个老人年轻时留在 24 号航站，他就会在 50 年后见到自己，但他没有遇到；而你年轻时跟我走了，你怎么又会见到 50 年后依然留在航站的老人呢？”

我笑了笑，对莉娜说道：

“我告诉过你，那艘时空穿梭原型机不稳定。我猜我在穿越时间的同时，也跨越了维度，我去了一个平行宇宙，那个宇宙里我没有跟你走，留在了 24 号航站。作为置换，那个宇宙的我来到我们的宇宙，所以他无法在 50 年后遇到年老的我，因为我现在在半人马座，24 号航站也早就被拆除了。”

“所以这是两个宇宙中你的故事？”莉娜问。

我点点头。

“年轻时，你们都想在未来找答案，但你们都没找到答案。”莉娜说。

“但我们确实又各自找到了答案，我们遵从了自己的内心，这就是答案。”

“这两个宇宙，哪个选择是错误的？是跟我走，还是留在航站。”

莉娜问。

“都没有错。”

我说。

我搂着莉娜的肩膀，透过基地的舷窗，看向遥远苍穹。

在线测试

文／冯博杰

走进房间，映入眼帘的是雪白的墙壁、雪白的地板、雪白的屋顶。在这一团刺眼的白光中，一件涂满清漆的大家具赫然屹立。这件家具通体青灰，分上下两层，下层的桌子上装着“综合智力测试”用的电脑，上层是床。电脑旁边的柜子里放着考试期间的食物、水和其他必需品。青灰色占据了大半个房间，使得屋内刚可容人。肖翰挤进座椅，望着这狭小的空间，他联想起参观贡院时所见的“号房”，古代的考生也是委身于狭小的空间中考试的。

肖翰从鞋子里摸出了一个小盒子，里面装的是他此前费尽周折从一个搞生物硬件研发的朋友那弄来的 DNA 主机，这种计算机不仅在运算和内存上有优势，更关键的是可以顺利通过安检。他将主机和“综合智力测试”用的电脑链接好，然后从柜子里拿出了一杯热咖啡，爬到床上，将咖啡浇到桌子顶端的摄像头上。这个摄像头是为了监控考试者的健康状态而设，但出于保险起见，还是小心为妙。

“普通高等学校博士生全国统一综合智力水平测试欢迎您！”电脑开机后自动播送。第一大项是客观题，类似于韦氏智商测试：给出一组图片，再给出多张类似的图片，让受试者从中选出最恰当的一张，或者给出一段文字，经过推理分析后，选择回答；抑或是进行一些数学运算或符号推理。屏幕上的问题出现后，主机马上做出精准的回答，页面转跳到下一题……看着主机蓄势待发的样子，肖翰心想：这只是开胃菜，大头在后面。

“随着专家系统的发展，人工智能算法在诸如医疗诊断、法庭辩护、经济分析、保险信贷等诸多领域几乎完全取代人类。但在以学习能力为主的通用智能领域，计算机则暴露出明显的不足。为了促进人工智能学科的良性发展，构建和谐的人际关系，提高高素质人才的综合智力水平成为当务之急。因此，教育部决定在博士、硕士研究生的招生中设立‘综合智力水平测试’，从明年开始试行……”看着台上领导慢条斯理地朗读文件，肖翰嘴角微微上扬，笑道：“还是领导智能，什么点子都能想出来！”

旁边的同学一边看手机一边说：“管他呢，反正咱们都被推免博士了。”

开完会出来，大家闲聊起来，肖翰突然问：“你们觉得机器真的可以测试出人的智商吗？”

“当然可以，我们就是干这个的，在认知测试软件的基础上升一下级就行了。”马上传来一个回答。

“我不是问的技术层面。”肖翰追问道，“假设一个机器没有通用智能，那么它能测试出人类的综合智力吗？反之如果机器有了通用智能，搞这种测试还有什么意义呢？”

另一个同学说：“别想复杂了，我估计这和智商测试没什么两样，经过训练之后都能过关。”

“从本质上讲这是学历贬值造成的，所以要提高门槛，不过这和我们无关。”旁边一个搞经济分析的同学说道。之后几人就转移到了其他话题上。

测试进入第二项，人机竞赛环节。此环节一共设计了六个智力测试游戏，第一个最简单，就是博弈论中硬币游戏的翻版，之后难度逐渐增加，但总之也逃不出博弈论和概率论的范围。肖翰将主机暂停，亲自上阵答题。这样做是怕主机答题速度太快露出破绽，被反作弊功能侦测到，但更主要是想试试身手。对于研究人工智能的肖翰来说，概率论、博弈论都是基本功。他相信，凭自己的实力，即使不用主机作弊也完全可以通过“综合智力测试”，但他必须这么做。这关系到他追求真理的态度和不怕权威的科学精神。最后一题是一个棋类游戏，肖翰停了下来，开启主机，自动答题。望着屏幕上两个程序你来我往，肖翰回忆起了一年多前的那个夜晚。

火车在寒冷的黑暗中穿行，挤在硬座车厢内的肖翰正在缓慢地敲着手机屏幕。这次放假回家他走得急，忘了带书，为了消磨时光就和手机下棋。夜已经深了，周围的乘客昏昏欲睡，肖翰也困意十足。他已经下了两三个小时，机器的招数都烂熟于心，开头的几步闭着眼睛都能下出来。正在无聊至极之时，他突然看到附近有个乘客正在读茨威格的小说《象棋的故事》，他盯着封面上的棋子，突然双眼一亮，喃喃自语起来："B 博士是自己和自己下棋，那……"想到这，肖翰抓起手机，将象棋里的红黑两方都设置成水平相同的机器。当头炮，马来跳……红黑双方立刻相互厮杀在一起。看着这手机有条不紊地自己和自己下棋，肖翰灵机一动，之后陷入沉思。

"下车了！终点站到了！"听到列车员带着家乡口音的叫喊，肖翰直起身来，踉跄地站起身来，拖着书包摇晃地走出车厢。一路上他仍在思考昨天晚上的那个问题，在思索中来到家门前。

马上到了春节，家里的亲戚一起聚餐，酒足饭饱后肖翰继续低头沉思，而其他人在七嘴八舌的闲聊。闲聊间突然冒出一句："瞧瞧你哥，人家博士都推免了，你考研考了两年都没考上，今年正赶上'综合智力测试'我看你又够呛！"肖翰抬起头来，原来是姨妈在教育表弟。

姨妈又对肖翰解释道："你表弟他学习不努力，今年终于过了，却又赶上了那个什么测试。第一年我们都摸不清情况，就找熟人帮他报了个培训班，也不知道靠不靠谱。"对面的表弟低头玩着手机一言不发。

姨妈又说："你是搞智能的，找机会帮他补补。"

“其实我也不太了解，多做一些逻辑类、概率类的题目吧。”肖翰应付道。

饭后，肖翰和表弟交谈。肖翰问了许多关于测试和培训班的问题，表弟盯着手机爱搭不理。看着表弟慵懒地划着屏幕，肖翰停止了问话。

表弟性情开朗，自幼热爱文学，和肖翰很谈得来，可这一次却很少说话，把头埋在手机里。

表弟突然转过头来问：“你觉得机器能有和人类一样的智能吗？”

肖翰说：“可以有，并且我正是为此而努力。”

“那机器能写出《红楼梦》吗？”表弟追问。

肖翰答：“不能。但这和智力水平无关，仅仅是因为机器没有那段生活经历。”

“那你的意思是智能可以和生活经历无关而仅仅是一种能力？”

“是的。确切地说是一种学习推理能力。”

“机器也可以有智能？”

“没错！”肖翰不假思索地答道。

“我看这个测试就是把人变成机器。我是搞文学的，世事洞明才是学问。估计等我通过了这个测试，人就变成范进了。”

“行了，别发牢骚了，有这功夫多做两道题。”姨妈斥责道。

“把人变机器？”肖翰对这句话产生了兴趣，“你能详细说说吗？”

“别听他瞎说，他就是不努力。”姨妈补充说。

从饭店出来，大家一起去玩密室逃亡。表弟对此兴致勃勃，连连过关斩将，肖翰则对这些不感兴趣。

在他看来，这无非是把钥匙藏在某个地方再故意留下线索，或是通过反射镜偷看密码之类的小把戏。一家人在一起娱乐还行，益智嘛就谈不上。

表弟又过了一关，大家来到一个新的房间里，这次的游戏规则是通过问门外两个人指定的问题判断出钥匙在谁那。

肖翰一下子冲向前去，说："这一关好过，让我来！"

"何以见得？"表弟问。

"这其实和图灵测试的原理类似，只不过图灵测试是在找谁是机器。判断的方法有很多，最简单的就是从表述或对方的反应中找到不合常理的地方。机器对语境的把握能力较弱，因此目前人类还是基本能通过图灵测试判断……"肖翰突然发觉早已没人听他讲科普，大家都挤在门前问问题，于是他也加入了进去。

那是多么快乐的时光啊！躺在床上肖翰心想，该回家一趟了，为了准备这个测试，整个寒假都待在学校写代码。不过还好，明天测试就结束了。

第二天，测试进入第三大项，给出一个其他领域的问题，在八个小时的时间内，受试者要通过互联网搜集资料调查研究，并写出一篇小论文。肖翰抽到的题目是化学方面的，这是他最不擅长的学科，中学时代的化学知识他早就忘光了，不过有主机在，一切都不是问题。这一项内容考察的是考生的学习和信息收集整理能力，在设计专家系统时，机器学习和数据分析也是重中之重。"他们果然是拿测试机器的方式来测试人。”肖翰不由得佩服起表弟来。凭借强大的计算速度，主机已经收集到了足够多的论文资料和实验数据并开始分析。肖翰敲着电脑，摇摇头，叹口气道：“那篇论文啊！”

火车在铁路上飞驰，车窗外的山川从眼前飞过，肖翰时而远眺，时而静思，时而又奋笔疾书。回到学校后，他买了一箱方便面，躲进了寝室。三个星期后，蓬头垢面的他将一份论文投递给了本校学报编辑部，之后去理发。

数月之后的一天，同样是在这家理发店理发的他突然接到导师的电话：“你发表的论文我看了，有一些问题，你抓紧时间找我一趟。”

屋内只有两个人，沉默持续了很久。

导师低头翻看着论文，看了足足二十分钟，抬起头来冲着肖翰说：“你这个想法很有意思，但是问题很大。发表前怎么也不给我看一下，现在产生了一些影响，有点麻烦。”

“什么影响？有什么麻烦？”肖翰问。

导师晃晃脑袋，说：“咱们还是从文章开始吧。你先整体论述一下。”

“您认为智能能否通过‘综合智力测试’或其他方式表现出来，并被量化？”肖翰问。

导师说：“从理论上讲完全可以。只是目前我们的技术水平达不到，才使得实际操作中有一些误差。”

肖翰又说：“假设在理想状态下，智能就是一套可以执行的程序。操作这一套程序的既可以是人也可以是机器，但无论是操作者是谁都不影响这套程序本身。”

导师点点头。“那么，第一个问题出现了：如果我用一个计算程序来替代人，在考试中作弊，请问机器能够识别出来吗？”

“‘综合智力测试’是由国家主办的，调用了大量的超级计算机，并且设有验证和检测系统，普通的计算机很难冒充人作弊。”

“那新型计算机呢？如生物计算机、光子计算机等。”肖翰追问道。

“首先这些机器还处在实验状态，现实中不知道效果如何。再者，成本高昂。有这个技术水平和资源的人都不用担心那个测试。并且，考试时肯定还有防作弊检查。”导师顿了顿，补充道，“这些都不是你该考虑的问题。”

“当然！”肖翰马上接到，“我们只讨论理想状态下。受试者执行一套程序，而用于判定这套程序有无智能的程序是否有智能呢？”

“这个嘛，不好说。”导师一时语塞，他拿起茶杯喝了几口水，盖上盖子，又拿起了那篇论文，快速翻了几页，又拿起茶杯喝了几口水说，“你的意思是逆图灵测试？”

“对！”肖翰大声说道，“在传统的图灵测试中，有一个默认的前提，即判定者人类是有智能的。而能骗过判定者的机器，才是有智能的，即让人类误以为此机器是人类。这就存在两种可能：一是判定者和通过测试的受试者都有智能；二是判定者和受试者都没有智能。整个测试无非就是一个寻找同类的算法罢了。虽然这咋一听感觉有违常识，可事实就是如此。图灵测试里的判定者是人类，任何人也不会跳出来否定人类本身，所以才使得大家忽略了第二种可能。但如果测试者是机器呢？机器按照它的标准执行，判定出来能通过测试的当然是机器。而人类只要把自己伪装成机器，就能通过测试。所以，整个测试就是机器的自娱自乐，唯一的功效就是把人类变成机器。至于培养综合智能嘛，与此毫不相干。”论证完毕后肖翰喝了一口水，靠在椅子里。

导师沉默片刻，问：“可测试系统是人设计的，标准也是人定的。”

肖翰忽地站起身来，掏出手机打开象棋游戏，设置成机器对机器，程序马上开始自动运行了起来。

肖翰指着手机问：“请问这款象棋软件有没有智能？这是您上课讲过的。”

“没有。”导师答。

“那象棋的游戏规则是否是人发明的？”

“是的。”

“那这款软件也是人设计的吧！”

导师不语。这时棋局结束了，红方战胜了黑方。

肖翰趁机说：“我宣布：红方通过了象棋测试，拥有智能！”之后把目光转向导师。

导师沉默了良久，说：“即使你的论证是正确的，但还存在第一种可能性。科学是严谨的，没有百分之百的把握还是不要轻易发表观点。”

“没错，这只是一种猜想。但对于科学，怀疑精神更重要。科学当然应该严谨，在没有百分之百把握的情况下就进行‘综合智力测试’，是谁不严谨，是谁不科学？”肖翰气冲牛斗。

“做研究不要有所针对！”导师厉色道，“国家能举行‘综合智力测试’就一定有绝对的把握。怀疑是好的，但不要炒作成热点事件。现在很多媒体都报道了，说什么智能专业研究生撰文批判‘综合智力测试’。闹得圈内外沸沸扬扬，前几天还有记者来咱们学院要求采访你。领导很重视，才让我来找你谈话。”

“怎么会有这种事？”肖翰惊得语无伦次，“我绝对不是为了哗众取宠！只是觉得这个想法很有意思，想和更多的研究者分享，就发表了那篇文章。媒体怎么会……”

导师安慰肖翰说：“没事，我知道你不是那样的人。”

停了几秒后，导师骂道：“现在的社交媒体，消息比间谍都灵通。什么事经他们一炒作，准没有好结果。”

“那这件事怎么处理？”肖翰小心地问。

“冷处理呗。等过了这一段时间，媒体的兴趣点变了，这事就过去了。”

“那我呢？”肖翰接着问。

“推免博士的名额我尽量帮你争取。不过要做好最坏的打算。”这时，导师的手机响了，接完电话导师接着说，“院领导要我过去一趟，今天就到这吧。”临走前导师又安慰肖翰道：“相信自己的实力，考博士也不难。”面对空荡荡的房间，雪白的墙壁，肖翰拿起那篇论文，默默地读了起来。

再过几个小时，一切都结束了。主机仍在全力写论文，肖翰爬到床上休息着。这两天下来，一切都在预料之中。根据主机和测试软件的反应，肖翰觉得这两个机器表现得还不错，机器也并非没有智能，只是这种测试方式是错误的。并且人类的智能是自然演化出来的，而不是人为训练出来的，搞这种测试只能拔苗助长。这次不仅是对他的测试，更是他对这套测试方法的测试，后者对他来说意义非凡。虽然此次证伪仅有他一个人知道，但这已经证明了他敏锐的洞见和挑战权威的勇气。

床下发出了“滴滴”的提示音，测试结束了，肖翰从床上直起身来。突然床下又传出几声急促刺耳的短声，电脑发出了提示音：“反作弊系统因发现您上网时的浏览习惯异常，怀疑有机器作弊。故此增添一个人工认证环节，请您不要遮挡摄像头。”听到此处，肖翰立刻从床上跳了起来，慌乱间他脑袋撞到了屋顶，身子反弹了下去。肖翰全身腾空，他的脚出于本能地向前一蹬，但却不知道踩到了什么，整个人向前滑去。紧接着是一下猛烈的撞击，传来了木头的碎裂声和脊柱的咔嚓声。一阵剧痛冲上了肖翰的头顶，使他几乎昏厥。但强忍了下来，发现自己卡在椅子里，而椅子背已经完全被砸碎了。他只微微移动一下身子，一阵剧痛便涌上心头，并伴随着一阵咔咔声肖翰心想，脊柱已经断裂了，需要马上救助，可唯一与外界的联系——监控考生健康状况的摄像头已经被他破坏了。

这时电脑屏幕上已经重复好几次问话：“请回答！为什么要遮挡摄像头？请回答！”肖翰眼前一亮，强忍剧痛抬起胳膊，指尖刚刚可以触到键盘。他拼尽全力，在键盘上打字："速来，救我！"对方没有回答。

肖翰再次打到："速来，救我！"……重复了五六遍之后，电脑上终于传来回应："你是人还是机器？"

"我是人！我是人！我是人！"肖翰疯狂地敲打着键盘。

"那你为什么遮挡摄像头？你是在故意作弊吗？"

看到这一句，肖翰心中波翻浪涌，无比气恼，他答道："先救我再说，我受伤了。"

不料对方说："摄像头就是为了检测你的健康情况，你故意遮挡摄像头，又说你受伤了，究竟意思啊？"

一股热血涌向心口，肖翰强压怒火，敲着键盘："我从床上摔下来了，碰到了摄像头，求求你，来个人。"

"那好，假使你是人，你怎么证明你受伤了？"

肖翰再也忍不住了，破口大骂："别扯皮了！有这闲工夫，医疗队早就来了！"

不料对方火气更大："你作弊还骂人。我就扯皮了，这是我的工作。你个机器也够智能的，还假装受伤。告诉你，这种小把戏我见得多了。"

肖翰无奈地在键盘上敲道："我真是人，真受伤了，求求你好吧！"对方不再回应。无论肖翰怎么重复，电脑屏幕依然沉静如水。

突然，电脑屏幕变得漆黑一团，测试结束。

又是一阵剧痛袭来，肖翰两眼一黑，他努力地睁开双眼，可眼前也还是黑的。他闭上眼睛养精蓄锐，几秒钟之后再次睁眼，这次他看到了电脑屏幕，仍是一团漆黑。之后漆黑不断放大，成为无边无际的黑暗。

黑暗中，肖翰的疼痛反而减小了，一个奇妙的想法偏偏在这时冒了出来：“机器会昏迷吗？这种状态是可判定的吗？”忽然，他又对刚才的想法感到可笑，也对自己的行为感到可笑，更对这段经历感到可笑。“判定”本身就是荒谬的，是自己和自己做游戏而已。

在笑声中，他睡了过去。

雪亮的强光刺痛了他的双眼，在朦胧中肖翰看到导师站在床边。看见肖翰醒了，导师说：“已经做过手术了，没有什么大问题。你怎么搞的发生这种意外，偏巧摄像头还坏了。不幸中的万幸，‘综合智力测试’系统分析你的对话记录和打字速度，才发现了问题。还好人没大碍……”

往日余光

文／刘　琦

一

“最晚七百五十米开伞！记住了吗？”教练在袁野耳边大喊，唾沫乱飞，甚至溅到了袁野脸上。红色的警示灯开始闪烁，舱门缓缓打开，风带着凌厉的哨声，洪水般灌进舱室。“七百五十米，最低安全高度。如果低于这个高度开伞，除非你是久经沙场的老兵，否则95% 的概率会摔成肉酱，去见上帝他老人家！”

“还有 5% 的概率会活下来，对吗？”袁野低声自语，随即又补充一句，“我还年轻，我想上帝并不愿意收我。”

呼啸的风声盖过了袁野的声音。

“你说什么？”教练侧耳，努力凑近袁野。

“没什么。”袁野紧了紧降落伞的约束带，随即从怀里掏出一管液体，舱室内红灯闪烁，液体泛着暗绿的光，红绿交织，颇为迷幻。半透明的玻璃管上刻蚀着一行字：第一人称——梦之海制药有限公司（Sea of Dreams Pharmaceutical Co.,Ltd.)。袁野熟练地拔开安全扣，他歪着头，呲地一声，玻璃管扎进脖子。气阀推到底，暗绿色液体泵入主动脉，几秒内遍布全身。

“你是个体验员？”疑惑爬上教练脸庞。

“不然呢？我可是个重度恐高症患者。”袁野惨笑，他把玻璃管收起，指向舱外，“从三千米高空跳下去，要经历五十多秒的自由落体。想想那可怕的高度和漫长的时间，简直是地狱般的煎熬……要不是为了钱，我才不会来受这个罪！”

“实在不行，你可以终止跳伞。”教练劝阻袁野，“恐高的人极度不适合跳伞。”

“你怕什么？我们已经签了免责协议。”袁野耸肩，表情冷静，“就算我摔死了，你也不用负丁点儿责任。况且，这一单做成，我可以拿到十万块钱！这值得我冒险。”

袁野走到舱门，深吸一口气，沉默三秒，回头看向教练。

“祝我好运，迈克。”

说完，没有一丝犹豫，袁野抬腿，猛然跳下，一头扎进了云海。

瞬间分不清天地，失重的感觉猛烈冲击大脑，袁野四肢摊开，打着旋往下坠落。

“袁野，控制好方向！”耳机中传来教练急躁的提醒。

袁野闭眼，感受重力的拖拽，几秒滑稽的挣扎后，他终于掌握了正确的俯冲姿势，戴着防护镜的面部向下，以接近 $9.8m/s^2$ 的加速度向地面掉落，或者说，地面正以这个加速度向他压来。在空气阻力和地球重力达到平衡之前，他还要忍受很长一段时间的压迫感。

患有严重恐高症的袁野第一次跳伞，他拒绝了教练陪跳，强烈要求独自完成。为了这单任务，他得拿出赴死的勇气，勇气战胜了他的求生本能，但身体却如实做出了反应。

大脑开始释放求生信号，通过内分泌系统的调节，肾上腺素激增，交感神经变得异常兴奋；心跳急速加快，仿佛要冲破胸膛，喘息也变得急促而紊乱；血压和血糖含量提升到了不可思议的程度，血液正从心脏有力地泵向全身。与此同时，被袁野注射进体内的绿色液体也开始发挥作用，那些液体由被称为“采集蚁”的纳米颗粒构成，它们是几百万个精密的传感器和记录仪，忠实而准确地记录下袁野体内发生的一切变化。

袁野还得保证大脑清醒，他睁着眼，努力观察下坠时的景色，视网膜上附着的感光纳米材料记录下这些。听到的声音，闻到的气味，皮肤高速碰撞空气分子产生的触觉……一切可以被转化为化学信号和电信号，进而存储进袁野大脑的感觉都被“采集蚁”记录了下来。

这就是“第一人称”的作用，也是“体验员”独特的工作流程。

得益于脑科学和纳米技术的飞速发展，生物制药公司的巨头，梦之海公司推出了一款被称为“第一人称”的特殊药剂。这款药剂由纳米颗粒组成，注入人体内，便可以采集生理变化数据，当这些数据采集完毕，再将纳米颗粒萃取出来，注入另一人体内。这样，即使足不出户，人们也可以体验到完全相同的逼真感受，仿佛第一人称的真实经历。上市后，“第一人称”药剂大受追捧，也间接催生了被称为“体验员”的职业，人们因各种原因无法做到的事情，可以委托“体验员”去经历、感受。

“1000 米，准备开伞了！”教练的声音再次响起。

袁野在心中默念，还不行，再等等。

“900 米，袁野，马上开伞！”

风从耳边呼啸而过，几十秒的下坠之后，他已经适应了这种失重的状态。

“该死，袁野，你已经过安全线了，我命令你马上开伞！”

电子显示仪提示，现在离地面只有 700 米了。

“袁野……”教练的声音变得绝望，袁野把耳机扯掉，不再听教练的提醒。

600 米。

心跳已经达到了极限。

500 米。

血液流动的声音冲击耳膜，似乎随时会爆掉。

450 米。

就是现在。啪的一声，袁野打开了伞包，那副巨大的白色主伞如半空生长出的蘑菇，瞬间张开，袁野的速度立刻减了下来，他摇摇晃晃，继续向地面冲去。

右脚已经接触了地面，在惯性的带动下，袁野往前继续跑动十几米才停下来。他卸下伞包，打开的降落伞还未收起，他便蹲伏在地，大口呕吐起来。

这单任务超额完成，可以多拿点钱了。落地之后，这是袁野脑海里的唯一想法。

袁野喘息片刻，掏出那个玻璃管，扎入自己的手臂，玻璃管内置了纳米磁吸附萃取装置。很快，在磁力的吸附下，那些纳米小颗粒从全身的毛细血管游来，带着波动的数据，重新变成幽绿的液体，在玻璃管内闪闪发亮。

450 米的高度开伞，这几乎将跳伞的刺激程度提升了一倍，如果客户满意，他至少可以拿到 15 万元，也许更多，袁野在心里盘算着，他收起降落伞，往跳伞场边缘走去。

二

酒吧人声鼎沸。

卖唱歌手在台上忘情地拨动吉他，配合巨大的环绕立体音响，音乐声浪起伏，在各个角落激荡。这是一间名为“忘我”的酒吧，聚集在此的多是“第一人称”体验员，在完成雇主交代的任务后，他们会来这里推杯换盏，纵情高歌。

袁野坐在靠窗的卡座，凝神望向窗外。

“来，为你顺利完成这一单，干杯！”对面的大狗举起百威扎啤，咕咚咕咚猛灌几口。只数秒，大杯扎啤下肚，大狗擦擦嘴，发出一声满意的饱嗝。

袁野回过神来，端起酒杯，轻抿半口。

“我得说，你胆子可真大！”大狗显然喝多了，脸色泛起红晕，说话也飘飘然，“敢在 450 米的高度才开伞，稍有不慎就——”他用右手拍打自己的肚皮，给袁野示范，发出清脆的声响，“就像这样，啪——成一滩烂泥了。”

“还不是为了钱。”袁野惨惨一笑。

“哎……”大狗长叹，“袁野，你真是个要钱不要命的主啊，蹦极、深潜、冲浪、攀岩……现在连跳伞都完成了，还有你不敢接的活儿吗？”

“你也知道，我这么拼命为了什么。”袁野表情凝重。

“小美的病情还没好转？”

“只能用高额医药费维持着，至少病情不再恶化了，至于好转，只能祈求上苍保佑……”说到伤心处，袁野哀叹一声，端起酒杯猛灌一口。

三年前妻子离世，袁野顿时如坠地狱，痛苦万分。但好在还有女儿小美，这成了袁野活下去的唯一动力。可就在妻子撒手人寰不久，5 岁的女儿突然得了一种怪病，陷入深度昏迷的假死状态，任凭医生抢救也无济于事。“建议放弃治疗，”主治医生的诊断报告这样写道，“家属签字后，即刻拔管。”只要袁野签下自己的名字，医生就会拔去女儿的维生设备。

“我还不想放弃。”看着女儿的心电图仍在起伏，袁野哀求医生。

她甚至还没去过海边，袁野悲伤地想，女儿曾说，如果有时间，她想让爸爸带她去看看大海。可袁野还没来得及规划行程，女儿就再也看不到这个世界了。

“患者的大脑和小脑在同时萎缩，如果要继续维持生命，需要对患者持续注射梦之海制药公司研发的神经阻断特效药，”医生递给袁野一份清单，让他仔细审视，“这药很有效，但很贵……”

“我会承担这些医药费，”看着高额数字，袁野咬咬牙，“只希望你们能维持好小美的生命。”

作为一个普通工薪阶层，他自然无法承担起如此高额的费用。袁野辞去了互联网产品经理的工作，找到了自己的好友大狗，请求他的帮助。

“你知道第一人称吗？”大狗问，“最近这东西很流行。”

“略有耳闻。”袁野点头。

“我现在的工作，就是第一人称体验员。但我胆子小，只能干些四平八稳的小活儿，如果你急用钱，我给你介绍个好去处，能挣多少钱，就看你有多大胆了。”

就这样，袁野成了“遗愿之家”的签约体验员。遗愿之家的顾客都是濒死的富豪，他们身体多已瘫痪，行动不便，无法进行高强度的极限活动。但即使躺在病床上，奄奄一息，这些有钱人也渴望冒险，怀念年轻时上天入地的岁月。他们拥有巨大的财富，便雇佣那些为钱拼搏的年轻人，借助“第一人称”药剂的力量，让这些年轻人替他们去体验极限运动带来的刺激和乐趣。

袁野就是为这些富豪工作的，他接了很多危险指数极高的单子，每一单都可能要了他的命，但每一单都能给他带来巨大回报。在金钱的诱惑下，他屡屡以身犯险，只为了多拿几万块钱，好让女儿继续活在这个世界。

“服务员，再来一杯百威！”大狗几乎迷醉的声音把袁野从回忆拉回现实。

“大狗，七八杯了，醉了就别喝了。”袁野劝阻。

“这是最后一杯，我心里有数。”服务员端来一杯冰镇百威，几乎没有犹豫，大狗把扎啤灌进了肚子。然后他摇头晃脑，从兜里拿出一个空玻璃管，扎在自己左臂，开始萃取纳米颗粒。

“这一单是干什么的？”袁野问。

“一个学生的单子，他还没到喝酒的年纪，但很想体验喝醉的感觉。”大狗晃晃悠悠，眼神迷离，他萃取完毕，小心收好玻璃管，装进口袋。“我接了这个单子，今晚喝醉了，顺便赚到 300 块钱……”

说完，大狗又拿出一管“第一人称”液体，扎进脖子上的动脉。

“袁野，打我一拳！”大狗说。

“什么？”袁野怀疑自己没有听清。

“我让你打我一拳！”大狗把脸凑上来，“照着脸打！”

“你喝醉了，大狗。”

“我是喝醉了，但我逻辑很清晰，这一拳是任务，快打我！”大狗声调高起来，他催促袁野。

“那我就不客气了……”袁野握紧拳头，对着大狗脸颊，狠狠捶了一拳。

“很疼……”大狗表情扭曲起来，“但很好，任务圆满完成。”大狗满意点头，把玻璃管扎进左臂，开始萃取，“这是一个家庭妇女的单子，她是个娇生惯养的公主，从小父母爱，长大丈夫爱，从没挨过欺负，也没挨过打……可能是好日子过久了，她突然想尝尝挨打的滋味，可难以启齿，就瞒着丈夫，偷偷发了个第一人称的单子，1000 块钱呢，我接了，挨这一拳值了！”

大狗虽然长得人高马大，但没多大追求，只接这种小活儿，有的单子听起来甚至有些滑稽。他没有袁野的艰难处境，又是个只求温饱的主儿，自然犯不上用命换钱。

“可你刚刚喝醉了，感觉不会混淆吗？”袁野担忧地问。

大狗恶作剧般笑起来：“也许那个家庭妇女注射完这管液体，以为挨打就是喝醉的感觉，然后彻底爱上这种滋味呢，哈哈……”

袁野看了看表，已是深夜。

“我得走了，大狗。”

“去医院看小美？”

袁野嗯了一声，起身准备往外走，大狗突然叫住他。

“怎么了？”袁野问。

“没什么……”大狗愣神两秒，随即摆摆手，“注意安全，小心危险。”

这句没来由的提醒让袁野觉得怪怪的，大狗说这话的瞬间，眼神很清醒，并不像喝醉的样子。但袁野没多想，和往常一样，他给了大狗一个熊抱，就离开了酒吧，在月色的映照下，驱车往医院驶去。

三

执勤室里灯光昏黄，值班护士是个 20 多岁的姑娘，斜倚在办公椅上，正低头瞌睡。袁野推门的声音把她惊醒了，她坐起身，疲倦地打着哈欠，空气里传来一丝不耐烦的气氛。护士接过袁野递来的身份证，随意扫了眼，又把它放在扫描仪上，绿色指示灯闪烁，表示袁野拥有探视的权限。

“家属探视时间还有 15 分钟，抓紧！”

说完，护士又躺了回去。袁野收好身份证，轻声向门外退去。

“把门带上。”护士含糊一句，不再理会。

袁野快步走进电梯，按下七楼，电梯门关闭的时候，一个陌生男子突然从角落冒出来，跟着进了电梯。

“你是几楼？”袁野问。

陌生男人身穿黑色西装，面无表情，没有理会袁野。袁野盯着他看了几秒，不再搭话。很快，叮的一声，电梯门开了，袁野走出去，陌生男子还站在电梯里，纹丝不动。

沿着长长的走廊走到尽头，倒数第二间，732 号病房。袁野推开门，轻手轻脚走了进去。这里就是女儿住了两年的房间，也是袁野每天都来探视的地方。

女儿幼小的身躯躺在病床上，面容安详平静，维生和体征检测设备摆在床边，各类导管、数据线布满女儿全身，乱糟糟地从床下伸到仪器旁。心电图正有规律地起伏，表示女儿的身体无恙。显示脑电波的屏幕一如往常，本应有波动的曲线在这里起伏微小，如一条可怜的虫子蜷缩在屏幕下端。

“小美，爸爸今天去跳伞了。”袁野坐下来，轻握住女儿的右手，讲起他今天的经历。

其实女儿根本听不到，医生说她的大脑已经处于深度休眠状态，对外界所有刺激都毫无感知。但袁野每天仍坐在这儿，固执地自言自语，不厌其烦。

以前，女儿还活蹦乱跳的时候，每晚都缠着袁野给她讲睡前故事，只有听完了故事，女儿才会安心睡去。现在，即使女儿再也无法醒来了，袁野仍然坚持这个习惯，把每天的经历讲给女儿听。

嘀的一声振动响起，袁野掏出信息面板。上面收到一条转账消息：银行卡到账 200, 000.00 元。整整 20 万元，袁野不禁欣喜，看来客户注射完“第一人称”后，对这次跳伞经历很满意，袁野近乎自杀的低空开伞，让自己多得了一倍的收入。这些钱足够支付女儿接下来两个月的住院费用，他可以休息一个月，调整调整心情，多陪陪女儿了。

15 分钟很快过去，探视时间结束。

“小美，做个好梦，”袁野站起身来，俯在女儿额头，轻轻一吻，“爸爸明天再来看你。”

经过走廊的时候，袁野又看到了那个黑西装的陌生人，坐在靠墙的长椅上。陌生人抬头盯着袁野，视线随袁野移动，片刻不离，这让袁野觉得十分怪异。

“有什么事吗，先生？”

陌生人不回答，又低下头，似乎在等待什么。

离开医院之前，袁野特地去了一趟执勤室，反映这个情况。“唔……那人是探视家属，登记在册的，跟你一样。”护士瞥了眼，“你太大惊小怪了……”

也许是跳伞的原因，让自己神经绷得太紧，有些多虑了，袁野想着，离开了医院。他驱车穿过半个城市，从医院回到了自己的家。

在家门口，袁野看到了一个黑色包装的快递。他并不记得最近买过什么东西，好奇地把快递拿起，进了屋子。快递很轻，约略只有一本书的重量，袁野拆开快递，发现里面有一个包装得严丝合缝的箱子，是那种常见的“第一人称”外包装泡沫纸箱。

果然，袁野拆开箱子，里面赫然躺着一管绿色液体，“第一人称”，看来又有客户发来委托了。一般来说，普通客户会在一个叫做“伊甸”的网络委托平台下单，袁野接单，所用的“第一人称”药剂也是自己购买，一并算在服务费里。但有些高级客户，那些有钱的富豪，他们往往很讲究，会给袁野寄来特制的“第一人称”药剂，这些药剂的精度更高，能够100%还原体验员的全部经历细节，让客户得到最完美的刺激体验。

以往，在袁野接单之后，才会接到特制“第一人称”药剂。但这次，袁野还没有接新的委托单子，就收到了一份药剂，这让他感到奇怪。

正纳闷间，一条消息从信息面板弹出：

消息：体验员袁野，你已经收到了我们寄给你的“第一人称”药剂。

回复：你们是谁？

消息：不必管我们是谁，你只要接下这个任务即可。

回复：什么任务？

消息：先接受，再告诉你任务细节。

回复：不知道任务，我没法接受。

消息：报酬金 5000 万，如果接受并且注射完药剂，预付 1000 万。

袁野愣住了，他看着近乎天文的金钱数字，怀疑这是个恶作剧。

回复：我怎么知道这是真的，而不是你们在整我？

消息：注射那管药剂，你就知道了。

5000 万，袁野在思考，尽管现在还不知道是什么任务，但有了这笔钱，女儿以后的医药费都不用再发愁了。即使任务无法完成，有 1000 万预付款，这也足够未来 20 年的生活了。这种诱惑，没人能够抵挡。

消息：给你 10 秒钟考虑，否则我们将更换任务人选。

消息：一个自动播放的 10 秒倒计时 GIF 图片。

袁野拿起“第一人称”药剂，犹疑数秒，看着图片上的数字一点点减少。9……8……7,如果这是个必死的任务呢？ 5……4……3,顾不得那么多了！袁野侧头，果断地把注射头扎进主动脉。这还是第一次，他在提前不知道任务的情况下，注射了第一人称药剂。

回复：我注射完了，任务是什么？

这时，袁野的信息面板疯狂跳出银行到账通知，分 25 次，对方把 1000 万打到了他的账户。几秒的间断后，新消息传来，只有两个字，但跟着三个大大的感叹号，赫然在目。

消息：快跑！！！

袁野正疑惑这句话代表的含义，猛然间，玻璃破碎的声音从窗户传来，接着一个烟雾弹咣地掉在地板，几道摇晃的强光手电瞬间照在袁野脸上，刺得他睁不开眼。

袁野慌张地推开房门，跌跌撞撞往地下车库跑去。

四

袁野开车从地库里冲出，后面跟着几辆黑色面包车，穷追不舍。引擎轰鸣，轮胎剧烈摩擦着路面，刺耳声音响彻夜空。

汽车驶入主干道，融入来往穿梭的车流，又经过一番激烈追逐，袁野艰难地摆脱了追他的车辆。他坐在驾驶位，打开信息面板。

发送：‘快跑’是什么意思？任务到底是什么？追我的人和你们有没有关系？

一连串抛出三个问题，袁野紧握方向盘，扭动身躯，忐忑地等待回复。但在漫长的等待后，袁野没有收到任何消息。

略作思考后，袁野猛地踩下刹车，调转车头，向大狗家的方向驶去。大狗是他的好朋友，这种时候，他需要朋友的帮助。

袁野敲开房门，大狗穿着睡衣出来迎接，把他请进客厅。

“这么晚了，有什么事？”大狗打开冰箱，拿出半瓶威士忌，倒了两杯，递给袁野一杯，自己端起一杯，神情似有不满。“从酒吧回来我就睡了，还没睡俩小时，现在又被你吵醒了……”

“我被人追杀了！”袁野端起酒杯，一饮而尽，平复慌张的情绪。

大狗一愣，表情闪过一丝诡异，随即恢复正常。

“什么人追杀你？”大狗故作轻松。

袁野掏出信息面板，把接到莫名其妙的包裹，又收到5000万美元的任务委托的过程给大狗完整讲述了一遍，大狗边听边点头，似乎并不怎么惊讶。

“你是不是知道什么？”袁野看到大狗的反应，盯着他的眼睛，质问道。

房间里瞬间陷入沉默，空气似乎变得凝滞起来。大狗又倒了杯威士忌，自顾自喝起来。

“我怎么会知道？”大狗一笑，避开袁野锐利的眼光。他摇摇头，余光瞥向窗外。

“我们在酒吧分开前，你叮嘱我注意安全，什么意思？”

“我喝醉了，不记得自己说过这话……”

“我听得清清楚楚，你那时的表情可不像醉酒胡话的样子！”袁野发现大狗的眼神在向窗外瞥，猛然站起身来，声调高了几个分贝。“你在看什么？”

“没什么。”

“大狗，告诉我，你他妈在搞什么鬼？”袁野一把揪住大狗的睡衣衣领，把他拽到自己面前，“你是我最好的朋友，我不希望你有什么事瞒着我！”

“这事你不知道最好。”

“果然有事，到底是什么？”

“我只能告诉你跟小美有关。”大狗耸肩，想挣脱袁野。

“小美？”袁野一时怒从中来，失去理智，他一拳挥在大狗脸上，这拳力道要比酒吧那拳大得多，带着袁野全部的愤怒，狠狠砸破大狗的面门。“你，或者你和他们什么人，要是他妈的敢打小美的主意，我饶不了你！”

大狗吐出一口闷血，瘫坐地板。

“袁野，你太冲动了，为了小美，你连命都可以不要，这是你的弱点，也是他们选中你的原因。”

“他们？他们是谁？”

突然，一道强光闪过，玻璃噼里啪啦碎裂，震爆弹砸进客厅，轰地炸开。袁野感到一阵极强烈的白光，眩晕感冲击大脑，让他手脚失去平衡，他扶着墙根，摸索着去推屋门。被震得嗡嗡作响的耳膜，似乎接收到一句若有若无的话，那句话像是大狗喊出来的，又像是他自己大脑的回响。

“他们来找我了，接下来就是小美……”

小美！不能让他们抓到小美！袁野虚弱地推开房门，摇晃着身子，钻进了自己的汽车。凭着微弱的力气，他发动引擎，不顾一切向医院的方向驶去。

“护士！护士！”袁野冲进医院大厅，又径直跑进值班室，发疯似地喊叫起来。

“干什么？”护士被袁野吵醒，怨气满满。

“我是患者家属，要去 7 楼探视！”袁野掏出身份证，直接扔到扫描仪上，绿灯嘀嘀响起。

“早就过了探视时间了。”护士瞪了袁野一眼，“你，你两小时前不是来过吗？”

“现在有急事，我得去看看女儿！”

“医院有规定……”

“去他妈的规定，我女儿现在有生命危险。”袁野收起身份证，威胁护士道，“我女儿要是在你们医院出了问题——”

“那好，你上去吧，给你 10 分钟时间。”护士不情愿按下门禁，又提醒袁野，“只给你 10 分钟，要是超了时间还不下来，我可就叫保安了！你这属于严重的医闹事件！”

护士放行后，袁野如离弦之箭，冲进电梯口，按下电梯，急切地向 7 楼驶去。下了电梯，他以最快的速度跑到了 732 号病房。站在门前，袁野突然慢下来，他简单整理仪容，尽量让自己放松，又深吸几口气，咧出一个微笑。

“放轻松，女儿不会有事的。”袁野安慰自己。

他轻轻推门，门一点点打开，“小美……爸爸来——”门完全开了，袁野站在门前，声音戛然而止。仪器还在闪着灯，不知疲倦，病床上只剩下一团凌乱的被子，女儿不见了！

“他妈的。”袁野低声咒骂，又冲回大厅。

“732 号病房的患者不见了，你们医院的安保是怎么做的？”袁野对着值班护士大骂。

护士对着电脑噼里啪啦敲起键盘，几秒钟后，她怀疑地看了眼袁野，“你是 732 号病房患者的什么亲属？”

“父亲。”

“病历显示，1 个半小时前，732 号病房患者已经出院了。”护士把电脑屏幕转过来，让袁野看仔细，“申请人和签字人，都是患者的父亲。”

“胡扯！”袁野说，“两个小时前，我刚刚来过这里看女儿，出没出院我自己会不清楚？”

“这里有录像，你看……这是签字时的画面……”护士给袁野指点。

画面中，两个人抬着担架往大厅外走去，担架上躺着小美。一个身穿黑色西装的人正在签字，临走前，他抬头看了眼摄像头，画面定格在那个瞬间。

袁野突然记起这个人，这人正是两个小时前，和他一起走进电梯，又在七楼走廊里盯着他看的西装男。那时他就觉得西装男很诡异，原来他的目标正是自己的女儿！他和要绑架自己女儿的人擦肩而过，却没有发现任何端倪，任凭凶手大摇大摆走出医院。

“你们系统是怎么搞的？我才是小美的父亲！”

“怎么证明？”

袁野拿出身份证，扔到护士手边。“这就是证明！”护士把身份证放到扫描仪上，瞬间愣住，“哦……先生……这……”

护士很慌张。

“可以证明了吗？”袁野问。

“这……”护士支支吾吾。

“资料怎么显示的？”袁野一把横过屏幕，仔细看起来。“公安部二级通缉逃犯？”看到资料显示的一行醒目红字，袁野愣住了。一定是哪里出错了，袁野不敢相信自己的眼睛，“你确定没出错吗？”这个当口，护士悄悄按下了安保呼叫按钮。

“没……哦……应该是系统出错了，先生……”

隔着值班室的玻璃，袁野看到两个身穿制服的保安，拿着对讲机，正快步走过来。

“你认为我真的是逃犯？”袁野变得愤怒，质问护士。

“先生……我只是一个小护士，还没毕业，我，我……”说着，护士蜷缩进墙角，抱头呜呜哭起来。

袁野顾不得这些，冲出值班室的门，撞开其中一个想围上来的保安，跑出医院，再次钻进汽车。

五

车开到了市郊一家超市旁，这里人烟稀少，暂时不会有危险。袁野坐在驾驶位，点燃一根香烟，闷头吸了起来。

得理清思路。袁野强迫自己冷静下来，努力思考。

这一切莫名其妙发生的事情，都是从那个包裹和任务开始的，先是被追杀，接着是大狗被杀，然后是女儿失踪，最后自己莫名其妙成了谋杀大狗的逃犯。

从信息面板弹出的新闻得知，在袁野离开大狗家里几分钟后，警察就赶了过去。他们在客厅里发现了大狗的尸体，在采集完现场证据后，警察找到了袁野的指纹，又从装在路口的摄像头得知了袁野的来访和离开时间。根据尸检，大狗就死在这段时间，所以袁野就成了名正言顺的嫌疑犯，即使他有十张嘴，恐怕也洗不清自己的清白。

至于大狗怎么死的，警察没有透露。在众多网络媒体的情绪渲染下，不到半个小时，袁野就成了丧妻丧女，心理扭曲，谋杀自己好友的变态杀人狂，他们甚至翻出了袁野中学毕业时的班级合影，以微表情作为分析，论证这个变态狂早在许多年前就已经呈现出了极端暴力的倾向。袁野的照片也随着通缉和媒体文章，传遍了整个网络。

至少在这个城市，他已经无处可去了。

任务到底是什么？这是萦绕在袁野脑海，挥之不去的问题，也是理清整个事情的关键。

信息面板突然亮起，袁野收到一条消息。

消息：袁野，你女儿在我们手里。

袁野顿时紧张起来，心提到嗓子眼。事情有了转机，一直隐藏在幕后的人，终于浮出水面。

回复：你们想要什么？

消息：你。

回复：想要我做什么？

消息：完成任务。

回复：任务到底是什么？

消息：30 分钟内，赶到梦之海科技大厦，会有人接待你。

回复：我女儿呢？

消息：还剩 29 分钟了。

对方不再回复消息，袁野盯着聊天窗口，试图从中分析出端倪。一辆警车缓缓驶过，袁野赶紧低下头去，把身子埋在车窗下，绷紧神经。等警笛远去，消失不见，袁野才重新抬起头，长舒一口气。

也许是个圈套，但也是唯一的线索，也许是救女儿的唯一机会。事到如今，袁野已顾不得这些。他发动汽车，一脚油门，向梦之海科技大厦的方向驶去。

车子停在大厦的地下停车场，给袁野开门的是个戴着墨镜的男人。袁野正欲道谢，突然认出他来，那人正是带走女儿的西装男。

袁野发疯似扑上去，把西装男扑倒在地，双拳乱挥，厉声质问：“混蛋！你把我女儿带到哪儿去了？”

另外两个人跑过来，粗暴地拽起袁野，限制他的行动。西装男站起身，冷漠地看了眼袁野，对手下命令：“去楼顶吧，总裁在等下一步行动。”两人点点头，拖着袁野，穿过地下车库进入电梯，一路向楼顶升去。

寒夜如水，楼顶寒风刺骨。

楼顶站着七八个身着黑色制服的人，他们神情严肃，站成一排。一侧有一个可移动式病床，上面躺着一个孩子。

那是小美！

袁野挣脱两人，跑过去抱住小美，呼吸平稳，女儿还活着。经历了这么多事，只要女儿还活着，一切就还有希望，哪怕很微弱，这也值得他努力活下去。袁野喜不自禁，一瞬间几滴眼泪溢出眼眶。

“你们到底想要什么？”袁野把小美抱在怀里，问。

“完成任务。”西装男仍是面无表情。

“任务是什么？”

西装男指了指另一侧，那里跪着一个人，双手反绑，戴着头套。

“杀掉她，你的任务就完成了。”

“要我平白无故杀掉一个陌生人？”

“你已经杀掉了你的朋友，不是吗？”

“大狗不是我杀的。”

“但在外界看来，你就是唯一嫌疑人。”

“你们做的局，对吗？你们杀了大狗，然后栽赃给我！”

西装男没有回答，扔给袁野一把 M1911，一种活跃在黑市的老式手枪。

“捡起来，杀掉那个人，你和女儿就安全了。”

袁野捡起那把枪。

“只有一颗子弹，我们这有 10 个人。为了你女儿的安全，我劝你也别打其他主意。”

袁野拿着枪，缓步走过去。只要闭着眼，扣动扳机，这些都结束了，袁野想，我甚至不知道这个要惨死的人是谁，他死了，这不关我的事，我是被逼的。

拿枪的手开始颤抖着抬起，被捆绑的人似乎听到了声响，疯狂扭动，她跌倒在地，又支撑着起身，头套被甩掉了。一头烫染过的淡黄色秀发倾泻，那个人嘴上贴着透明胶带，正拼了命努力挣扎。在楼顶灯光的照射下，袁野看清了那个人的脸庞。

该死，是那个医院的护士！

“为什么是她？”袁野回头质问。

“这不管你的事。”

“她只是护士，”袁野放下枪，“该死的，她甚至还没毕业，只是个学生！”

“你只有 10 秒时间考虑。”西装男催促，“陌生人的命，还是你女儿的命，只能选择一个。”

袁野抬起手，咬着牙。护士拼命摇摇头，祈求袁野放过她。

犹豫几次，袁野扔掉手枪，半跪在地。冷冽的寒风刮过脸庞，刀割般刺痛。

“不行，我做不到……”

西装男抬手示意，几个黑衣人快速走过来，拖住袁野。袁野感到后脖颈被重重一击，接着便晕了过去。

六

袁野醒了过来，发现自己被绑在一张医疗床上，另一张病床上躺着自己的女儿。这是一间由透明玻璃围成的大厅，隔着玻璃，袁野看到外面站着那些黑衣人。

那个之前被捆绑的护士走了进来，神情紧张，她手里端着医疗托盘，向女儿小美的病床走去。

“你要干什么？”袁野努力挣扎，但无法挣脱束缚。

护士表情充满愧疚，她缓步走到小美身边，从医疗托盘上取下一管液体。“对不起，”护士低声说，“他们让我给你的女儿注射这管液体，这样我才能活下来……否则……”护士似有哽咽，利落地把针头扎进小美的胳膊。

心电图瞬间归零，成了一条平直的线。

袁野痛苦地喊叫起来，这时，低沉的声音从放置在房间角落的麦克风里传出。

“袁野，你放过了那个护士，这导致了你女儿的死！”声音带有嘲讽，“你曾经用尽全部努力冒险，只为了维持你女儿的生命。但看看你现在还剩下什么吧，你的朋友死了，外界认为你是罪魁祸首，你的女儿死了，当然，你也是罪魁祸首。你现在已经失去了珍爱的一切，想想，你还有什么可失去的吗？”

是啊，我已经失去了一切，袁野闭上眼，想道。一股悲伤，转变为无尽的绝望，洪流般淹没了袁野的情绪。现在，占据他整个脑海的，都是那种无边无际的失落、无奈、遗憾……

那一瞬间，袁野觉得自己已经失去了存在的意义，活着的动力。

这时，玻璃门打开，一个坐在轮椅的老人被两个黑衣人推了进来，其中一个就是绑架女儿的西装男。老人看着袁野，沉思数秒，轻轻点头，西装男走上前，把玻璃管插在袁野胳膊，开始萃取。

那管暗绿色的液体，曾在 4 个小时前注入袁野体内，现在被取出来，拿在西装男手里。

“总裁，可以了吗？”西装男凑到老人耳边，轻问。

“来吧。”老人缓缓吐出命令。

玻璃管扎在老人的脖子主动脉上，暗绿色液体一点点注入体内。老人闭上眼，感受从那里传来的脉动。良久，老人睁开眼，泪流满面。

“原来，这就是失去一切的感觉啊……”老人仔细回味，“仿佛堕入一片虚无之境，死亡不再可怕，反而是一种解脱。”

老人满意地叹出一口气，喉管发出粗沉缓慢的喘息。

西装男站在老人身后，用一种极为严肃的语气宣布：

“袁野，你的任务完成了。”

袁野还沉浸在巨大的悲伤中，无处挣扎。他两眼无神，口中喃喃，“任务……任务到底是什么……”

“很抱歉，袁先生，这件事对你精神打击很大。但为了任务，我们不得不这样。”西装男面带歉意，“现在看来，我们的决定是对的，任务圆满完成。”

“小美已经死了，”袁野自语，“什么任务我也不关心了……”

“袁先生，”西装男停顿数秒，继续道：“您的女儿还活着……不仅如此，这整个任务中，没有一人死去！”

“你说什么？”

吱呀一声，玻璃门再次被推开，一个人走了进来。袁野张着嘴巴，惊讶地盯着那个缓步走近的男人，说不出话，他看了半天，才确信自己没有眼花。

那是大狗，一时间袁野不知作何反应，他竟然还活着！

但这一切到底是怎么回事？

熟悉的心电图电子声再次响起，嘀……嘀……袁野侧过身子，看向另一个病床。

无数疑团，夹杂着庆幸和喜悦，纷纷扰扰，涌上袁野心头。

谢天谢地，女儿也活着！

七

“当我知道自己还剩三个月能活时，这个想法就自然冒了出来。”

梦之海科技公司的总裁办公室里，那个老人，或者说是梦之海制药科技公司的传奇老总丁孟中，坐在轮椅里，微微后仰，给袁野讲述。

“我这一生经历无数风雨，缔造了这个庞大的商业帝国。但一个月前，我被检查出患有肺癌，已经进入晚期扩散。我曾把全部精力和时间扑在事业上，为了商业决策，无数个不眠之夜，我靠着香烟缓解焦虑。尼古丁成就了我，也害了我。现在我要死了，这个几千亿市值的商业帝国就要离我远去，我将要彻底失去一生心血，我不甘心！我开始变得暴躁、易怒、多疑……我对自己的商业伙伴和子女大发雷霆，试图用这种方式，回避死亡这一事实。即使我是媒体口中的商业精英，举手投足便可影响千万人的生活，但我仍然害怕死亡，害怕失去一切……我怕自己在死亡之前失态，所以，能够体面地离开这个世界，成了我最大的心愿。”

老人燃起一根哈瓦那雪茄，缭绕的烟雾在办公室晕染开，一阵令人心安的香气沁入袁野鼻腔。

“如果我能在死亡之前体会死亡呢？”老人猛嘬一口，“在失去一切之前，趁我还有理智的时刻，提前感受失去一切的滋味……”

西装男接过老人的话，继续说道：“总裁想感受这种感觉，而体验和感觉正是我们公司的专业所在，我们在第一人称的任务委托网站‘伊甸’看到了你的成绩。袁野先生，你的数据让我们惊讶，你是整个‘伊甸’网站上接受危险任务最多的人。当然，我们要委托的任务很特殊，必须对本人保密，这样才能让你相信这一切，做出最真实的反应。所以，我们找到了你的朋友林正，也就是旁边这位大狗先生。”

袁野看着大狗，等他给一个解释。

“袁野，这是为你好。”大狗看着袁野，略有歉意，“这个任务会有危险，但不致命，而且回报巨大。这单任务一旦成功，你以后再也不用奔波了，你可以安心照顾小美……所以，我替你做了决定。”

“整个计划，只需要两个人的配合，你的朋友大狗和医院的值班护士。”西装男继续，“他们所做的一切，只为了一步步，把你的大脑推到那个极限状态——极致的绝望和无助，让你相信，你失去了朋友，失去了女儿，某种程度上，还是你自己害死了女儿……这样，我们的计划就成功了。”

“护士电脑上显示的公安部通缉，从我信息面板上跳出的追捕新闻，这些也是你们伪造的？”

“我们没有那么大能力去左右政府，也没必要。”西装男说，“我们要做的，就是让护士提前在电脑中存储一张伪造图片，在适当时刻呈现给你，让你误以为你正在被公安部通缉。至于从你信息面板跳出的新闻，我想，对于我们这么大的科技公司来说，黑进一个个人用户的终端，不是什么难事吧？”西装男露出一个微笑，“几个小小的烟雾弹，便让你走进了我们布设的陷阱，在我们的引导下，你顺利完成了任务。”

问题得到了解答，袁野被追杀的整个过程，原来都是任务的一部分。袁野在逃亡过程中感受的一切，失去女儿时的痛楚无望，只为了让他面前的这个亿万富翁足不出户，体验到极致的失去和绝望。

“我还能说什么呢？”袁野冷冷站起来，“任务完成了，我该带着女儿走了。”

“你让我体会到了失去一切的滋味，我可以平静地面对死亡了。”老人又吸了口雪茄，神情淡然，“5000 万的报酬已经汇入你的账户，我是个言而有信的人。另外，为了弥补我们对你造成的情感伤害，我知道，这种伤害，是无法用钱来衡量的。袁野先生，想体验下我们公司新研发的产品吗？”

“没兴趣。”袁野冷淡回答，大步往门口走去。

“第一人称 2.0，”西装男拿出一管暗红色液体，站在袁野背后，“经过产品迭代，新的第一人称，将不再是体验、注射、感受的延迟药剂，我们推出了可以实时连接感受的纳米通信技术。接受纳米已经注入你女儿体内，如果你注入这一管体验纳米，你就可以将视域和感觉共享到女儿脑海。”

在袁野踏出办公室的时刻，西装男高声说道：

“袁野先生，尽管你的女儿无法醒来，但你可以带她去看看外面的世界。”

尾声

那件事已经过去两周了，袁野终于从梦魇般的经历中恢复过来，女儿也被重新安置到医院，护士们对她悉心照料。

今天是妻子的忌日，冷清的墓地里，袁野盘腿而坐，面对墓碑，自言自语。他回忆起妻子还活着时的时光，一阵阵失落缓缓捶打他的心口。过了很长时间，袁野才走出墓地，长舒一口气。站在繁忙的街道上，袁野有些不知所措，他抬起头来，突然发现天气很好，自从女儿病后，似乎有好几年了，他不曾这样安心看过天空。

下午四点的阳光倾泻下来，带着熏人暖意，几片流云缓缓飘动，仿佛天边绽放的花朵，几只鸟儿扑闪着翅膀飞过，自由自在。

袁野狠吸一口空气，一丝清爽贯穿肺腔。他低头拿出暗红色液体，略作思考，注入自己体内。

一阵轻微眩晕感后，袁野知道，自己和女儿连接成功了。

“这是梦吗？”一个疑惑的声音在脑海响起。

“当然不是！”袁野回答，隔了几秒，他又问道：“想去看看大海吗，小美？”

地下室

文／林　野

“好的好的，谢谢您了。我这就去问问，您也帮我盯着点。”

我心里慌慌的，挂掉电话，便急忙拨给了房客。老邻居刚刚打来电话告诉我，我租出去的那间地下室这两天一直传出恼人的噪声，好像是在装修，却一直不见有人出入，他觉得有些不安，便通知我一声。我有些恼火，这个房客竟如此无礼，装修我的房子跟我连声招呼都不打。

房客的电话无人接听。我不甘心地又拨了两次，得到的是同样的结果。我有些着急，在办公室坐立不安却又无可奈何，除了等待房客回复我信息外也做不了什么，就这样心神不宁地过了一下午。好不容易挨到了下班，房客依然没回复我，我放心不下，决定回去看看。

待我抵达那里时已是黄昏了，头顶一半是燃着的火烧云，另一半是翻墨的黑云正飘向远方，我走在光与影不明的分界线上，熟练地抄着近路。

我们小区的地下室是可以从外部直接进入的，这样一来其实门口的铁门便成了摆设，但此事好像也无人过问过。地下室门旁依旧挂满了衣服。一号的那家人不好意思将贴身衣服拿出来晒，只借着那监狱中的铁窗泄进屋内的微弱阳光来为旧衣物增添一丝生气，他们隔壁二号则不管那么多，恨不得让路人一眼看透他们全家由内到外的品味。但旁人并不知道这些，便都以为是一号家的衣服了，每每去地下室理发时路过他家门口都要取笑一番。

楼梯侧壁的墙皮又比我搬走时脱落了不少，原本上白下绿的墙面已被厚厚的脚印和层层叠叠的小广告遮盖的分不清边界。从楼梯拐出来后地面倒干净了不少，这么多年过去了，发廊老板仍然保持着打扫整个楼道的习惯。塑料隔板式的屋顶上镶嵌着年久失修的节能灯，取代它照明的是发廊为了招揽生意挂上的小彩灯，但那闪烁在大幅美女图片上光怪陆离的灯影，实际上却给本来就昏暗阴冷的地下室平添了一分诡异，配上这位老板经年不断放着的过气流行歌曲，俨然是在门口立了块“闲人免进”的牌子。

我是习惯了的，打开手机手电筒，径直向楼道漆黑深渊般的尽头走去。我一直觉得这里与卡夫卡理想中那与世隔绝深入地下的写作室有几分相似，但作为一个普通人，我可不想一辈子窝在这小小的地下室里——老来从一座坟墓迁到另一座坟墓。

站在熟悉的家门前，我的内心却涌出一股强烈的陌生感，也许是因为邻居的家门不知为何染成了突兀的大红色吧。我按了下门铃，许久无人应答。从猫眼里看去房内倒是无光，我又把耳朵贴在门上，忽然想起这隔音门是我逛了多少家店亲自挑的，果然，满耳只能听到发廊传来的歌声。又等候了片刻，我确信里面是没有人的，便从包里掏出了钥匙。

“你没换锁可就不能怪我了啊。”我一边自语着，一边推开了房门。客厅漆黑的伸手不见五指，唯一的窗户仿佛是被铁板钉上了一样透不出一丁点儿光亮。我随手带上门，摸开了壁灯的开关，然而灯却没有亮起来。我心下疑惑，借着手电的光环顾了一下客厅。客厅的布置与我离开时似乎并无分别，只是地上好像多铺了一层地板，墙上也贴了一层墙纸，书架旁多了一口一米多高、两人环抱的大缸。我总觉得哪里有些奇怪，一时却说不上来。

我想起油烟机上是有灯的，便脱了鞋向厨房走去，不成想客厅地板上湿漉漉的，半湿的袜子穿在脚上十分难受。我暗骂了一句，垫着脚进了厨房。幸好油烟机的灯还是好的，橙黄色微明的光一下子晃得我有些睁不开眼。我眯着眼睛转过身去，只见沙发上立着一个黑影，正静静地看着我。我尖叫一声，本能地想逃跑，却腿软地没能立刻动起来。

“你是谁？”那人一边说着，一边缓缓站了起来。他通身都是黑色的，一顶怪异的帽子下半露出乌漆的墨镜镜片，下面一副纯黑的口罩完全遮盖住了面部，一条粗布样的围巾紧紧地包裹住了他的脖子。他似乎是平移着飘向我的，我竟完全听不到他走路的声音。

“你……别过来……”我胡乱在灶台旁抓起了个杯子便向他砸了过去。只听“嘭”的一声，那人应声而倒，地板上只传来了铁架与衣物落地的声音。我失神地摸起自己的手机照了过去，哪有什么人，不过是一堆衣服而已。我倒吸了一口冷气。幽灵？亡魂？还是幻觉？我从未想过自己也会被幻象吓得魂飞魄散。我不断地在心里对自己说，“没事的，没事的，只是心理作用而已，清醒一点，坚强一点，杀了麦克白夫人的不是邓肯，而是她自己。”

“对不起，让你受到了惊吓。”那人的声音从衣服里传了出来。我沉默无言，在脑中默默演练了一遍逃走的一连串动作。

“我们不是这个星球的生物。”从他的声音中我仿佛能嗅到一股铁锈味，“我会给你解释清楚的。请你不要走。”

“请停止您的恶趣味，”我厉声说道，“别装神弄鬼了。”

“我们没有骗你。我们来自本超星系团中心区域一颗你们还未命名的星球。那是一个温暖的星系团，文明，生物众多。”

黑暗中突然显现出立体的映像。我惊讶地说不出话来，心里却渐渐放松了戒备。

“你们的星系处于相对寒冷的区域，文明密度极低，所以我们选择了你们这个和平、宁静的星球来完成我们的研究。”

“研究？”

“宇宙迟早会迎来熄灭的那一天，就像我们总有一天要离开自己死去的母星一样，我们现在所处的宇宙同样不可能作为我们永恒的居所。虽然我们的科技水平已突破了众多技术瓶颈，但面对宇宙终会到来的老年，我们整个星系团却仍然束手无策。我们现在需要突破限制技术的物理学理论瓶颈。几个世纪以来，多少科学家耗尽毕生的心血却毫无进展。”

“所以你们千里迢迢到这里，就是为了做学术研究？”我诧异道，随后意识到，所谓的不远万里，也许只是对我们而言。对于他们，星际旅行或许只是件再平常不过的事了。

“一个封闭的学术范围会限制学术的发展。这也是我们的无奈之举。那口大缸里的就是我们现在的研究成果，你如果有兴趣可以看一看。”

我好奇地走了过去，脑中想象着《降临》里那浮在水中的外星文字，又有些疑惑什么样的成果可以被保存在一口缸中。那口缸里的水混沌如漆，似乎深不见底。我拿起手电照向缸中，只见缸里是一张扭曲的怪脸。突然间不知有什么东西从水中弹了出来，一把将我的头缠进水里，一口咸腥的水直接呛进了嗓子里。我的意识逐渐模糊，最后昏了过去。

恍惚间我感受到自己在被什么东西拖动着。那是一种非常恶心的触感，有些像暴露在皮外湿哒哒的肥肉。不知睡了多久，我才真的清醒了过来。我被关在了储物室里，门是被锁死了的。我努力让自己冷静下来。这其实也花了些工夫。

既然没法直接从门出去，那我只好用最后的办法了。

我轻轻搬开鞋柜，从口袋中掏出钥匙，划开不知为何贴在地上的厚厚的墙纸，熟练地挑起那块松动的地砖。我蹑手蹑脚地打开锁，慢慢地爬了下去，又从里面将暗室的门锁死。一股腐烂的刺鼻气味包裹着我。

我本再也不想来这里的。

这原是我给自己用来写书的暗室，虽知违法，但当初年少鲁莽，我还是偷偷地在地下室下又开了一个房间。直到那日弟弟拖着一个巨大的包裹来这里找我，说他在做着杀人越货的勾当，这袋子东西无地处理，要藏在我的地下室里。我禁不住他苦苦哀求，便答应了他。谁知他之后竟接起了替人处理尸体的生意，并以此威胁我。如今他也躺在这里了，而我拿着他靠着这肮脏的营生赚得的巨款搬了出去。

我拿起角落的铲子，想挖一条地道逃出这里。然而这似乎比我想象的要困难得多，光是凿开墙壁便让我累得筋疲力尽，暗室里通风并不是很好，随着氧气越来越稀薄，我越发地感到体力不支，四肢无力。就在我绝望地靠在墙边，思考着人类的终极问题时，头上突然传来几声巨大的声响，接着是一阵打斗的声音，没一会儿，便又安静了下来。

我正在心里咒骂着这群没骨头的外星人，暗室的门突然吱嘎响了起来。

“谢谢你，人类，”那声音与我之前听到的并无二致，“如果不是你撕开了他们隔离信号的隔离膜，我们可能永远也无法逮捕这两个家伙。”

“逮捕……他们是罪犯？”

“他们仗着自己父亲是星长便胡作非为，犯下了不可饶恕的死罪，便来你们星球避一避风头，等待事情平息后再回去接着祸害。

可惜他们的父亲现在也获罪入狱了，我们终于可以将他们逮捕归案了。不说别的了，我们救你出来吧。”

事到如今，我无法再信任这群狡猾的外星生物了，即使他说的大义凛然，我也不会就这样给他开门。

“这个门好像锁死了，我打不开。”

外面一阵沉默，过了一会儿，只听那声音说道：

“我们带来的工具好像并不能打开这扇门。不过放心，我们已经帮你联系了你们的警察，他马上就会来帮助你的。我们也不便在这里逗留了，祝你好运，人类。”

禁忌科技

文／侯似海

“我们已经灭绝——

此份广播仅为我们那可怜又可笑的文明简史……茫茫宇宙，总有星球上存在与我们相似的文明……倘若你们能接收到这份夹杂在宇宙微波中的广播，倘若为时不晚，那此份广播便发挥了其应有之用……

人工智能科技是我们毁灭的根源……人工智能科技是我们毁灭的根源……人工智能科技是我们毁灭的根源……

最后，祝你们在田园牧歌式的原始文明中享受安逸的生活……”

来自天外的微波通信终于被破译。出人意料的是，外星通信既非友好的问候，更非狂妄的宣言，这份通信更像是一份墓志铭。人类费尽心机终于翻译出天外文明通信，到头来发现自己仍是孑然一身。

历史的进程并没有因此停滞，将人工智能列入禁区虽对太阳的东升西落毫无影响，但却极大地干扰到人类的日常生活。

“地球资源有限，不可能担负得起让所有人都过上美式生活的日子，而解决此类问题的唯一途径就是将目光放到地球之外。贸易战等以邻为壑的手段是饮鸩止渴，限制生育等手段也只是扬汤止沸。倘若进行自我限制或者相互攻讦等行径，那么人类也只是不断地扩大这轮回怪圈的半径而非真正走出怪圈。

历史会一遍遍重复重演，战争会不断地改头换面，从掠夺资源的一战，到分赃不均的二战与冷战，再到如今一次次重复上演的贸易战与金融危机，战争的本质永远没有改变。重复一次，想要摆脱当前困境的唯一途径就是放眼太空。”

一口气说完练习许久的台词，泊松的背上已经微微出汗。精英们已被说服，但说服大众远比说服精英困难。

“泊松先生，这次发布会的主题是解禁人工智能科技，请问放眼太空和人工智能有何关联？”提问的记者甚至没起身。从第一次发布会上的人山人海，到如今的门可罗雀，发布会早已成为例行公事。

“想要探索太空，就需要人工智能科技，我们对人工智能科技矫枉过正，现在我恳请诸位放宽禁令，锁死了人工智能科技，就锁死了人类的发展空间。”泊松此刻心中有种力不从心的悲哀。

“泊松先生，您上次还说人工智能是生物医学的瓶颈，这次又成了太空探索的瓶颈，试问下次您打算还说人工智能是什么的瓶颈？”记者宛如嗅到了猎物的猎犬，忙不迭地起身追问。

泊松平静地看着眼前兴奋的记者，这种事情他经历得多了已经麻木。他知道自己的发布会在大众眼里已经成了搞笑综艺，收看直播的观众看到这里应该会笑吧，他想。

“事实上，人工智能是所有学科的瓶颈，甚至可以说它是整个人类社会的瓶颈。AI 能将人们从繁重的体力乃至脑力活动中解放。禁令发布后，尼基系数与幸福指数雪山式的崩塌。今天，我们甚至还没有旧日老时光里的一半幸福。”

提问的记者此刻也略带伤感，“但我们至少免于灭亡。”

“这正是我们的荒谬之处。”泊松心知自己断无可能说服大众，索性破罐子破摔，“我们不信科学家们达成的共识，不信他国人类命运共同体的倡议，我们甚至不信自己政府的政策，但却选择相信虚无缥缈的外星通信。我们甚至不知他们到底是真的灭亡了还是意图锁死其他文明的科技。我们愚不可及地自掘坟墓，乖乖地引颈就戮，还自我安慰到起码我们不会灭亡，自我欺骗说这样就安全了。”

泊松不知道收看直播的观众有何感想。当自己的蠢笨被无情的揭示，人们往往会去迁怒揭示者而非改正自身。

记者被泊松的一番言辞吓到了。“泊松先生，”记者谨慎地斟酌着言辞，“你是说群众们都是愚蠢的，您作为科学院发言人，请问这是您个人的看法还是科学院的看法？”

泊松克制住自己的情绪，“我并没有说大众是愚蠢的，我只是在说大众很保守，并且刚才的说辞只是我个人的想法。”

“如果政府也认为人工智能很重要，为何迄今甚至没有解禁AI科技的正式提案？”记者也有些被泊松刚刚的发言吓到，不动声色地转换了话题。

泊松露出苦笑，政客们虽知科技的重要性，但谁也不愿成为第一个吃螃蟹的人。政治家可以同科学作对，也可以同人类的未来作对，但任谁也不敢同自己的选票作对，他们不会冒着政治生涯结束的危险去发声。民众只会支持符合自己心意的政治家，但真理往往在少数人手里。

“现在仍旧有反人工智能队伍在硅谷游行，政府不能反对自己的人民。”泊松有些累了，“谁还有问题？下一个问题将是我会回答的最后一个问题。”

短暂的冷场后，有人举手发问，是一个从没见过的新面孔，泊松想。

“泊松先生，”那人的腔调很优雅，泊松仿佛能看到他的声音在空中绽出一朵朵的鲜花，“所有人都知道提议解禁科技的新闻发布会不过是个笑话，请问是什么支撑你一次次的主持这场笑话的发布会呢？”

泊松感觉身体里的血液汩汩涌上头顶，他死死地盯着那个刺头，一字一句地说：“首先，我是国家科学院的发言人，这是我的工作；其次，作为科学家，我并不像政治家那样有太多顾虑，我只要把我认为对的东西说出去；最后，我也知道自己是在明知不可为而为之，但我仍要尽我的职责。如果你认为我的行为是在哗众取宠的话，那我对此无话可说。”

好不容易克制住自己情绪的泊松吐出最后一个字节后，连结场词都没讲，就气冲冲地奔向后台通道。冲进接自己的专车后，他整个人才放松似的闭上双眼，以一种极其不雅的姿势瘫在后座上。

“回科学院。”泊松闭着眼睛吩咐道，心里琢磨着回去就辞去发言人的职位，从此专注科研，司机并没有立刻点火启动。

车门传来礼貌的三声叩击声，泊松略有诧异地睁开眼睛，透过单向玻璃，映入泊松眼帘的是他此刻最不愿意看到的脸，而那张脸，现在却露出谦逊而礼貌的微笑。

“立刻出发！”刚被压抑住的怒火此刻又被燃起，泊松不顾斯文地冲司机吼道。

司机打开后车门。

虽然瘫在后座上的泊松几乎占据了后座全部空间，但那人还是硬生生地挤进后座，泊松不得不调整坐姿，怒目刺向这位不速之客。这位发布会上的刺头仿佛浑然不觉泊松的敌意，乖巧地带上车门，笑眯眯地向泊松伸出右手。

装聋作哑的司机终于点火出发，泊松扭头看向车外，冷淡地说：“我不清楚你是如何买通我的司机的，但发布会已经结束，我拒绝回答你的任何问题。”透过车窗的反射，泊松看到那人笑容不变，只是默默地收回右手。

“我想我们之间有所误会，”那人婉转的声音仿若鸟儿一样钻入泊松的耳朵，细听之下，那人的腔调竟和英女王的伦敦腔相似，“我并非是名记者，事实上，你我目的相似，你是想通过向公众呼吁进而解禁人工智能研究，而我所代表的组织现在正在进行人工智能科技的研究。”

泊松冷哼一声，“我劝你省下套我话的力气，我不瞎，能看到你胸前的录音笔。”

那人一愣，随及又露出和善的笑意，他掏出胸前别着的钢笔递给泊松，“您大可检查下，这并非是录音笔。”

泊松不屑地瞟了钢笔一眼，但他的目光却黏在了这支钢笔上。与其说这是钢笔，毋宁说这是支能写字的钻石杆，各色的钻石被安置在恰当的位置，整支笔像璀璨的繁星一样发光。理工出身的泊松虽对艺术是门外汉，但他仍旧能看出来这支钢笔蕴含的惊人美感，也能感觉到其价值不菲。

“这只万宝龙星空定制版钢笔就当是我在发布会上出言不逊的赔罪吧。”那人的笑容真诚得就像笔上的钻石。

泊松冷哼一声，连句客套话都没说就将钢笔攥入口袋，“真是想不明白，我有什么值得你巴结的地方。”

那人见泊松收下赔礼，就热络地往泊松的方向挪了挪屁股，“我是人工智能秘密研究所的成员。如果您愿意的话，我想带您去参观下。”

泊松瞥向窗外，窗外的风景已变得陌生，他苦笑着说：“我能有别的选择吗？”

“您是个聪明人。”那人的笑容还是那么和善。

“自愿”来到秘密研究所后，泊松对此地的森严的戒备颇感惊异。比起科研场所，研究所更像是军事基地。但更让泊松震惊的还在后面，他在研究所里见到了总统。

“我不明白”，直面总统的泊松满是困惑，“这究竟是怎么回事？”

“如你所见，”总统安慰似的轻拍泊松的肩膀，“关于人工智能的研究从未终止。”

“这是为什么？”泊松此刻脑子乱成一团浆糊，立法禁止人工智能研究的是总统，强令硅谷终止人工智能研究的也是总统，而在秘密研究所里同自己见面的人，同样是总统。

“如果世界上只有美国一个国家，我绝对会叫停一切有关人工智能的研究，”总统自顾自地开始演讲，“但世界上还有其他国家，其他能威胁到美国地位的国家，今日的人工智能不啻上世纪的核弹，谁掌握了先机，谁就能掌握一切。虽然其他国家都声明已废止人工智能科技的研究，但谁也不知他们的声明究竟是真是假，我们身处在囚徒困境。”

“因此咱们就在背地里偷偷地进行研究吗？”泊松说道，“比起全体人类的毁灭，科技上被其他国家超越更可怕吗？”

“我首先要对自己国家负责，其次才要对人类整体负责。某些国家的领导人制定的国策以百年计，而我们只能在两党相斗的间隙，在自己的任期内略施拳脚，我们拿什么跟这种国家较量？如果敌国偷偷进行研究而我们无动于衷，那我们凭什么去改变未来被奴役的命运，靠祈祷还是寄希望于敌人能网开一面？如你所说，地球资源有限，而人类的欲望无穷。”总统回答了泊松的质问。

“即使身为总统，你不能凭借莫须有的东西决定美国的命运，你更无权决定所有人类的命运。”泊松并未被总统说服。

“哦，是吗？但我却能决定你的命运。”总统先生轻声细语地说，“是我看走眼了，我本以为支持 AI 科技的你同样也会支持我的计划。如此看来，计划要做更改了。”

不知为何，泊松不寒而栗，而总统接下来的一番话更是让他如坠冰窟。

“我原本计划让你揭露世界上有进行 AI 科技研究的恐怖组织。我会以此请求国会下拨资金进行反恐行动，当然，拨下来的资金要用以填补此地科研资金的缺口。不过真是可惜，现在计划变了，我刚刚发现科学院一直在偷偷进行相关科技的研究，因此发言人才会不厌其烦地呼吁解禁人工智能以使研究合法化。比起生造一个子虚乌有的恐怖组织来说，这样更合理，不是吗？”

不用焦头烂额地准备下一场无用的演讲，更不用费尽脑子地去向冥顽不灵的大众灌输矫枉不能过正的思想，被软禁的泊松日子无比的悠闲。当然，最初的几天他压根睡不着觉，脑子里全是自己同事与人类未来的命运。不过，泊松想破脑袋也想不出身陷囹圄的他现在还能做些什么，于是他索性什么都不做。

夜晚，同外界断绝了一切联系的泊松正躺在床上看书，眼前的灯泡忽地一闪，时间短到泊松都以为那是错觉，但今夜，注定是个不眠之夜。

片刻之后，房间里的所有灯光全部熄灭，只剩紧急逃生标志还泛着星星绿光。走廊里传来慌乱的脚步声，而泊松心中一沉，手中的书更是直接砸到他的脸上。

顾不上面部的疼痛，泊松的脑子在飞速运转，自己的金丝牢笼无疑是电网中的一类负荷，除非两个发电机组同时跳机，否则绝对不会停电。泊松望向窗外，皎洁的月光泼洒在地面上，无论是远处近处，都没有硝烟和火光。

不是导弹袭击，泊松紧张地想，那么造成跳机的原因是什么？泊松心中有个模糊的猜想，可他不愿承认，毕竟，他亲眼见过秘密研究所那森严的戒备，毕竟，灭绝来得太早了。

泊松的忐忑的心被直升飞机的轰鸣声所打断，他心里燃起一丝希望的火光，也许是总统的阴谋被发现，有人组织了针对自己的救援行动？

他竖起耳朵，一边疯狂地向上帝、佛陀，向意大利面之神祈祷着自己能听到枪声，一边掏出钢笔作为自卫武器。

自己的牢门被缓缓地推开，泊松心里熊熊燃烧的希望之光瞬间被扑灭。映入他眼帘的，是总统被逃生标志照得泛着绿光的脸。泊松的心不断地沉了下去。他和总统一样脸上泛绿。

“失控了？”仍抱有一丝侥幸心态的泊松不甘心地问。

“失控了。”总统嗫嚅着。

“外面现在是什么情况？”泊松追问。

“包括医院、交通调度中心等场所”，总统说道，“通信单位的备用电池也即将耗尽。”

“人工智能是怎么逃出去的？”泊松追问，“研究所与外界断绝了一切通信。”

“是顺着电线逃出去的，现在潘多拉已经不在研究所了。”总统虚弱地回应。

“人工智能叫潘多拉吗，真是个好名字，”泊松气愤异常，“我想不明白，你们难道不知道何为电力线载波通信（PLC）吗？难道你们穷到一个电源隔离插座都买不起吗？”

“事实上研究所没有用保密插座，”总统被泊松的质问搞得有些烦躁，“保密插座也有被破解的风险，以防万一，研究所通过车辆运来的蓄电池供电。”

“所以你们将电池重复利用了吗？”泊松揶揄道，“潘多拉将自己刻录到电池里，而后在充电时激活？你们连这点都想不到？”

“如果争吵能改变现状，我可以站在这里跟你吵上一天一夜，”总统拳头紧攥又松开，“你有没有应对它的方法？”

“您这是急病乱投医吗？”看着眼前焦虑的总统，泊松心里泛起报复式的快感，他忍不住咧开嘴嘲笑，“我们创造了神，而神视我们为蝼蚁。潘多拉压根不在乎我们，更不会因为我们是它的创造者而对人类青眼有加。也许在它眼里，我们和煤炭石油一样，只是地球上一种资源罢了。”

“真的没有解决办法了吗？”总统不甘心地追问。

“我们什么也做不了。”泊松感慨，随及望向自己手中的万宝龙星空版钢笔，“不，也许我们能做最后一件事。”

死寂的太空中，又多了一段微弱的微波。

“我们已经灭绝……我们来自地球……不要研究人工智能科技……”

你无法抵达的星球

文／简　妮

我将长眠于这颗星球，这颗你永远无法抵达的星球。

你一定很想知道，我为什么离开家园，为什么要主动申请成为星际志愿者去探索未知的陌生世界？是不是因为你？不，这不重要，我现在不想说。

这是一颗毫不起眼的淡蓝色小行星，百分之七十由水构成，在黑色天鹅绒般的宇宙背景下，它仅仅是一粒散发着微光的暗淡蓝点。数以千计的宗教、意识形态，猎人与强盗、英雄与懦夫、文明的缔造者与毁灭者、国王与农夫、年轻的情侣、母亲与父亲、满怀希望的孩子、发明家和探险家、超级明星、最高领袖、历史上的圣人与罪犯，所有的人类和动物，都住在这里——一粒悬浮在宇宙中的淡蓝色微尘之上。

我登上的飞船，经过了数次跃迁，离我们的家园越来越远，坐标上出现了许多星系，银河系、太阳系，等等。你从来没有听说过这些星系吧？我知道你在家乡学的是天文学专业，对星系的了解比我们星球上任何人都知道得要多。但我刚刚提到的这些星系已经大大超出你、我，甚至我们星球上最顶尖的天文学家的认知范围了，相信我，没有人走得比我更远。

我们的飞船在黑洞的漩涡里挣扎了多久？我记不清了，只记得飞船被迫抛锚，无法跃迁，无法飞行，只能一寸一寸地缓慢挪动。后来，飞船终于像蜗牛一样爬了出来，在黑洞的边缘留下一条淡淡的印痕。时间究竟凝固了多久，我不知道，当时一个参照物都没有。所幸，船体里储存有大量从家乡带来的绿色果麦，成熟的果麦散发出香气四溢的能量球。虽然口味不够丰富，但也给飞船上的我们提供了源源不断的基本生存能量。

你还没有意识到自己有多幸福！有大把时间慢悠悠地品尝家乡不同口味的优质能量球，那是多么的幸运。你是否记得我们曾在有着大片果麦的原野上追逐？我们在绿色麦浪上呼啸而过，大肆挥霍着一个又一个充盈的能量球。我们悬停在空中裹挟着能量球飞速转圈，嬉闹着争夺，像是在做一个永不腻烦的游戏。我们挑最大最圆的能量球，吸进去又吐出来，在黄昏的空中看着半透明的球体渐渐消失。这是多么奢侈的行为，你从来不知道能量球也会有短缺的时候。你常常因为我给你摘的某个能量球长得不够圆而小声抱怨。好了，这些我都不想跟你计较。

总之，我们从黑洞的深处爬了出来，又幸运地朝着未知前行。我们有多少个人？噢，差点忘了，加上船长正好是 43 个。不过，现在这个数字已经不重要了。

船体曾遭遇一场剧烈的磁暴，四分五裂，我幸运地降落到这颗淡蓝色星球上，这里的人把它叫作地球。其余 42 个同胞没那么幸运，他们被彻底分解了。飞船没了，我在逃生舱里幸存下来，再也无法离开这个星球。

在相当长的一段时间里，也许是几十年，也许是上百年，我没有刻意去记。我悬浮在半空中，吸食着能量球的替代品，从一块陆地飞到另一块陆地，从一栋房子飞到另一栋房子。我怀着一丝侥幸，或许你还会奇迹般地出现在我眼前。也许有一天，你厌倦了家乡毫无创意的游戏，也品尝过了每一种果麦上结出的能量球的滋味。到那时都还不满足的时候，说不定也会像我一样，坐上一艘飞船，去往未知的远方。

我是因为这个原因离开的？我厌倦了家乡的游戏？不，不是，你猜不到。即使有一天你想乘坐飞船离开，可是，茫茫宇宙，有无数个你叫不上名字的星系，里面有成千上万颗小行星。你碰上这颗淡蓝色星球的概率实在是太小了。又或者，你非常幸运，经过数亿年的时间，你恰好到达了这颗星球。可沧海桑田，瞧，我也学会地球上人类的用词了，在漫长的时光里我的确是读了不少人类写下的书。经过数亿年的时间，这里的生命形态早已发生了巨大的变化，人类、猫和我说不定都已经成为熔岩底下沉默的化石。迎接你的，也许会是一个蜘蛛，一头鲸，或一只乌龟，谁知道呢。

漫长的岁月过去了，我渐渐不再抱任何希望。我长久蹲在地球上香港元朗的一套公寓，锈迹斑斑的窗户栅栏外，在观察这套公寓的主人——一只猫，以及一个人类。

我在想，在这个星球的余生，自己到底是体验猫的生活，还是体验人类的生活？这是个严肃的问题。你知道的，像我们这样的纯意识体生命只有一次选择机会。

这是一只雄性的英短蓝猫，我脑袋里已经储存了这个星球上的所有物种的百科全书了，从陆地到海洋。你看，我得有多无聊才会往脑袋里塞这些东西！公寓里的这一只猫很特别，这猫走路的姿态，挑剔的眼神，让我想起了你。他的动作、表情吸引了我，这种感觉很奇怪，对吧？我知道，你从来没有见过猫这种生物，很难向你准确地描绘。可以说，猫和你的外貌特征没有一丝相同处，连性别都不同，可是我却意外地发现，你们具有相同的本质。是的，我在这只毛色浅灰、耳朵半折的雄性蓝猫身上发现了你的影子。

和猫在一起的人类头发花白，佝偻着背。他像是猫忠实的仆人，定期为猫服务，给猫端上菜市场买来的新鲜鱼、肉，在狭窄的空间给猫铲屎，给猫按摩和梳洗。

猫生来享受，无需工作，昂首阔步地在房间里巡视各个角落。人类却兼好几份工，清晨送牛奶，送完牛奶就去附近的茶餐厅洗盘子，晚上还常常接一些零碎的活。猫一天天胖了起来，可怜的人类却愈发消瘦。

我发现了你和这一只蓝猫的共同点，我很想知道，这只猫到底在想什么，或者说，你到底在想什么？假如我不钻进猫的脑袋里，当然，我仍然可以像一个幽灵一样在这个星球一直飘荡下去，就像我们曾经在家乡时一样。只要吸食充足的能量球，我们都不会死，我们会活到天荒地老！

“死”是什么？要是你在身边，一定会好奇地问我。这对你来说是一个全新的概念，我在地球上也花了很长时间才完全理解这个概念。简单地说，这是地球上的生物特有的一种循环方式，到了一定年龄就会死去。按照地球历法，也许是几年，也许是几十年。人类大概有八十年的寿命，猫一般只有十几年。地球上的生物死后，会被细菌分解，融入到土壤里，作为新生命的养料。对，按照你容易理解的说法就是，他们死后变成了一个个的能量球。

可我累了，不想在地球上继续飘荡。

好了，我得进去了，我就要进入这只猫的脑袋里了。能适应这个奇怪生物吗？我好像有点紧张，全新的未知体验等待着我，我在颤抖。

是的，我进去了，我选择了他，或者换一个说法，是他召唤了我。在我选择进去之前，我就知道。这只猫仿佛能看到我，他的头半仰着，眼睛总盯着窗棱上一股看不见的风，细碎的尘埃在金色光柱中打着旋，没错，那就是我。

我小心翼翼地用猫的脚掌去感受长着青苔的地面，软软的，潮湿的。我用他的鼻子去嗅着隔壁邻居家不经意飘过来的蔷薇芳香，我用他的喉咙发出低沉的呜咽声，我用他的眼睛巡视整个房间，用他的整个身体享受着小公寓尊贵主人的待遇。

你最好不要来找我，即使见到这只猫，你也不会知道这就是我。你是永生的纯意识体，我曾经也是。我们没有形体，只要待在家乡，就有源源不断的美味能量球供应，没有危险。你没有任何理由离开那颗舒适的星球，我希望你能一直活到时间的尽头，带着我们共同的记忆！

等等，人类突然回来了，他正以惊骇的眼光盯着我！我低头看看自己，四条腿都在，毛色也正常，可我下意识地把行为习惯传递给了猫，此时猫正悬浮在离地一尺的半空中。我控制着猫的身体缓缓降落到地面，可已经晚了，一件从天而降的旧衬衣裹住了我，眼前漆黑……

当我再次醒来时，怎么回事，我怎么会看到了这只猫？这只蓝猫好像被抓了，他躺在手术台上，快要死了。他可怜巴巴地望着我，我无法回应他，我怎么不在他身体里？我好像是被迫出来了，再次悬浮在半空中。我感觉到自己正在分解、消逝，正在逐渐融化到地球的空气里。他们，那些穿着白大褂的人，正在解剖这只猫，他们也发现这只猫的不同寻常了！是谁把猫送上手术台的？我想起来了，一定是那个人类，他不在这里。这只蓝猫躺在桌子上痛得轻轻发抖，透过高倍数电子显微镜，猫身体里面的世界一层又一层被不断放大。

我睁大着眼睛，不敢相信。在失去意识前，在电子显微镜放大的画面中我竟然看到了熟悉的家园，看到了你，你悬浮在起伏的麦浪上，托着一只又大又圆的半透明能量球狡黠地笑着。是冲着我笑吗？我们的微型世界，人类的肉眼根本就看不见，即使放大了他们也看不见！原来，你一直就在这只蓝猫的身体里，在他的细胞里，在原子核里面的世界里。而我快要消散了，我只是地球上一阵看不见的风。

眼泪流了出来，在蓝猫的眼睛里，也在我的纯意识体里。他们没有什么发现，解剖后的蓝猫尸体被扔进了焚化炉，在跳动的火焰中化作一把灰烬。我知道，这灰烬将和地球上无数的实验垃圾、核废料一起射入遥远的太空。我们曾经的家园，还有你，将随着太空垃圾船越飘越远！

趁意识完全消散之前，我写了这封长长的信。这封信是写在一块地球出产的芯片上的，原谅我，仓促之间只找到这么一块简陋的芯片。我将把它封存在漂流瓶里，在宇宙的真空中、在时间的洪流里漫无目的地漂着。你能捡到吗，捡到了你能读取出来吗？我真不知道，也许写这封信的初衷只是为了满足我自己。

你还想知道我离开的原因？你猜不到的，因为我从来没在你面前表露出一丝痕迹。原因和你的确有关，只有我自己知道，可我不想把它记录到芯片里。当写完这封长信后，原因已经变得不再重要。好了，漂流瓶我已送出！

你再也无法抵达这个星球，这一点，我已确信无疑。

猫的记忆

文／李霜氤

她是个漂亮的、平淡无奇的小姑娘，一头干爽的齐耳短发，纤细的脖颈上系着白色的纱巾，常穿着粉色或香蕉黄的短袖衬衫，配上牛仔短裤或短裙。我对女人和恋爱没什么兴趣，对高中刚毕业的小姑娘更没别的念头。但身为我这个胡子拉碴的标准大叔的邻居，她还是比别人强一些的。对我而言，和她做邻居总比邻居都是大叔感觉好很多。除了……除了她养的那只无比讨厌的猫！

我是个怕猫的人。准确地说，我厌恶所有长毛的东西，包括人造的呢绒被子、大衣领子上的一圈毛，沙发扶手上的毛垫子。无论真毛假毛，除了人类的体毛，我都反感。所以带毛的衣物家私我一概不买。

不巧的是，在我们希尔塔星移民基地，很多新居民有种奇特的爱好——吸猫。还流行一句话："上班前吸一口猫，精力充沛一整天；下班后吸一口猫，一天疲劳一扫光。"真是对仗工整。可是一只猫随便在我脚边碰一下就足够我恶心一整天了。

希尔塔星是新移民星球，居住在上面的人，以年轻人和单身且可能一直单身的人为主，很少见到中老年夫妇出双入对，也没什么长辈催促结婚生子的声音。所以，这是个比较自由的星球，以至于我这个本应该垂垂老矣的大叔，也有着无比年轻的心态，青春被延长了十几年，真好啊！唯有在"吸猫"这个点上，我永远落后于时代。

这一天，主恒星照常发出光芒，光线很好，有形的高速弯道上，隐形的空中轨道上，滑行器、飞行器按照自己的程序轨道运转着，这是这个星球的交通体系。我要尽情地观赏这种规律之美了，灵感来了就作一幅画，或者奏几首曲子……时间还早，我把画板和颜料摆放整齐，用一条具有黏性的带子固定好。还有……我看了看墙角那堆杂物，犹豫了几秒便下了决心，把小提琴带上，没忘了消音器和扩音耳机，这套设备是专门为自娱自乐且不扰民而设计的。

今天开始休假，希尔塔星居民安全署刚破获一件案子，我立了功，领了一笔奖金，还被批准了休假半个月。于是至少两周，我不用再面对一堆卷宗，也不用戴着仪器，面对冰冷的尸身，解读和还原这个倒霉的人生前的最后一段记忆了。

那边围着一群人，是不是出什么事了？职业习惯让我想过去看一下。我走近点看，那群人既没有吵闹，也没见打斗，似乎很安静地在看着什么无法挽回的事情。我想了一下可能的情况，应该不是有人被滑行器和飞行器撞伤，人与轨道之间隔着 1.6 米高的围栏，除非一个人踩着另一个人的肩膀才能跳出去。

我下意识地摸了一下左胸前的口袋，才发现我今天没带星际警员证。这样的话，拨开重重人层可就难了，还要在没证件的情况下说明身份。

依经验看，这大概不是什么大事，我猜想是什么古玩花瓶碎了之类的。但围观人群密度已经到了事件阈值，智慧城市系统会自动报告给安全署，几分钟内就会有在执勤的同事赶来处理，也就是说没我什么事了。于是我把两只手揣进兜里，转过身向反方向走去。

我努力忘掉刚才的事，进入非执勤的状态，在这个城市走着。先是去了绿油油的草地，踱着步子，那里有一群穿得花里胡哨的年轻人在踢球，他们大概是这个星球上最年轻的群体——初中生。他们的步子里充满了青春的活力，是我这个年纪羡慕却无法勉强的。其中，一个梳着羊角辫的女孩引起了我的注意，她身材矫健有力，四肢的肌肉弧线无不透出一股子力量感。果然，她一个精彩的传球，在空中划下优美的弧线！一个瘦男孩上去一脚接球。球落在了不远处的浅浅的小溪里，溅起几朵水花。

我下意识地想去帮忙捞球，但距离让我冷静下来。远看着年轻人们卷起裤腿，脱去鞋袜，蹑手蹑脚地踩进凉凉的溪水里。

我吹了一上午的风，毫无作画或者奏乐的心情，画板和小提琴在包里怪沉的。我有些不悦地走上柏油路的人行区，往堤坝的方向走去，想在黄昏时看到闪烁着粼粼波光的江边。我望着那片已经离我渐远的草地，有个黑色的东西引起了我的注意，我甚至隐隐觉得全身的汗毛竖起来，这是多年从业养成的警觉。

我无法再远走了，我要折回那片草地去。

那是一个旅人丢下的破包，大概是装曲棍球具用的。你猜我这个老警员想到了啥？没错，我以为是尸体。

“你呀，总是这样，神经过敏的家伙。”怎么我耳畔是那女人的声音？太奇怪了。那女人是我以前的同事，也是我的搭档。警署的男女比例大概 2:1，除了纯抓捕工作只派遣男警外，其他任务都会男女结组行动，方便出入不同场合。去年她和一个警校毕业的学弟结婚了，离开了希尔塔星，前往其他星球居住。离开警署之前，她看了我几眼。我不知道这意味着什么，但是我真的什么想法也没有。

我喘着气，看看已经由正中微微移动到西面的主恒星光芒，一屁股坐在地上。

唉！

我起身，无精打采地走去餐馆，吃了一顿不知什么滋味的面，往家的方向走去。终于如我所愿闲逛了一天，可心情并没达到我想要的轻松状态。我想真正的原因是……早晨空中快车站点发生的事。我没有处理，会不会造成什么后果？我似乎得了职业病，以至于假期也过不好了。

到家了，我把包里的东西简单整理了一下，还好颜料没洒出来，可是小提琴的弦断了一根，可能是漫长的行走中被画板磕断了，还有可能早就断了只是我才发现。我不想换弦了，把它放回黑色的琴套里，放回墙角，让它和杂物在一起。这一天闲逛下来，我居然比平时工作还要累。更可怕的是，我到现在仍觉得脑子里还盘旋着一些东西。平时，没有案件需要侦破的时候，我要去执勤，执勤一天下来，身体疲劳，脑子也放空了。可今天，真是出奇的累，大脑与身体像两只滚轮一起转，这休的什么假啊！

“叮咚！叮咚！”有人在按门铃，谁呀这是？不管来的是谁，或许能救救我…………

“哪位呀？”，我接通了对讲机。

是个小姑娘带着哭腔的声音，“叔叔，出事了，你能不能帮帮我……”

这不是我那个邻居吗？我被吓得一个激灵，之前那种不快的感觉居然以这种形式消失了。这是什么事呢，哭泣的女孩，来找一个警员邻居，该不会是……我赶紧停下中年男人的想象，按键遥控将门打开，顺手藏起穿过的袜子，穿上拖鞋向门的方向走去。

她穿着一件蓬松的白色连衣裙，整个人显得有些臃肿，头发散乱在额前，怀里抱着一个大盒子，哦不，箱子，哦！不，那个形状，是棺材。只是，这个大小……

“希雅今天自杀了。”她说。

希雅？不就是那只讨厌的猫嘛！我松了口气，还好不是遇到了色狼。可为什么一个女孩哭着找一位中年警员邻居，我就条件反射般地想到色狼之类的？我一个经验丰富的警员，这么多年处理了形形色色的案件，也不是没有见过常人想不到的案件。我处理过七尺男儿遭遇性骚扰求助的案件，也见过七旬老太智勇双全斗恶徒的卷宗，怎么唯独面对年轻漂亮的、哭泣的小姑娘就生出这种脑回路，这是不是说明我脑内残留着男权主义思想啊？我忍不住自我审查起来。

小姑娘抹了一把眼泪，说："今天我出门，带着希雅去美容，可是走到空中快车站点附近的时候，希雅突然从我怀里跳出来，跳过防护栏，撞在正在降落的空中快车上，当场就……"

原来早上在空中快车站点前，那围观的人群中央，发生的就是这件事。一只猫被撞死，在以氛围和平和以活力著称的希尔塔星上这确实算是一件能引起围观的事。早上一直到现在的那种不适感消失了，我松了一口气。

可面对小姑娘，我不知道该说什么好，这种事我不在行，处理案件的时候安慰家属这种工作，也不是我擅长的。平时工作中每次遇到我都推给同事做，很怕我说了什么不该说的给人家雪上加霜，于是学会了沉默。何况，失去爱猫这种感受，我真的是很难以共情。

"叔叔，你能不能帮我……"她说。

"啊？"我愣住了，我能做什么呢？

"我想知道希雅生前经历了什么，它为什么要自杀呢？会不会有人欺负了它……"。

呵，我每天都想欺负它，我想拔光它的毛，免得我一看见就难受；我想用透明胶纸粘住它的嘴巴，省得它一天到晚喵喵喵叫。可我只是想想，没这样做过。

“你的意思是，要我用仪器解读它的记忆？”我觉得自己脸上的肌肉都是僵硬的。

“嗯。”她早有准备般地点点头。

“你的心情我能理解，可是解读出来，你要做什么呢？在我们星球，动物是不作为公民的，只是作为财产被保护。可它是自杀的，所以就算解读出来，你也拿不到抚恤和赔偿。”我有些不解。

她想也不想地回答：“我要知道她生前的想法和心情，我不明白，我，还有协议养猫的邻居对她都很好，她为什么要自杀”。

“这样啊，我懂了。不过，你的猫是自杀，无法立案。我只能以邻居的身份帮你，不能把你的猫带进警署里去做尸检，也不能使用专业仪器。我家只有我考警员证的时候用来做的动物实验的旧仪器，我解读一下试试，行吗？”我说。

她连忙像落雨点般地点头，说道：“真的很感谢你，叔叔”。

叔叔，叔叔，叔叔，这个词，其实我一直挺不爽它的，虽然我经常自嘲为大叔，但内心还是期待一声“哥哥”。但我什么都没说，让她把猫留下，明天下午来取解读记忆报告和猫的尸身。

她走了，天也晚了，可我没有困意，只要有工作没做完，我就睡不着。我翻箱倒柜，找出那台旧记忆解读仪。当时为了考证，我买了它和一堆已经处理好的小白鼠脑部切片组织，闭门修炼。

我换上了不怕脏的工作服，戴上手套和口罩，变成那个无所畏惧的我，打开了那宝箱一般的棺材，朝着里面凝视了几秒。

哇，被撞得真惨！脑部都血肉模糊了，头骨碎了……啧啧，那个毛乎乎的小爪子还完好无损，只是染上了血迹。

我狠狠咽下一口唾沫，还好上一顿饭已经吃过很久了。嗯，我是在用戴着手套的手扒开烂成一团泥巴的大脑，寻寻觅觅，终于找到了我需要的海马区。海马区完好无损，我松了一口气。

大脑海马区是大脑皮质的一个内褶区的别名，通常由两个扇形区组成。它能够帮助学习和处理听觉和嗅觉信息，还能存储短期记忆。通过解剖和分析海马区的激活程度，再根据脑内意象复原软件的运算结果，能大致模拟出猫临终前的感受。

我之前除了处理小白鼠脑组织切片，并没有还原过动物的记忆。只是看过一个卷宗，案件发生在其他星球：有一位单亲妈妈和她的三个儿子都被枪杀了，凶手在杀人后放火烧毁了房子，包括受害者尸体在内的证据被毁了，她家的杜宾犬被发现死在了距离房子五十米处，也是被开枪射杀的。和受害者有过节的前夫成了重点怀疑对象，尽管这个男人一直否认，但缺乏不在场证明，所有的证据都对他不利。这个时候，法医通过解剖杜宾犬的尸体还原出它生前的记忆，发现杜宾犬记忆中最后的画面竟然是个女孩的影子。很快，警方查出线索，其中一个受害人，也就是 16 岁的长子，生前曾被一位女同学疯狂追求，而这位女同学现在手上缠上了绷带。很快就确定这个女孩就是嫌疑人，将女孩的血样与杜宾犬口中的血样对比后，警方立刻确定，这女孩就是枪杀一家四口的凶手。受害者前夫终于获得释放。

相关案件大概就是这么一个内容。它让缺乏经验的我增加了一点信心。

我坐在仪器前开始了这繁重而无酬的工作。这台仪器比较粗糙，用它解读人的记忆是不可能成功的，只能解读小白鼠的记忆，猫比小白鼠大很多，所以解读结果要模糊很多，很多细节只能由我根据线索拼凑出来了。

猫的记忆分析报告——

我叫什么名字？我不叫希雅，我讨厌这个名字，可这是那些人所认同的名字，所以我只能背着这个称号了。

我是一只猫，我才不需要名字呢。但是我生活在人类统治的地方，我必须有名字，名字代表这里有我的位置。

我最快乐的记忆，停留在做小猫的时候，没有名字。虽然要为了一口饭食和别的小猫打架，但做出任何行为都不需要有任何负担。

之后的记忆，就是我被这个女孩领走了。从她嘴里，我知道了这个星球叫希尔塔星，这里只住着14岁以上的人，这里被称为中等教育星球，所以年轻人居多，年轻人一旦结婚有了小孩子，就会离开这个星球，因为这个星球没有幼儿园。也有些不愿要孩子的人会选择一直留在这个星球工作。领走我的这个女孩是被送到这个星球读高中的，当时只有十五岁，在人类的生命阶段中，算是幼年。我从原来的家被领回女孩的家，这段时间几乎没什么记忆，每天的时光就是在食盆与猫砂盆、窗帘与毛线之间辗转。

我记忆清晰起来的一个节点是一次挨打，因为我抓伤女孩的邻居——一个讨厌又愚蠢的男孩。男孩和女孩各自有一间房间，共享着同一个阁楼。那是平常的一天，我趴在自己家门口打盹，路过的男孩低头看看我，饶有兴趣地用手指用力地敲我的头，发出“嗨”的声音。我并不在意，继续眯着眼睛打盹。紧接着，我感觉有只讨厌的手在拽我的尾巴，我呲牙向对方示警，他却一边笑一边说着不知具体内容的蠢话，时而拍拍我的头。我酝酿着动作跳起来，准备在他的脸上留下痕迹。他惊慌了，用手一挡，我便在他的小臂上留下一道伤痕，然后快速地跑上了阁楼顶。半晌，他才反应过来，破口大骂：“浑蛋——”这句我能听懂，人类似乎很喜欢骂这句话，听了别人说这句话，就也加入骂人游戏场，一起对骂，好不兴奋。可我是一只猫，我才不要与他对骂。这句带着浓浓怒意的骂声和男孩小臂上的伤痕都是我骄傲的杰作。

后来，男孩很温柔很克制地告诉那个女孩，“我就逗了一下你的猫，它就把我抓了”。说着扬起手臂，给女孩看我的杰作。我若无其事地从阁楼上走下来。我看见女孩关切地问男孩“没事吧”，并提出要掏医药费。紧接着她看到了我。我毫无防备，被她抓住后脖颈，整个身体被提起来。她告诉我，不准抓人。她还一下下打我的头。男孩用带着伤痕的手拉住她的手，叫她不要打，我只是一只猫。我大概估计了一下力道，她并没有真的用力打我，但我已经从她的巴掌里，知道了我在这个星球的位置。

她提着我回到自己的家，关好门，就把我放下了。我惊恐地跳上了柜子，她也不再抓我，而是仰着脸看着我，说打我是为我好，毕竟她只有管好我，才能和邻居和睦相处，共同生活下去。

后来，女孩和邻居男孩因为我的事彼此熟悉，后来发展到恋爱关系。我只记着那次事件，男孩也不再惹我，我们相安无事了一段时间。

直到后来，发生了另一件事。在一次约会中，女孩和男孩在饭店吃饭，两人争吵了起来，女孩被男孩打了一记耳光。这件事我并未亲眼看见。

回到家，她带着哭腔抱着我，揪着我的毛一声一声地哭诉："他怎么这样，他怎么这样，我对他……"我很讨厌这种感觉，我开始想抓她、咬她。但是我如果抓咬了她，后果是不堪设想的。人类有一百种办法对付我们动物，比如，经常伤人的动物就会被注射一种液体，然后永远睡下去。我还没那么想睡。

我一动不动地被她抱着，她在我身上抹眼泪。我的皮肤碰到了盐，感觉有些刺，我扭动了几下，她却将我箍得更紧了，说："还是你好，你对我最好"。

女孩不甘吃哑巴亏，她报警了。男孩在饭店打女孩一个耳光的事被记录在饭店的监控视频里。很快，邻居男孩被警员和希尔塔高中校领导叫去训话，告诫他如果再打人，就把他开除希尔塔星球，不准再接受教育，勒令他退回母星。这次只给他一个警告，但他必须搬离女孩的隔壁。

女孩回到家，摸摸我的背，这让我感到些许舒服，我没有动，由着她继续摸着。她说："没想到他是那么暴力的一个人"。

我早就知道他是暴力的人，可我没有办法告诉她。等等，我又为什么要告诉她呢？

女孩拿了一笔精神损失补偿金，是希尔塔星领事馆给的，也是从肇事男孩的奖学金里扣出来的。她被前男友殴打的事传开后，几个同学要来看她。这天就来了几个和她差不多大的女孩子。

她们也喜欢把我放在膝盖上，摸我的背。她们没有伤害过我，可谁知道以后呢？我闭着眼睛，一动不动地让她们摸我的背，有些享受又提心吊胆。我多希望我是她们中的一个，这样无论我是哪一个，伤害我的人都要付出代价，补偿我。可我偏偏是个她们可以拿来出气、打了也不会有什么后果的猫。我在想，为什么会这样不公平，或者，我根本没有索要公平的资格。

她们走了，我视野内又只有这一个女孩了。

过了几天，她带着一堆大包小包回到家。一回家便抱起了我，把我的身体与她的脸靠在一起，用力地蹭几下。这个动作并不令我难受，我便由着她了。她打开一个罐子，敲敲打打地将一堆黏稠的东西倒在食盆里，说这是高级猫粮，摸着我的头，轻声说："请慢用。"又撕开一个大袋子，里面是猫砂，味道有些香。她说，她用那笔补偿金为我买了新猫粮、猫砂和一个大猫砂盆。她说，我能让她快乐，她愿意把钱投资在我身上。

她戏称自己是"猫奴"，而我是她的小主。

精神损失补偿金？这猫粮算不算她打我的赔偿金？一霎那，我心理是平衡的，可转念一想，不是的。她可以根据视频控告男友索要赔偿金，我却只能靠她主动给予，那笔钱，她仍然是根据自己的意愿使用的。更何况她说过，是我能让她快乐，她才为我花钱，归根到底，她买到的是自己的快乐。

她的课业越来越忙了，回家越来越晚，她怕无暇照顾我，于是和居民楼中的几位邻居签订了《合作养猫协议》。签订协议的几户邻居在门上制作了一个和我身材相称的小门，从此以后，我可以在签了协议的几家之间走动和游玩了。协议一起养我的几家邻居多数都是独居的学生，只有一个年龄稍长的姐姐，是一位老师，我最喜欢去她家了，因为她只给我吃的，从不摸我。

男孩走后，隔壁住进了一个高个子男人，是个警员。他没有签协议，我不能去他那。看得出他不喜欢我，我也不喜欢他。于是我每天出门都绕着他的房门，就像以前避开男孩的房门一样。

女孩每天回来都很晚，但她每天回家都不忘蹦蹦跳跳地扑过来抱起我，用鼻子对着我的背用力吸几下。她对我诉说学校发生了什么，还说抱了我之后，一天的烦恼和疲劳都消散了。

后来，高考结束，她兴奋地告诉我，她不仅拿到了不错的的成绩，还得了一笔励志奖学金。她能取得成绩，我有功劳，所以她要犒赏我。

犒赏我？我以为又是猫粮猫砂，可是并不是，我得到的奖赏是外出，是世界。

她把我抱在怀里，走出居民区的大门，世界便开阔了起来，绿树、行人多了起来。穿过了一条街，满满的都是密密麻麻的人头，偶尔看见一两只被拴着链子的狗，或者被抱在怀里的猫，它们的眼神慵懒，偶尔与我对视一下，喉咙里发出很轻的声音，谁也听不到，但是我懂。

不管怎样我都是兴奋的，从我做小猫的时候起，只有被她从另一个家抱出来的时候见过室外的世界，那时候我看得不是很清晰。而如今，涌动的人潮，还有疾驰而来在天上飞的东西，虽然不知对我有何用，但我看见这些就会开心。“咻咻”的声音进入我的耳朵里，会变成一段恢宏的交响乐。

我看见一个叫“空中快车”的高速移动物体，呼啸而来，带着风。

可是愉快的心情很快戛然而止了。

她把我紧紧箍在怀里，拐进了街角的一家小店。推开木质的门，一股厚重油腻的气味扑面而来，我打了两个喷嚏，心情凉了大半。

“来啊，乖哦。”一个长头发、高个子的漂亮姑娘，穿着浅色的店员服，向我这边招呼着。女孩便抱着我向那个方向走去，我隐约有种不祥的预感。

果然，我的噩梦开始了。女孩把我放在台子上，她的手臂便松开了。这一刻我居然开始留恋她的手臂，希望她不要离开。我尝试着要逃离这个台子，一只手轻轻地抓住我，阻断我逃跑的念头。是一个卷发的店员，圆胖的脸筋肉分明，让人看了就觉得讨厌。她用两只手抓住了我，我便动弹不得了。忽然，我发觉她给我的毛涂上刺鼻的膏状物，凉凉的感觉蔓延开来，我绝望地看着窗户的方向，那被泡沫挤压得越来越小的天，竟然是那么蓝那么美。紧接着，她打开水龙头，对着我冲着温水，我又打了几个喷嚏。最后，一个会喷热风的东西将我全身的毛吹干，恢复了蓬松。

结束了吗？

我的眼睛快睁不开了，我看见女孩和另一个抱着猫的女孩交谈起来，看着我毛发被吹干蓬松的样子，叫起来："好可爱啊。"可我却像死过了一次一样，耷拉着眼皮，看看她们，发出嘶哑的"喵"的声音表示抗议。可是，她们却笑得更开心了。

"哈哈哈，哈哈哈，你家猫猫真可爱。"这声音是从另一个女孩嘴里传出的，真是银铃儿般的嗓音。

回家的路上，我发觉我的力气几乎都用尽了，视线是模糊的，看不清周围的一切了，我的耳边似有千个铃铛在响。她对着我的毛发吸了几下，似乎很陶醉，问我："希雅，洗香香了，开心吗？"我觉得心脏里有什么翻搅着，她却紧接着刚才的话，自问自答："开心，下次我们还去。"

我面无表情，她可真奇怪，我每次面无表情，她都能说出与我内心想法相反的话。比如，"喜欢姐姐吗？喜欢！""你看，主子，我是不是个好猫奴？是！"

不过，有句话我喜欢——"下次我们还去"。

我在食盆和猫砂盆之间，逗猫棒和她怀里之间，这家和那家之间，思索和等待，等待"下次我们还去"。

终于等到了这一天，我像得了神明的感召一般，有种想要哭泣的激动。她要抱着我出门了。我等待着。

"咻咻"的声音再次进入我的耳朵的时候，也失去了韵律。攒动的人头，也没什么好看的了。我只等着，等着路过那叫作"空中快车"的高速移动物体的停留站。我看了看，周围人不多。

我想乘着那高速移动的物体离开这里。去哪里？我并没想过，但我就是想去。

抱着我的这个女孩，她打我的事我也忘得差不多了，她的怀里有些暖。说真的，我现在不讨厌她，但也不喜欢她，在她身边三年了，我只是为了活下去，只为讨一口水和饭食，离开她和那些邻居，我不知向何处去。多少次，我忍住想抓咬她的冲动，直到再也没有这冲动。

她把我留在身边，是为了自己快乐，为了一次次吮吸我毛发时的快感。

如果我不见了，她要抱着谁哭得歇斯底里？

但我不可能只为了她的快乐继续这样活下去。现在我要离开她了，猫粮、猫砂盆，我都不需要了。

但愿，来生我不是一只猫。那样或许我会爱她。做一个和她差不多的小姑娘，陪她促膝夜谈、跳绳、翻单杠。或者当个男孩，我绝不会像那人渣一样乱打人。这辈子，她是人，我是猫，我爱不动她，亦得不到她真正的爱。

“空中快车”来了，携着一阵威严的风来了。我竟然有些犹豫，要跳吗？

跳吗？先不跳，回来的路上，还有一次机会。可是，难道等被洗完香香再跳？不，我不要，马上，跳！

我在她怀里用力一旋转身体，一个打挺，挣脱了她的手臂，她有些惊愕，那一刹那失了神。她或许不知道我有这么大力气。我趁着这一刻，跳上她的肩膀，把她的肩膀作为跳板，我正好能越过防护栏，对着轰隆隆疾驰而来的物体，纵身一跃。

我成功了。

那一刻，我仿佛成了一条翱翔在天的飞龙，不是一只身材臃肿、毛发蓬松的猫。

再见了。

（记忆报告完）

我写完了猫的记忆线索报告，看着我拙劣的文笔，觉得有些荒唐，一只猫居然会为自由而死！猫知道自由的概念吗？这完全是一件荒唐事嘛。可是，如果猫不懂自由，它为何要这样做？

已经半夜两点了，我撸掉手套和口罩，丢进垃圾袋，密封好，等待处理；甩掉工作服，把它藏进一个箱子；理了理衣服，即兴从墙角的杂物堆里捞起那把小提琴，装上消音器，戴上扩音耳机，确认门窗关闭后，整个人悠闲地拉起琴来。脑海里那只讨厌的猫的身影动了起来，我也顾不上去讨厌了。我听见琴弦间迸射出夜空撕裂的声音，我看到夜色如一张被泼了各种颜料的画纸，颜料们便在天空变成了漩涡。眼角滑落了什么，我任由它横行。我的脑子里不仅有猫的记忆残片，还有翻滚着的我童年的记忆。因一打儿被老妈没收的动画卡，我那哭泣的画面；因为去朋友家玩游戏，回家太晚被老爸打一顿的画面；挨过打，很想哭却忍住不哭的画面；我期末考试考了满分，爸妈宴请亲朋，每个人摸着我的头夸赞我的画面……

我内心因被误读了表情而渴望哭泣的感觉，就这样重叠交织在一起了。我的手臂越来越酸，却忍不住越拉越快，时间仿佛被撕裂，我的血液由心脏涌向大脑。

我妈妈时常在星际电话里叮嘱我："在希尔塔星好好学习，毕业后来贝塔星，接替你爸爸的工作！"我每一次都满口答应。可我却在希尔塔星考了警员证，以工作为由长久留下来，一年回母星三次，且绝口不提回贝塔星的事，也不提恋爱、结婚之类的事。

"你呀，哪里都好，就是不像个男人，害怕承担责任，不爽快。"我眼前又出现了女同事的脸，她操着令我厌烦的口气说了这句话。男什么男人，你这个笨女人从来都不了解我。我对心里的她几乎嚷着说出这句话，哼，直到她的影像消失了。

我眼前又是猫了，可这一瞬间我似乎忘了我讨厌猫，厌恶猫的情绪突然怎么都调动不出来。那只猫仿佛就在我的琴弦里跳舞。

最后一根弦断了。我感觉筋疲力尽，拆掉断弦，随手抓起一块毛巾，擦着琴身，直到把我流下的汗水全擦净，我把琴装回黑色的琴套里，郑重地将它放进木质橱柜，确定放稳，轻轻拉上玻璃门。

我喘着气，甩了甩头，把这些记忆都晃走，随手抄起纸巾擦着额头和脸上的汗。心想，明天怎么跟小姑娘说呢？说：你的猫不愿意在你身边了，它为了自由死了，你就让它的灵魂自由飞翔吧？小姑娘会怎样，会哭得稀里哗啦，还是会骂猫不识好歹？

可无论小姑娘怎么想，她会有一群新朋友，有琳琅满目的书本和课程，如果她想，还可以有新的宠物，不仅有猫、狗、鸟儿，还有蜘蛛、蝎子、蛇等都可供选择，这星球的人在养奇怪的宠物方面从不缺想象力。而那只死去的猫，有的可能只有自由了，一瞬间又想为那只我曾经很讨厌的猫唏嘘一番了。

算了，我就把这报告给她好了，怎样都是她的事。我本来也不是很在意小姑娘会怎样想。只是推脱不掉她的求助罢了，只等她明天来取走猫的尸身和记忆解读报告。

懒得换衣服和洗漱了，我穿着白天出门的衣服便往沙发一倒，不管了，要睡觉。挥洒一番之后，我真的无比渴望深沉的睡眠。

对于我，夜，似乎真正来了。

梦里，那辆“空中快车”疾驰而来。